导读:"比冰与铁更加刺人的欢乐" / 01

恶之花

003 / 致读者

忧郁与理想 / 007

009 / 祝福

014 / 信天翁

016 / 上升

019 / 应和

020 / 我爱回忆那些裸体的时代

024 / 灯塔

028 / 生病的缪斯

030 / 可收买的缪斯

031 / 坏修士

032 / 敌人

034 / 厄运

035 / 从前的生活

038 / 旅途中的波希米亚人

039 / 人与海

041 / 地狱里的唐璜

043 / 对骄傲的惩罚

046 / 美

047 / 理想

049 / 女巨人

050 / 面具

052 / 美之颂歌

054 / 异国的香味

056 / 头发

060 / 我崇拜你,犹如崇拜夜的穹顶

061 / 你会把整个世界引到你的床前

064 / 无法满足

065 / 穿着她那珠光闪闪、波状起伏的衣服

067 / 跳舞的蛇

070 / 腐尸

074 / 我从深处呼喊

076 / 吸血鬼

080 / 有天夜里,在一个可怕的犹太女人身边

081 / 死后的悔恨

082 / 猫

084 / 决斗

085 / 阳台

088 / 魔鬼附体者

089 / 一个幽灵

094 / 我向你献上这些诗篇

095 / 永远如此

097 / 全部

099 / 今晚你将说些什么,可怜而孤独的灵魂

LES FLEURS DU MAL

作家榜®经典名著

读经典名著，认准作家榜

大
方
sight

恶之花

Les Fleurs Du Mal

［法］夏尔·波德莱尔 著

徐芜城 译

中信出版集团｜北京

目　录

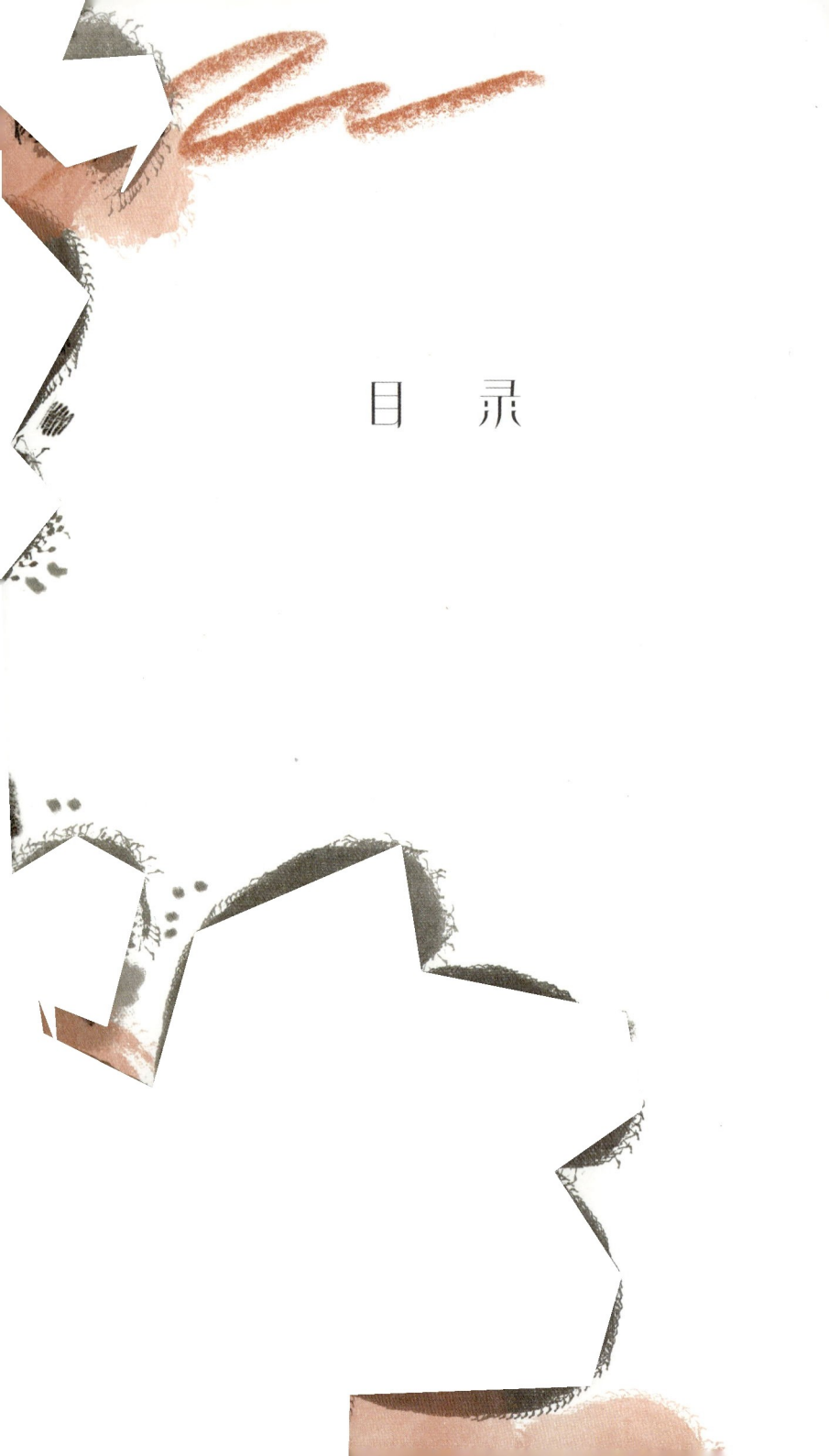

101 / 活的火炬

102 / 替赎

104 / 告解

108 / 精神的黎明

109 / 傍晚的和谐

110 / 瓶子

114 / 毒药

117 / 阴暗的天空

118 / 猫

122 / 美丽的船

125 / 邀游

128 / 不可救药

133 / 交谈

135 / 秋天之歌

137 / 致一位圣母

142 / 午后之歌

145 / 西西娜

147 / 赞美我的弗朗西丝卡

152 / 致一位克里奥尔夫人

153 / 忧伤与漫游

155 / 幽灵

157 / 秋之十四行诗

158 / 月亮的哀愁

159 / 猫

161 / 猫头鹰

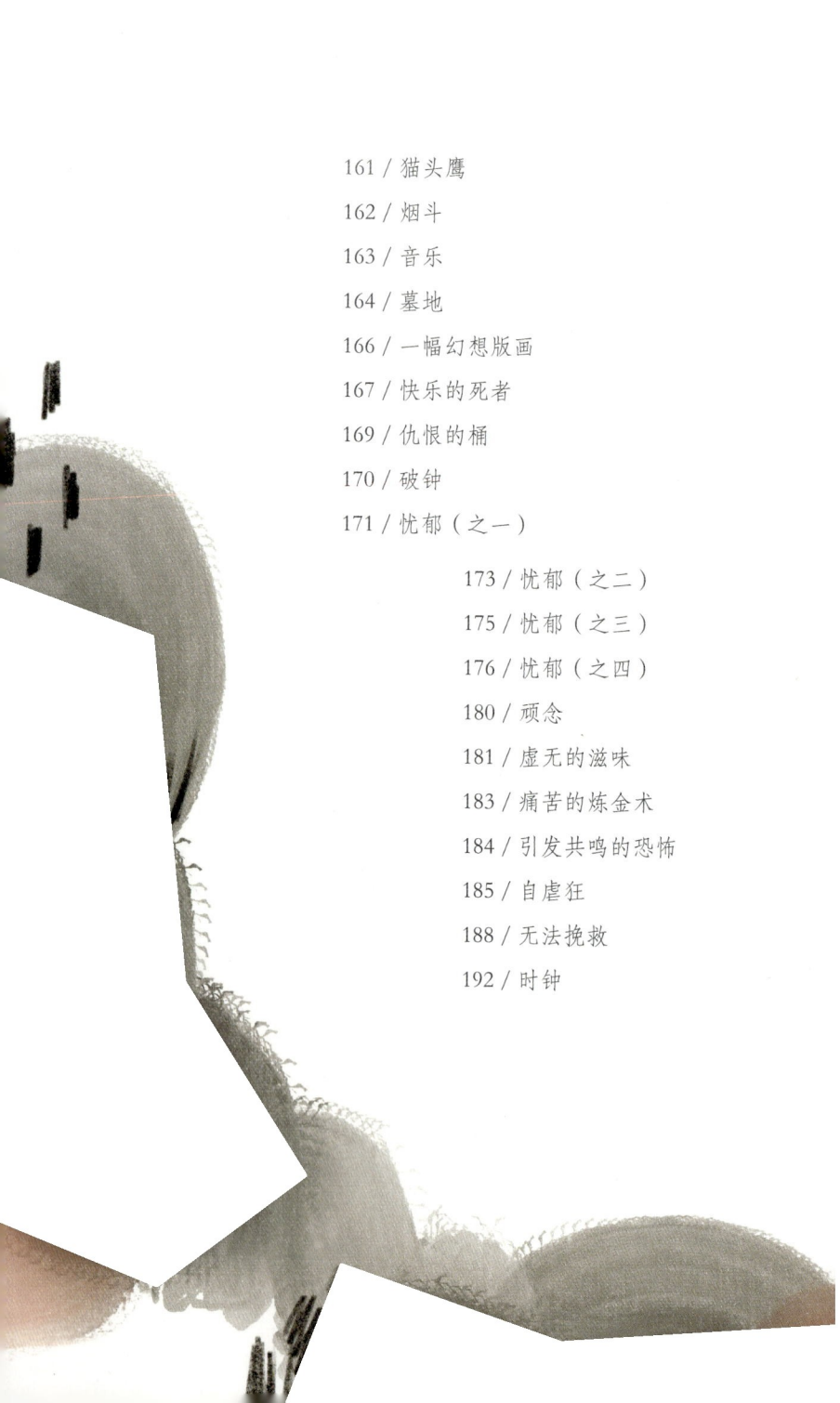

162 / 烟斗

163 / 音乐

164 / 墓地

166 / 一幅幻想版画

167 / 快乐的死者

169 / 仇恨的桶

170 / 破钟

171 / 忧郁（之一）

173 / 忧郁（之二）

175 / 忧郁（之三）

176 / 忧郁（之四）

180 / 顽念

181 / 虚无的滋味

183 / 痛苦的炼金术

184 / 引发共鸣的恐怖

185 / 自虐狂

188 / 无法挽救

192 / 时钟

巴黎即景 / 195

197 / 风景
200 / 太阳
202 / 致一个红发女乞丐
207 / 天鹅
214 / 七个老头
219 / 小老太婆
227 / 盲人
228 / 致一位过路的女人
230 / 骷髅农夫
233 / 黄昏暮色
236 / 赌博
240 / 死神舞
244 / 幻象之爱
247 / 我没有忘记,在城市附近
248 / 那个您曾嫉妒过的热心的女仆
252 / 雾与雨
253 / 巴黎梦
260 / 晨曦

酒 / 263

265 / 酒的灵魂
267 / 拾荒者之酒
270 / 凶手之酒
274 / 孤独者之酒
275 / 情侣之酒

恶之花 / 277

279 / 毁灭
281 / 遇害的女人
286 / 被诅咒的女人（犹如躺在……）
289 / 一对好姐妹
290 / 血泉
291 / 寓意
292 / 贝雅德丽齐
296 / 塞西拉岛之旅
302 / 爱神与头骨

反抗 / 305

307 / 圣彼得的否认

309 / 亚伯与该隐

314 / 献给撒旦的连祷

死亡 / 321

323 / 情侣之死

324 / 穷人之死

326 / 艺术家之死

327 / 一天的结束

329 / 好奇者之梦

330 / 旅行（结束篇）

1868年第3版增补篇目 / 347

349 / 一本禁书的题词
350 / 悲伤的情歌
354 / 一个异教徒的祈祷
355 / 反抗者
356 / 警告者
357 / 沉思
360 / 盖子
361 / 被冒犯的月亮
362 / 深渊
363 / 伊卡洛斯的抱怨
365 / 午夜的反省
367 / 离这儿很远很远

拾遗集

371 / 浪漫主义的日落

禁诗 / 373

375 / 勒斯波斯

382 / 被诅咒的女人

390 / 忘川

392 / 致某个太快乐的人

395 / 首饰

398 / 吸血鬼的化身

雅歌 / 401

403 / 喷泉

407 / 贝尔特的眼睛

408 / 赞美诗

410 / 一张脸的承诺

414 / 怪物或一位骷髅美女的伴娘

题诗 / 421

423 / 奥诺雷·杜米埃先生肖像题诗

424 / 瓦伦西亚的劳拉

425 / 题欧仁·德拉克洛瓦《狱中的塔索》

杂诗 / 427

429 / 声音

432 / 意外

438 / 赎金

440 / 致一位马拉巴尔女人

戏作 / 443

    445 / 题阿米娜·波切蒂
          在布鲁塞尔皇家铸币局剧院的首演
    448 / 有感于一个自称是他的友人的不识趣者
    453 / 热闹的小酒馆

夏尔·波德莱尔年表 / 455

附录 / 467

    469 / 编校说明
    470 / 画家小传
    478 / 章节页插图信息

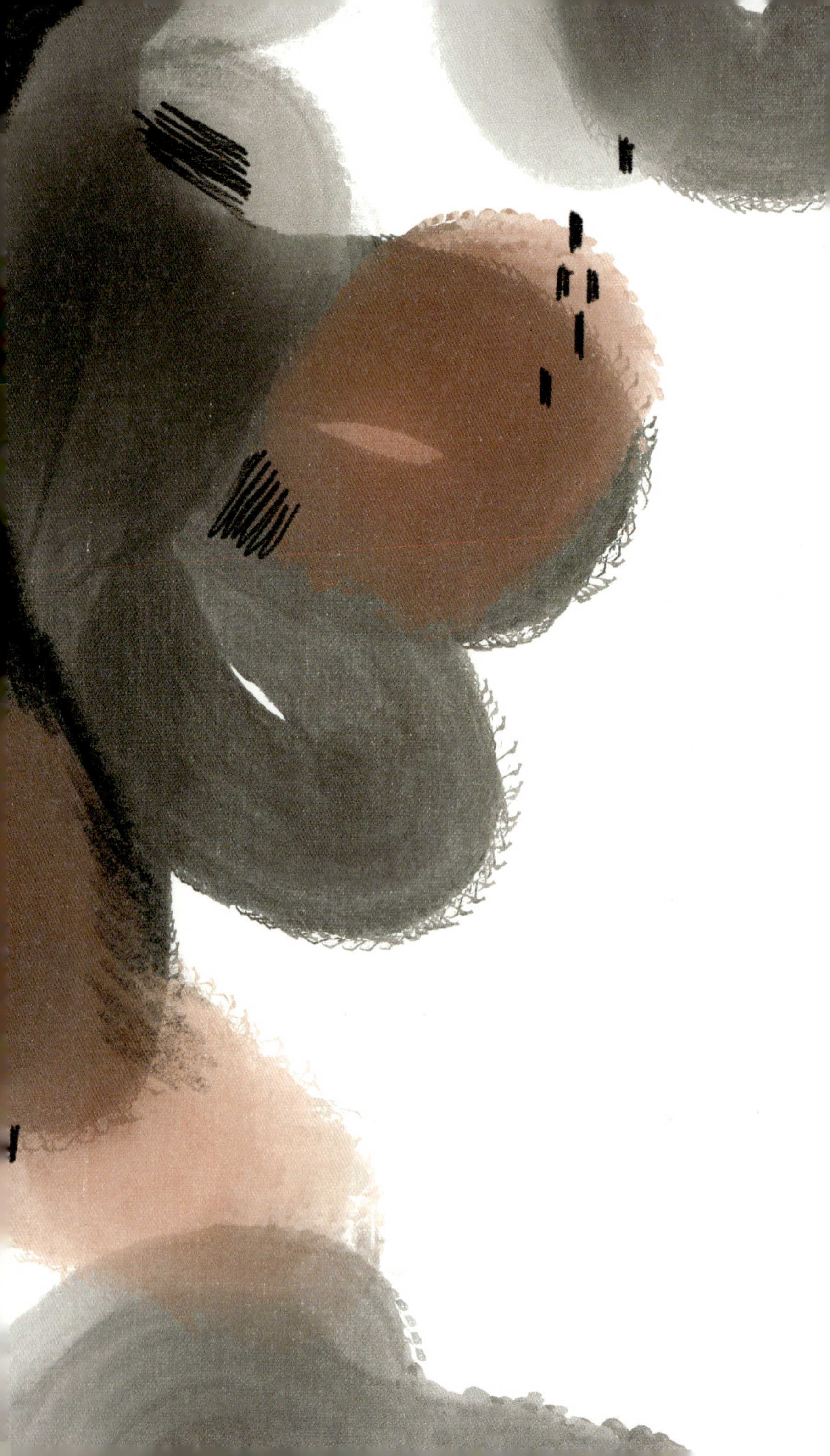

导读

"比冰与铁更加刺人的欢乐"

　　通灵者，恶魔诗人，象征主义鼻祖，现代性的诗人……在波德莱尔身上，不但贴着各式各样的"标签"，更凝聚着后人无尽的寄托。正如法国学者皮埃尔·布吕奈尔在《十九世纪法国文学史》中总结的那样：

　　1867年以后，波德莱尔生前受到的攻击被一致的赞扬替代了。作为颓废派崇拜的偶像和象征主义者的思想家，他被兰波誉为"真正的上帝"，安德烈·布勒东称他为"精神上的第一位超现实主义者"，保罗·瓦莱里推举他为法国"最重要的诗人"，皮埃尔－让·儒弗则尊他为"圣徒"。他被认为是"现代及所有国家最伟大诗人的楷模"。似乎每个人都准备将波德莱尔作为自己信仰的代言人。这些华丽辞藻的堆砌及其论者的多样性不由令人生疑。为了更好地评价其无可否认的伟大与创新精神，应当恰如其分地确定他的位置：他正处于古典诗歌与现代诗歌体系两个时代的交汇点，也正处于悲观与理想的两个世界的交汇点。

在生前，波德莱尔难称得志，浪迹于社会底层，甚至一度由于《恶之花》内容"有伤风化"而被送上法庭，其中六首诗作在法国本土遭到查禁，长期不得出版。而他死后，声誉日隆，被无数流派奉为先祖。时至今日，《恶之花》更是早已成为法国最具代表性的诗歌作品之一。

一部曾经被审判和查禁的诗集最终成为典范与代表，这也许是人类文明史上一个令人感叹的黑色幽默，更是一个伟大的文学隐喻，彰显着文字超越时空的绝对力度。用法国当代著名诗人伊夫·博纳富瓦的话说："《恶之花》是一本我们诗学的'主宰之书'[1]。'话语之真'这种真实的最高级形式从未得到过更完美的展现。

---

1. 主宰之书：也可译为"指导之书""首要之书"或"大师之书"。

我看见它就仿佛看见一道光。"

在中国，早在民国时期，波德莱尔的诗作就已经得到了译介和传播，诸如周作人、鲁迅、徐志摩、闻一多、戴望舒等文坛大家都曾在波德莱尔身上下过一番功夫，或是译介诗文，或是撰写评论、阐述感想。而开创了中国象征诗派的李金发更是被誉为"东方的波德莱尔"。

可以说，对于东西方后世流派与诗人而言，波德莱尔都是当之无愧的先驱者和指引者，他的光芒不但照亮了19世纪末到20世纪中叶世界各国的诸多诗歌流派，而且在今天依然发挥着强大的美学作用，并且无可置疑地朝向未来开启。

自从《恶之花》1857年首次出版，相关论述早已汗牛充栋，波德莱尔其人其书不但吸引了一代代文学研究者的关注，更有诸多知名哲学家、社会学家、心理学家在此一展身手。

在艺术领域，《恶之花》甚至成了各色名留青史的艺术创作的灵感来源。比如亨利·马蒂斯的名画《奢华，安宁，令人愉快》，其标题便取自《恶之花》中名篇《邀游》里的诗句："那里，一切都有序而美丽，/奢华，安宁，令人愉快。"当代德国艺术大师安塞姆·基弗更是以"恶之花"为主题进行了一系列震撼人心的艺创作，无情地审视着人类生存的根基，呈现出一个爱与痛苦、绝望与希望、破坏与更新相互交织的残酷世界，与波德莱尔的诗作遥相呼应。

毫无疑问，波德莱尔的影响力早已超越了文学领域，其读者群体也绝不仅仅局限于单纯的诗歌爱好者。这样一部"主宰之书"，要想在寥寥数语间面面俱到绝无可能做到，甚至即便说上千言万语也依然言不尽意，只能承受波德莱尔隐藏在文字背后的讥诮目光。

诗人的时空与超时空的诗歌世界

波德莱尔在诗歌内容与形式两方面对法国文学乃至世界文学产生了深远影响。如果说他的诗作通过全新的美学眼光打开了整个现代诗性世界，从而抵达了一个超时空领域，那么他本人却曾经生活在一个非常具体的时空之中，并且和几乎所有艺术家一样，有其精神传承的前辈、志同道合的同辈以及继承遗产的晚辈。就像法国学者克劳德·皮舒瓦在法语版《恶之花》导言中说的那样："阐释徒多，最好还是把这部诗集重新置于其产生的时代，溯本求源，才有助于揭示这位史上罕见诗才的全貌。"

首先，我们对其生平经历和历史处境进行简要概括。

波德莱尔六岁时生父去世，母亲于次年再婚，继父是一名军官，在军界一路升至旅长，之后从政成为参议员，是标准的上流社会人士。他在年少时受过良好的教育，之后为了文学梦想与继父决裂，成年后继承了生父的遗产，享受了一段奢靡的生活，之后渐渐败落。他在文学方面虽然产量颇丰，但一直不受主流认可，生活逐渐沉沦，最后身染梅毒，英年早逝。

而在波德莱尔生活的时代，法国的政治形势可谓波诡云谲、动荡不安。尤其是第二帝国成立之后，各种政策倒行逆施，许多心怀政治抱负的文人墨客大受打击，文坛领袖雨果甚至长期流亡海外。

关于上述内容，在此不做赘述。笔者想要重点谈论的，则是波德莱尔与法国文坛的互动，以及由此形成的美学观点。

从1821年出生到1867年去世，在其四十余载的人生中，波德莱尔真正接触过的文学流派其实只有两个：法国浪漫派（le romantisme）与帕尔纳斯派（le Parnasse）。至于颓废派（le décadentisme）和象征派（le symbolisme）这些看似与波德莱尔关系密切的诗歌流派，都要等到他去世二十年之后方才诞生。波德莱尔可以说是这些流派的先祖，而并非实际的参与者。

1821年4月9日，当波德莱尔在巴黎奥特菲侬街出生时，正是法国浪漫派兴起的时代——1820年，阿尔封斯·德·拉马丁《诗意沉思》的出版和热销标志着法国浪漫主义诗歌时代的开始。

十九岁时，波德莱尔曾致信雨果，近乎狂热地写道：

> 我像人们爱一位英雄、爱一本书那样爱着您，像人们纯粹、无私地去爱一切美好的事物那样爱着您。我未经您的同意便从邮局向您寄出这些颂词，也许是太放肆了。我只是想热烈而直接地告诉您，我多么热爱您、崇拜您，而我一想到自己这么可笑就会发抖。但是，先生，既然您也曾年轻过，您一定能理解这种因为一本书而对其作者所产生的爱，以及这种想要用最鲜活的声音向他表示感谢和谦卑地亲吻他双手的需求。

如果我们仔细考察他日后提出的诸多文学理念，便会看出他对浪漫主义进行了充分的吸收与极大的突破。

如果说法国浪漫派是波德莱尔在少年时仰慕又在成年后批判的对象，由于其年龄的关系，他却不曾有机会参与浪漫派在法国文坛立足的一系列关键战役，这一历史处境使得他面对浪漫主义时，无论采取继承还是反叛的立场，都只能是一个后来者。

波德莱尔与帕尔纳斯派的关系则完全不同。作为诗人，他的主要创作生涯与帕尔纳斯派在法国文坛的形成阶段（1852年至1866年）存在着较长时间的重合。在帕尔纳斯派最主要的文学阵地诗歌丛刊《当代帕尔纳斯》第一卷（1866年）中，还登载过波德莱尔的六首诗作。

波德莱尔曾把《恶之花》题献给帕尔纳斯派的奠基者泰奥菲尔·戈蒂耶，称其为"无可非议的诗人，法兰西文学完美的魔术师，我非常亲爱与敬仰的导师与伙伴"，戈蒂耶也为1868年版《恶之花》作过一篇具有盖棺定论性质的重要长序。1867年波德莱尔去世时，葬礼上的致悼词者则是帕尔纳斯派重要诗人、他的另一位挚友泰奥多尔·德·邦维尔。

由此可见，波德莱尔与帕尔纳斯派之间都有着明显的关联。不过，作为一位特立独行的诗人，他并未全盘接受帕尔纳斯派的美学主张，甚至常常呈现出一种对抗性的张力关系。

"诗就是万事万物中的私密性"

波德莱尔的许多美学主张是在对法国浪漫派和帕尔纳斯派的扬弃过程中建立起来的。其中一个重要的实例,便是诗人对自我的认知。对于浪漫派而言,"自我"是绝对的抒情主体,是最值得表达甚至唯一值得表达的言说对象。拉马丁曾经发出这样的宣言:"我不再模仿任何人,我表达我自己,为了我自己。这也许不算一种艺术,但这是对我在呜咽中摇曳的心灵的慰藉。"把"我自己"作为诗歌表达的主体与对象,正是法国浪漫派首要的核心诉求。

在《诗意沉思》中,拉马丁以一种简单的诗歌形式毫不做作地向读者传递着一种心灵的忧郁与飞扬,自然风光与内心情绪在细腻的私语间互相呼应,表现出对内在性的私密情感体验。

1822年,雨果指出:"诗就是万事万物中的私密性。"同时,浪漫主义诗人歌唱一切内心情感、心绪与感触的表达,每一个意象背后都有一个第一人称的"我"存在,外在的自然世界也成了他们内心情感的投射,"外"与"内"两个世界在他们的笔下展开了互动。

对于帕尔纳斯派来说,"自我"则是需要加以收敛和克制的对象。与拉马丁、雨果、缪塞等人直抒胸臆的忧郁哀愁不同,帕尔纳斯派诗人笔下普遍流露着隐忍的悲凉气氛。何塞,即马利亚·德·埃雷迪亚,被后世学者称为"帕尔纳斯派最后之花",其诗集《战利品》中开篇第一首诗便题名为《忘却》,其中写道:

> 庙宇的废墟高悬海崖之上
> 死亡混入了,这野兽般的土壤
> 大理石女神与青铜英雄
> 孤寂的野草掩埋了荣光……
> 对祖先之梦无动于衷的人类
> 毫不颤抖地聆听,在安详的夜色深处
> 大海在哀叹为塞壬悲伤。

相比浪漫派,帕尔纳斯派采用了一种相对客观和疏离的态度对待他们的歌咏对象。帕尔纳斯派的扛鼎人物勒孔特·德·李勒更是明确强调其作品的"无人称性"(l'impersonnalité),认为应该在诗作中减少个人情感的痕迹。对于李勒的诗歌主张,法国学者埃德加·皮什做出了如下总结:"个人主义已经成为一种根本性的障碍，阻碍了向自由的超验性形式的飞升……需要把注意力集中在对形式而非主体的创造过程上面。"

李勒的这些想法也成了帕尔纳斯派文学思想的主要内容，具体包括：强调对技巧的精准把握，追求诗歌形式上的完美，保持诗人与客观世界的距离，恪守不动声色的冷静，避免浪漫主义者过度的自我表露和情感倾诉。

面对浪漫派的自我张扬与帕尔纳斯派的自我克制，波德莱尔提出了他自己的理念："自我的集中与蒸发。"

其中，"自我的蒸发"明显针对浪漫派，在波德莱尔看来，浪漫派诗人情感过于丰沛的抒情主体对诗歌的意境和表达方式造成了损害，需要加以蒸馏以便留下精华，就像熬煮盐溶液从而析出晶体一样。

因此，这种"蒸发"虽然与帕尔纳斯派冷眼旁观的写作态度存在相通之处，都是出于对浪漫主义文学的反拨，本质上却有所不同。波德莱尔的"蒸发"并不等同于彻底消灭自我，使其化为虚无，而是一种精练过程。

在"蒸发"的同时，他还强调"自我的集中"。在波德莱尔看来，彻底泯灭自我，与客观世界保持完全的分离状态，始终恪守绝对的中立，把诗人的主体身份视为一种单纯追求精致技巧的工具，这是无法接受的。需要把溶液中析出的晶体凝结起来，打造一个质地更加紧密的"自我"。所以，这句"自我的集中与蒸发"包含着对浪漫派与帕尔纳斯派的双重批判，也代表着波德莱尔本人最基本的写作态度。

恶魔主义：对夜的好奇

"恶魔诗人"，这是波德莱尔最知名的头衔之一。在《恶之花》中，也确实出现过不少与魔鬼有关的意象和隐喻。但更为本质的，则是波德莱尔本人恶魔般的无情洞见，以及他借助恶魔形象传递出的反抗精神。

早在浪漫派方兴未艾的时代，法国文坛就已经出现过一种名为"恶魔主义"（satanisme）的文学思潮。它并非一个特定的文学流派，而是一批作家对"恶魔/撒旦"（Satan）这个根本主题以及由此引申出诸多话题产生的特殊关注和写法，从而由于其主题的特殊性形成的一种独特的文学类型。

在恶魔主义文学中，撒旦被视为反抗英雄受到褒扬，他对不公正的社会、虚伪的道德与堕落的宗教进行英勇抗争，得到了全方位的歌颂，撒旦代表的"恶"

在文学中被重新追问和定义。法国学者勒内·亚辛斯基如此评论道:"恶魔主义在法国是浪漫主义的重要战利品之一,不仅仅因为它对充满反抗性或者追求独特性的有识之士有所助益,而且它在想象力的领域中维护了一种对夜的好奇,以及奥秘和深渊的魅力。维尼、雨果、巴尔扎克、乔治·桑、缪塞等,从夏多布里昂到波德莱尔的所有人都被撒旦所纠缠。"

在波德莱尔笔下,恶魔不仅是一个单纯的人物形象,也会在许多场合与作者本人的内心世界发生融合。波德莱尔在诗中就曾写道:"魔鬼不停在我身边晃动,/像一团摸不着的气息在我周围飘浮;/我将它吞下,感到它烧着了我的肺,/并使之充满了永恒而有罪的欲望。"[1] 用法国学者马克斯·米尔内的话说:"波德莱尔从来不觉得撒旦完全外在于他自己。他从不止于单纯地确认'是魔鬼牵着线让我们动来动去',仿佛确认一个普遍真理那样。他发自内心地感到自己与撒旦合二为一,使人们分不清究竟是魔鬼在他身边游荡,还是他自己浸没在魔鬼的身体里。"

因此,波德莱尔不仅在他的作品中处理了一系列恶魔主义的文学主题,同时他本人也具有一种恶魔式

---

1. 出自《毁灭》。

的眼光,如撒旦般透视这个世界,发现属于他的"恶之花"。

波德莱尔在一篇文章中写道:"笑是恶魔式的,因此从最深刻的层面上是属于人性的。"他的这句话颇值得玩味。从一般的逻辑角度,人们会说"笑是恶魔式的,然而/但是/却从最深刻的层面上是属于人性的",但波德莱尔的表述完全跳出了这种一般的转折逻辑,选择了"因此"(donc)这样一个具有因果关系的介词,于是透露出在波德莱尔眼中"恶魔式的"就是"属于人性的"。

波德莱尔把作为一种文学类型的恶魔主义上升成为一种看待世界的认知方式,恶魔式的笑声既为他的作品带去一份尖锐的讽刺,同时也发掘出人性被掩盖的另一面。法国学者弗朗索瓦·普尔歇如此说道:"波德莱尔的恶魔主义无疑是一种诗歌的表达方式,但同时也是对他本人独特的道德倒错的一种真实诚恳的表达。"

波德莱尔的恶魔主义与他本人的世界观产生了深刻的交叉融合,波德莱尔因此提出:"现代艺术有一种本质性的恶魔倾向。"这就把恶魔主义从一种认识论进一步推向一种本体论,于是恶魔主义在波德莱尔笔下完成了文学形式、认知方式和生存模式的三位一体。波德莱尔因此可以被称作一位真正的"恶魔诗人"。

颓废：在死时保持美的状态的艺术

除了"恶魔诗人"，波德莱尔也常常被称作"颓废诗人"，不明就里的读者也许会把这个称号与一个醉生梦死、意气消沉、不修边幅的诗人形象联系起来。但事实上，波德莱尔本人口中的"颓废"另有所指。1857年，在《再论埃德加·坡》中，波德莱尔论述了他对"颓废"的理解：

> 这个术语对我来说，代表了某种命定和天意之物，仿佛一道不可抗拒的圣旨，所以在我们执行这道神秘律法时对我们横加指责是毫无道理的。我能从这些学院派的滥调中理解到的唯一内容就是：如果我们以愉悦的态度遵循这条律法那么就是可耻的，如果我们在命定的天数中享受快乐那么就是有罪的。这太阳，几个小时之前还以它纯白的直射光芒碾压着万物，不久之后就会以缤纷的色彩淹没西方的地平线。在这垂死太阳的运转中，一些诗意之人发现了新的乐事。他们发

现了耀眼的廊柱,熔金的瀑布,烈火的天堂,悲伤的光华,悔恨的快感,来自梦幻的一切魔力与关于鸦片的一切回忆。落日西沉的时刻在他们看来事实上就像对一颗承载着生命的灵魂的绝妙寓言,伴随着思想与梦幻的庞大储备没入天际。

波德莱尔在这段话中以落日西沉为例,突出了在这垂死的夕阳中所包含的诸多不可替代的奇绝景象和微妙感触。太阳落山或者说"消亡"这个最终结果其实并不重要,重要的是在落日余晖中爆发出的独一无二的光华和景致,这是任何清晨或正午的风景都无法取代的,这些注定消逝的瞬间同样可以、而且有理由成为"美"的永恒寓言。波德莱尔去世一年之后的1868年,在《恶之花》再版序言中,戈蒂耶顺着波德莱尔的思路,对"颓废"进行了细致的论述:

《恶之花》的作者喜爱那种被人们不恰当地称为"颓废"的风格,而那无非是指一种成熟到极点的艺术,开始走向老化的文明决定了它们的白日西斜:这种风格是精巧的、复杂的、渊博的,充满细微的差异与深入的探索,不断延伸词语的界限,借助各类技术性的词汇,从所有画板上取用色彩,从全部音域中选择音符,尽全力在最难以言喻的思绪中表达思想,在最模糊和易逝的轮廓间把握形象,倾听继而传达神经官能症中最微妙的秘密,日趋老去的堕落激情的供词以及固执到近乎疯狂的执念中的奇异幻觉。这种颓废风格是圣言中的最后一个词语,被要求去表达一切,并将其推向极致的夸张。我们可以回想,在波德莱尔那里,他那大理石花纹般的语言已经呈现出解体时的恣肆,就仿佛晚期罗马帝国的腐化与拜占庭学派繁复的精雕细琢,那是希腊艺术没落时最后的艺术形式。然而这正是一切民族和文明必然和命定的表达方式,当自然的生活被人工仿制的生活所取代并且在人们中间发展出各种前所未有的需要之时。

在波德莱尔的论述基础上,戈蒂耶进一步详细定义了"颓废"文学的诸种细部特点。戈蒂耶认为《恶之花》代表着一种彻底成熟的文明的晚期风格,并因此体现出完全不同于以往的风韵,其最根本性的特点就是极度成熟所带来的复杂、精致、微妙和灵活,对善恶、美丑、生死加以高度浓缩和融合,最终展现出与明晰的艺术世界彻底相异的充满晦明变化的美学空间。

"颓废"作为一种风格,最根本的特点就在于其高度的复杂性和包容性,在末日狂欢中将一切可资利用的素材融合为一次强劲的爆发,兼具腐化时的衰颓感与极致的纤敏。

这些内容为二十年后颓废派的出现做好了铺垫。波德莱尔的诗坛晚辈保罗·魏尔伦追随着由波德莱尔开创并由戈蒂耶发展的思路,总结出了一句经典结语:"颓废"就是"在死时保持美的状态的艺术"。这也是对"颓废"这一美学风格的高超总结。在波德莱尔去世不久之后,他开创的这种颓废美学已然在当时法国的年轻一代中大行其道。1883年,保罗·布尔杰在《当代心理随笔》中写道:

> 他(波德莱尔)宣称自己是颓废的,他寻找一切在生活和艺术中与简朴的自然状态相比显得病态和人造的事物,我们知道他这样做是怀着怎样对抗性的想法。他所偏爱的感觉是香水所引起的,因为香水相比其他事物更能激起那种我们心中充满肉欲的、晦暗而悲伤的、说不清道不明的东西。他所钟爱的季节是晚秋,

当忧郁所具有的那种魅力迷住了迷蒙的天空和收紧的心。令他愉悦的时刻是傍晚时分，当天空被染上七彩，就像伦巴第绘画的背景那样，一种枯涩的粉红与垂死的青绿所具有的细微色调变化。能让他中意的女性之美必须早熟而骨瘦如柴，具有一种从年幼的身体中凸显出的瘦骨嶙峋的优雅，或者就是迟暮的，在饱经踩躏的成熟女子的明日黄花之中。

正如布尔杰所说，波德莱尔的这种"颓废"，对理解他笔下的意象、体会其审美偏好与习惯，都具有极其重要的意义，甚至可以被视为波德莱尔最本质的美学诉求。深入把握"颓废"的含义，可以有效地帮助我们理解《恶之花》的氛围与意境。

《恶之花》：从恶中发掘美

简单解释了几个波德莱尔的美学关键词之后，最后谈一谈《恶之花》。这部诗集于1857年首次出版，随即受到法庭审判，其中六首诗作被查禁；先后出现过1861、1866和1868三个版本，直到1949年，法国最高法院才重新裁决，予以平反。

在确定《恶之花》这个标题之前，波德莱尔还设想过另外两个题目，分别是《勒斯波斯女性》和《灵薄狱》。所谓"勒斯波斯女性"，指的是古希腊女诗人萨福生活的勒斯波斯岛上的女性，后世被用作女同性恋的代名词，呈现出某种暧昧的肉欲与情色想象。而"灵薄狱"则是地狱的边缘，是基督教中未受洗礼的儿童死后安置之处，也是不得上天堂也不必下地狱之人落脚的中立地带，充满神秘的宗教意味，又似乎暗示着诗集内容与宗教的若即若离。

但最终，波德莱尔还是采用了"恶之花"作为标题。在一篇未完成的《恶之花》序言草稿中，他这样写道："从恶中发掘美，这在我看来很有趣，这个任务越是困难，就越令我舒心。"所以，所谓"恶之花"，其最直接的含义，就是美与善的脱钩，其中暗含的矛盾修辞（传统上与"花"应该与"善"对应）也意味着对传统真善美的颠覆。就像《美之颂歌》的开篇："哦，美，你是来自天堂还是出自深渊，/你那地狱般的神圣目光，/倾注着恩惠与罪恶，/为此，人们可以将你比作美酒。"

关于这部诗集，虽然每一首诗作都可以单独拿出来赏析，但并不能因此把《恶之花》单纯视为一百余首单篇诗作的合集，恰恰相反，其中存在某种隐性的整体结构。1857年，波德莱尔的朋友巴尔贝·道尔维利在一篇文章中阐述此书结构的严整性：

> 在华丽斑斓的诗行之下，艺术家们发现了一个秘密的结构，那是诗人的杰作，他苦思冥想和孜孜以求的结晶。《恶之花》不像其他诗集那样将风格抒情和灵感支离破碎的诗篇杂乱混编。与其说它是一部诗集，倒不如说它是一部结构极为严整统一的诗体著作。从艺术和美学角度出发，若不能按先后顺序去阅读这部诗集，无疑会漏掉许多东西——那可是诗人精心编排的顺序，因为他知道自己在做什么。

他本人也在各种场合多次强调全书的整体性。以1857年的初版为例，其中包含六个章节：《忧郁与理想》《巴黎即景》《酒》《恶之花》《反抗》《死亡》，它们完全可以从一个更宏阔的视角进行通盘考量。现实世界的生命困境激发出一种在精神世界中重塑天地的欲望（《忧郁与理想》），诗人游走于巴黎的茫茫人海（《巴黎即景》），在"人造天堂"中历练（《酒》），沉湎于肉体之乐（《恶之花》），站在该隐与撒旦一边反抗上帝的旨意(《反抗》)，最终迎来了死亡(《死亡》)。全书以长诗《旅行》作结，表达了诗人的出世之志，去往未知之处寻求新意的渴望。诗集的这种整体规划，值得读者细细思量。

在法国诗歌史中，《恶之花》的重要特征之一，就是其雅致的格律与颠覆的内容之间形成的强烈张力。就以波德莱尔的名作《应和》为例，原文如下：

La Nature est un temple où de vivants piliers
Laissent parfois sortir de confuses paroles；
L'homme y passe à travers des forêts de symboles
Qui l'observent avec des regards familiers.

Comme de longs échos qui de loin se confondent
Dans une ténébreuse et profonde unité,
Vaste comme la nuit et comme la clarté,
Les parfums, les couleurs et les sons se répondent.

Il est des parfums frais comme des chairs d'enfants,
Doux comme les hautbois, verts comme les prairies,
Et d'autres, corrompus, riches et triomphants,

Ayant l'expansion des choses infinies,

Comme l'ambre, le musc, le benjoin et l'encens,

Qui chantent les transports de l'esprit et des sens.

  这是一首标准的十四行诗，分为四个诗节，单从尾韵已经可以看出韵脚相当严谨。具体来说，每一行诗句由十二个音步构成，其中还不乏一些微妙的韵律组合。比如"Comme de longs échos qui de loin se confondent"，其中既有"c""d""l"与"qu""d""l"的头韵循环，又有"ong""oin""on"的鼻化元音组合，不但形成了丰富的音律效果，而且直接与内容呼应："如同悠长的回声，在远处相融。"这些反复出现的头韵和鼻化元音，其实就是这绵长的回声，在念诵时逐渐融合在了一起。从这个角度看，这句诗的音律与其讲述的内容存在直接的内在联系。

  《恶之花》中的音律，并不能将其视为传统格律的惯用外在形式，波德莱尔在形式层面的创造与诗歌的内容形成了微妙的关联。在这个信息爆炸的时代，读者可以借助网络资源，聆听《恶之花》的法语朗诵，从纯音乐性的角度感受诗篇的格律效果。

从民国至今，查阅各类波德莱尔的《恶之花》译文，翻译方式大体上分为两种。一种是以格律诗的方式来译，每一行字数基本相等，结尾押韵；另一种是用自由体来处理，每句的字数长短不一，完全打破原诗格律，在汉语中重新塑造某种声音的节奏感。对于这两种截然不同的翻译理念，很难说孰优孰劣，但确实给汉语世界留下了极为丰富的翻译实践。

波德莱尔也许是百年来被翻译次数最多的法国诗人，所以，翻译波德莱尔需要无比的勇气和毅力，而今天，这部卷帙浩繁的波德莱尔汉译史又翻开了崭新的一页。

2023 年 1 月

★ 张博，知名法语译者。
巴黎索邦大学文学博士，法国国际文学批评家协会会员。
代表译作纪德三部曲《背德者》《田园交响曲》《窄门》，入选"作家榜经典名著"系列。

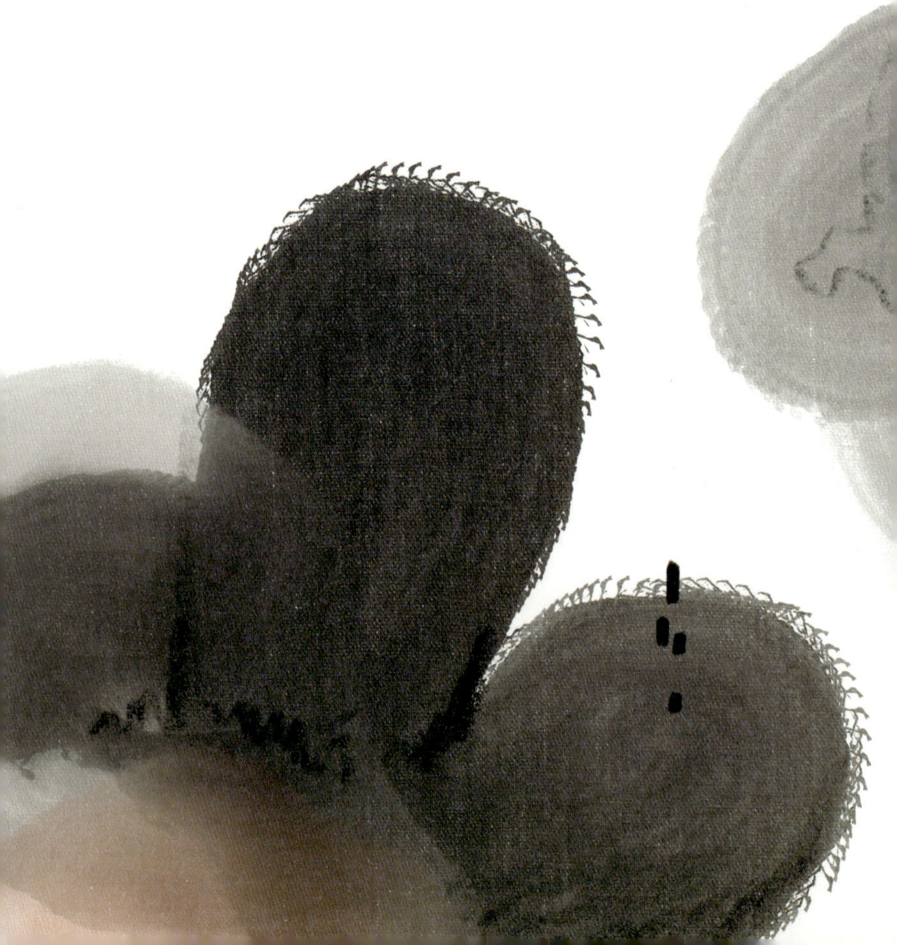

恶之花

忧郁与理想

巴黎即景

酒

恶之花

反抗

死亡

1868年第3版增补篇目

我怀着深深的谦恭之情

将这些病态的花朵献给

无可非议的诗人

法兰西文学完美的魔术师

我非常亲爱的与敬仰的导师与伙伴

泰奥菲尔·戈蒂耶

C. B.

致读者

愚蠢、谬误、罪恶、贪婪,
占据我们的灵魂,折磨我们的肉体,
我们哺育我们那令人愉快的悔恨,
犹如乞丐养活他们的虱子。

我们的罪恶顽固不化,我们的悔恨软弱无力,
我们为自己的供认开出昂贵的价钱,
我们欢快地折回泥泞的道路,
以为廉价的眼泪能洗去我们所有的污迹。

在恶的枕头上,撒旦像赫耳墨斯一般,
久久催眠着我们着了魔的头脑,
而我们的意志这高贵的金属,
已被这聪明的化学家全部蒸发。

是魔鬼牵着线让我们动来动去!
我们迷恋令人厌恶的事物,
每一天我们都向着地狱下降一步,
穿过恶臭的黑暗也毫不惊恐。

仿佛身无分文的荡子——吻咬着
一个老妓女饱受折磨的乳房,
我们窃取与我们擦肩而过的幽欢,
它被我们狠狠挤榨得像一只老橘子。

宛如无数紧挨着、挤来挤去的蠕虫,
一群恶魔在我们的大脑里狂欢作乐,
当我们呼吸时,死亡,那看不见的河流,
潜入我们的肺里,发出低沉的哀号。

如果强奸、投毒、凶杀、纵火
还没有把它们那可爱的图案,
绣上我们可悲的生活这陈旧的粗布,
那是因为我们的灵魂还不够大胆。

但是,在豺狼、豹子、母猎狗、
猿猴、蝎子、兀鹰、毒蛇,
在吠着、嚎着、嗥叫着、爬行着的怪物中间,
在我们的罪恶这肮脏的动物园里,

有一个东西更丑陋、更凶恶、更肮脏！
尽管它既不耀武扬威，也不大喊大叫，
它更乐意把尘世变为一片废墟，
然后，一个哈欠，吞下整个世界。

它就是厌倦！它的眼中充满禁不住的泪水，
当它抽起水烟筒，它梦想着断头台。
读者，你认识它，这个挑剔的怪物，
——虚伪的读者——我的同类——我的兄弟！

Spleen et Idéal

忧 郁 与 理 想

我知道

痛苦乃是唯一的高贵

——《祝福》

祝福

那时,遵从了至高权力者的意旨,
诗人出现在这个可厌的世界,
他的母亲惊恐万分,满口渎神的言辞,
向着怜悯她的上帝举起紧握的拳头:

"啊!我宁愿产下一团毒蛇,
也不想养活这可笑的东西!
诅咒那片刻之欢的夜晚,
使我的腹中怀上了这赎罪的祭品!

"既然你从所有女人里面选择了我,
使我被我那伤心的丈夫所讨厌,
既然我不能把这畸形的怪物
像一封旧情书般掷入火中,

"我要用你来压迫我的仇恨,
射向这个体现着你恶意的该死的工具,
我要狠狠地扭这可怜的树,
叫它长不出发臭的芽!"

就这样，她咽下她那仇恨的唾沫，
毫不领会那永恒的意图，
在地狱深处，她亲自备下
惩罚一个母亲之罪的柴堆。

然而，在一个天使隐形的庇护下，
这被遗弃的孩子因阳光而沉醉，
他发现自己所喝的一切、所吃的一切，
都是众神的食物和鲜红的仙酒。

他与风一起嬉戏，和云彩相互交谈；
他陶醉地唱着歌，走上那十字架之路；
看到他像一只鸟那样无忧无虑，
跟着他去朝圣的天使也为之落泪。

他想去爱的人，全都害怕地看着他，
或者，因他的平静而变得大胆，
竞相试着从他身上拧出一句呻吟，
在他身上检验他们的残忍。

Spleen et Idéal　忧郁与理想

在归他享用的面包和酒里,
他们掺进灰和脏唾沫,
凡他所碰过的东西,他们都假惺惺地抛弃,
连踩到他的脚印也觉得有罪。

他的妻子在集市上边走边喊:
"既然他觉得我美得足以受到崇拜,
我就要仿效那些过去的偶像,
我要像它们一样被镀上黄金;

"我要沉醉于甘松、熏香、没药,
沉醉于阿谀、佳肴和美酒,
我要看看能否从一颗虔敬的心里,
笑着夺走那应归于上帝的敬意!

"而当我厌倦了这渎神的玩笑,
我将把我有力而优雅的手抵在他身上,
我的指甲,将像哈耳皮埃[1]们的爪子一样,
切开一条直达他心脏的小路。

"那像雏鸟一样颤抖、抽动着的心脏,
我要将它血淋淋地从他的胸中扯出,
我要轻蔑地把它扔在尘土里,
让我宠爱的猎犬饱餐一顿!"

向着天空——他的眼睛在那里看到一个辉煌的宝座,
安详的诗人虔诚地举起他的双臂,
他清晰的精神发出的巨大光芒,
把那些狂怒的人们挡在他的视线之外:

"啊,上帝,赞美您,给我们带来痛苦,
如同带来治疗我们不洁之症的神圣解药,
如同最好、最纯的香精,
使强者为那神圣的狂喜做好了准备!

"我知道,在神圣军团那有福的行列里,
您为诗人保留了一个位置,
您还邀请他去参加三级天使、七级天使
和主天使们那永恒的宴会。

"我知道,痛苦乃是唯一的高贵,
尘世和地狱都无法将它毁坏,
我知道,为了编织我那神秘的王冠,
您得耗尽每一个时代和每一个宇宙。

"但是,那些古帕尔米拉 失传的宝石、
那些未知的金属、海里的珍珠,
即使由您亲手镶上,也配不上
这顶光辉耀眼的美丽王冠。

"因为做成那王冠的,不是别的,而是纯净之光,
它采自原始光线的神圣源头,
至于我们这些凡人的眼睛,它们最最明亮的时候,
也不过是失去光泽的哀伤的镜子!"

1. 哈耳皮埃:古希腊神话中的鹰身女妖,有女人的头和躯干,长着鸟的翅膀、尾巴及爪子。
2. 帕尔米拉:叙利亚古城,遗址现存于叙利亚沙漠中。

信天翁

为了取乐，海员们经常
抓住信天翁，这些巨大的海鸟，
懒洋洋地尾随着船只
一起滑过了咸苦的深海。

当他们刚把它们放到甲板上，
这些笨拙而羞愧的空中之王，
就可怜地垂下又大又白的翅膀，
好像在自己身边拖着双桨。

这长着翅膀的旅行家，多么笨拙、虚弱，
以前那么漂亮，现在却滑稽、丑陋，
有人用粗短的陶制烟斗逗弄着它的嘴，
另一个人蹒跚地模仿着这昔日高飞的瘸子。

诗人就像这乌云的王子，
经常在风暴中出没，嘲笑着弓箭手，
被放逐到人间，在一片嘘声中，
他巨大的翅膀只会妨碍他行走。

Spleen et Idéal　忧郁与理想

鸟与汹涌的海 / 美国 / 米尔顿·艾弗里

上升

在池塘上面，在山谷上面，
在山脉和森林、云朵、大海上面，
越过太阳，越过太空，
越过布满繁星的天体的边界，

我的灵魂，你毫不费力地行进着，
仿佛一个矫健的泳者沉醉于波浪，
你快乐地交飞于深邃的无限空间，
带着无法言说的强烈的喜悦。

飞吧，飞得更远些，远离这有毒的瘴气，
在天上的空气里去净化你自己，
尽情饮入那清澈之地的轻灵的火焰，
如同饮入那最纯的天堂神酒。

在那些压迫着我们迷雾般的
生活的烦恼和巨大悲痛背后，
这样的人是幸福的：他展开有力的翅膀，
奔向那光明而平静的境界，

Spleen et Idéal　忧郁与理想

他的思想,像云雀一般,
逃向早晨的天空,
——它盘旋于生活之上,并能毫不费力地听懂那些花朵和无声之物的语言!

圣赛维林教堂 / 法国 / 罗伯特·德劳内

应和

大自然是一座神殿,那些活的柱子
不时吐露出喃喃之语;
人穿行其中,穿过象征的森林,
森林用亲切的目光注视着他。

如同悠长的回声,在远处相融,
在一种幽暗深邃的整体之中,
像夜之黑暗与白昼之光一样辽阔,
香味、色彩和声音相互应和。

有的香味像儿童的肌肤一样清新,
像双簧管一样甜润,像草场一样鲜绿,
——有的香味,却腐败、浓郁、得意,

像无限之物一样扩张,
像琥珀、熏香、麝香、安息香,
歌唱着灵魂和感官的沉醉。

我爱回忆那些裸体的时代

我爱回忆那些裸体的时代,
在那些时代,福玻斯[1]喜欢给雕像染上金色。
那时,敏捷而强健的男人和女人,
没有谎言、没有焦虑地品尝爱情的兴奋;
当多情的太阳爱抚着他们的脊骨,
他们骄傲于自己高贵身体的健康,
那时,西布莉[2]慷慨地献出她的果实,
并不觉得她的孩子们是个过于沉重的负担;
像从心里涌出无边博爱的一头母狼,
她用自己褐色的乳头喂养着宇宙。
男人优雅、壮实、强健,当之无愧地
为那些尊他为王的美女而自豪;
那些毫无瑕疵、毫无疤痕的果实,
它们光滑、结实的肉体,引人咬住亲吻!

今天,当诗人要去想象
这原始的壮景,在那
男人和女人赤裸裸地展露自己的地方,
面对这充满恐怖的黑暗画面,
他感到一股阴寒裹住他的心。
哦,为衣服哭泣的畸形怪物!
哦,可笑的躯干,只配戴上面具的躯体!

Spleen et Idéal 忧郁与理想

哦，可怜的身体，扭曲、瘦弱、肿胀或松弛，
自幼年时，就被冷酷而平静的实用之神，
包裹在黄铜的襁褓里。
而你们，唉，蜡烛一样苍白的女人，
被放荡腐蚀、养活，而你们，处女们，
拖带着母性恶习的遗产，
和生殖力那全部的丑恶。

是的，我们这腐败的种族
具有种种古人所不知道的美：
因心灵溃烂而被腐蚀的面容，
而人们也许会说，这是倦怠之美的标志；
但是我们的晚期缪斯的这些发明，
永远也不能阻止那些多病的种族
把深沉的敬意献给青春，
——神圣的青春，有着平静的面容和坦率的神情，
有着流动的小溪般明亮清澈的双眼，
像蓝天、鸟类和花朵一样
无忧无虑地向万物洒下
它的芬芳、它的歌声和它甜蜜的热情！

1. 福玻斯：古希腊神话中太阳神阿波罗的别名。
2. 西布莉：古代小亚细亚人信仰的大地女神。

向黄金时代学习 / 法国 / 安德烈·德兰

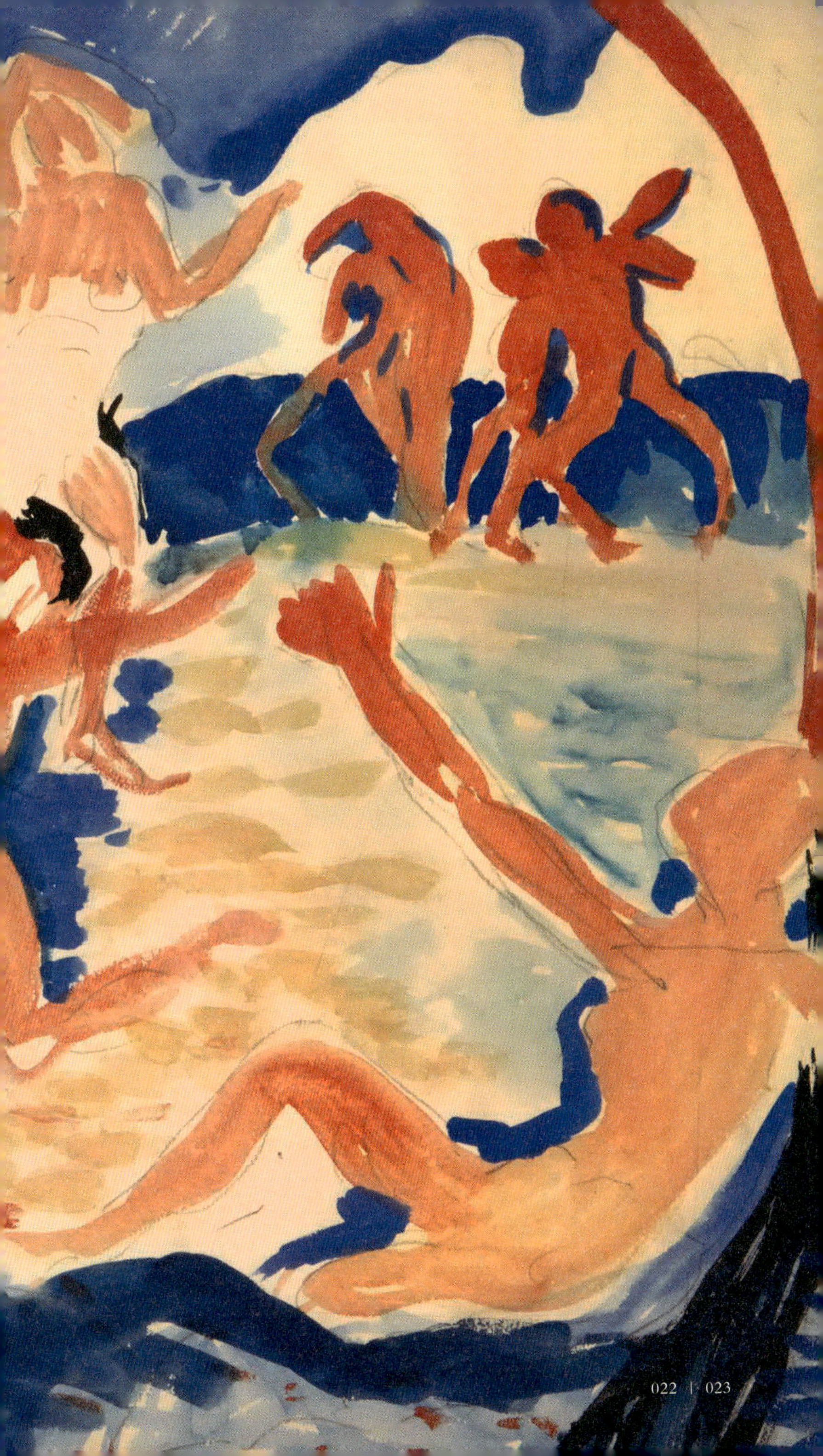

灯塔

鲁本斯[1],忘川,怠懒的花园,
凉爽的肉枕:在这里人们不能恋爱,
但生命却在这里不停地运动、旋转,
就像空中的气流与海上的潮汐;

莱昂纳多·达·芬奇,深邃而幽暗的镜子,
迷人的天使带着充满神秘的
甜蜜的微笑,出现于围绕着他们国度的
冰川和松树的阴影里;

伦勃朗[2],充满嗡嗡低语的阴沉的医院:
仅仅装饰着一个巨大的十字架,
在垃圾堆里升起含泪的祈祷,
突然又被冬日的阳光照亮;

米开朗琪罗,幽暗之地:只见赫拉克勒斯[3]
混入基督的行列,径直向上升起,
强壮的幽灵们在黄昏时分
探出手指撕着自己的裹尸布;

Spleen et Idéal 忧郁与理想

拳击手的愤怒、农牧神的无耻，
你懂得捕捉粗鲁者之美，
充满骄傲的伟大心灵，虚弱而脸色发黄的人，
普杰[4]，苦役犯们忧郁的皇帝；

华托[5]，狂欢节：许多名流心中的爱情
像蝴蝶一样，光焰照人地飞来飞去；
凉爽而明快的场景，被枝形吊灯照亮，
灯光将疯狂洒向旋转的舞厅；

戈雅[6]，充满了未知事物的噩梦，
在巫婆安息日中被炙烤的胎儿、
照镜的老妪，以及裹紧长袜
去引诱魔鬼的赤裸的孩子。

德拉克洛瓦[7]，坏天使们出没的血湖：
四季常青的冷杉林将它荫蔽，
它那阴暗的天空下面，传来奇怪的号角，
仿佛韦伯[8]那压低了声音的叹息；

这些咒语、渎神之辞、哀歌、
狂喜、哭喊、眼泪、感恩赞美诗,
是由无数个迷宫重复着的一个回声;
对于凡人的心灵,它们是一剂神圣的鸦片!

这是由无数个哨兵传递的一声呐喊,
无数个喇叭回荡着的一道命令;
这是照亮无数城堡的一座灯塔,
迷失于森林的猎人的一声呼叫。

因为,上帝,这真就是我们能为自己的高贵
作出的最好的证明,
这激动的呜咽,流过一个个时代,
渐渐消失在您永恒的岸边!

1. 鲁本斯（1577—1640）：佛兰德斯画家，巴洛克艺术的代表人物之一。代表作有《智者朝圣图》《农民的舞蹈》等。
2. 伦勃朗（1606—1669）：荷兰画家，巴洛克艺术的代表人物之一。代表作有《夜巡》《杜普教授的解剖学课》等。
3. 赫拉克勒斯：古希腊神话中的英雄，是宙斯与凡人阿尔克墨涅的私生子，出生后即力大无穷，在摇篮中捏死过天后赫拉派来谋杀他的两条毒蛇，成人后杀死九头怪物，完成了十二项英雄事迹。死后升为"大力神"。
4. 普杰（1620—1694）：法国画家，雕塑家，巴洛克艺术的代表人物之一。代表作有《凝视哥利亚头颅的大卫》《访亲》。
5. 华托（1684—1721）：法国画家，洛可可艺术的代表人物之一。代表作有《画店》《惜别爱情岛》等。
6. 戈雅（1746—1828）：西班牙画家，浪漫主义的代表人物之一。代表作有《农神食子》《战争的灾难》等。
7. 德拉克洛瓦（1798—1863）：法国画家，浪漫主义的代表人物之一。代表作有《自由引导人民》《阿尔及尔妇女》等。
8. 韦伯（1786—1826）：德意志作曲家。代表作有歌剧《优兰蒂》《奥伯龙》等。

生病的缪斯

我可怜的缪斯,唉,今早你哪里不舒服?
你深陷的眼睛充满了夜间的幻象,
我看见你的脸上相继显出
疯狂与恐惧,冷淡和沉默。

那绿色的女魔、那玫瑰色的小精灵,
为你倒出了她们瓮中的恐惧和爱情?
挥舞着专制而顽强之手的噩梦,
使你溺于一个传说中的沼泽底部?

我愿你那发出健康气息的内心,
经常成为有力的思想的居所,
我愿你基督徒的血涌起有节奏的波涛,

仿佛古代诗歌那有韵律的声音,
轮流统治它们的,是所有歌曲的父亲、福玻斯[1],
还有伟大的潘神[1]、收获的主人。

裹着毯子入睡的少女 / 奥地利 / 埃贡·席勒

可收买的缪斯

哦,我心中的缪斯,热爱宫殿的你,
当一月放出它的北风,在雪夜
那黑暗的烦恼中,你可有木柴
去暖和你冻得发紫的双脚?

你想用那穿过百叶窗的夜光,
使你淤色的肩膀暖和过来?
明知道你的钱包和你的宫殿一样空无,
你还想从拱形的蓝天收获黄金?

为了挣得自己每晚的面包,你不得不
像一个唱诗班的孩子那样摇起香炉,
唱起自己并不相信的感恩赞歌。

或者,像个饥饿的江湖骗子,去叫卖你的魅力,
你的笑声里浸着人们看不见的眼泪,
让那粗俗之众笑得发抖。

Spleen et Idéal　忧郁与理想

坏修士

古代的修道院在高墙上
用绘画展示神圣的真理,
这再度温暖了虔诚的心灵,
减轻了院墙那庄严的冷峻。

在基督的种子兴旺起来的年代,
多位著名修士——今天已鲜为人知,
把墓场当作画室,
天真地歌颂死亡。

——我的灵魂是一个坟墓,我这个坏修士,
自永久以来,便游荡、居住于此;
这可恶的修道院,墙上没有任何装饰。

哦,懒惰的修士!我何时才能学会
把我悲惨的苦难,这鲜活的景象,
化作我手中的劳作、眼中的爱情?

敌人

我的青春只是一场阴沉的暴雨,
偶尔被太阳那灿烂的光线刺穿;
雷电和雨水造成如此严重的破坏,
我花园中鲜红的果实已所剩无几。

我突然抵达了思想的秋天,
我得用铲子和耙子开始工作,
去重整被淹没的土地,
水在那里挖出了墓穴般大的窟窿。

有谁知道我梦想中的鲜花,
在这被冲得像沙滩般光秃秃的泥土中,
能否找到养活自己的神秘的养料?

——哦,痛苦!哦,痛苦!时间吞噬生命,
而那啃咬我们心脏的隐秘的敌人
靠汲取我们失去的血液而成长!

海与花丛 / 瑞典 / 斯文·埃里克森

厄运

要想举起如此沉重的分量,
西绪福斯[1],需要你鼓起勇气!
一个人即使醉心于工作,
但是艺术漫长而时光短暂。

远离那些著名的墓地,
走向一座孤坟,
我的心,像低沉之鼓,
敲起葬礼进行曲。

——许多被埋葬的宝石
沉睡于黑暗和遗忘
远离尖镐和探钻。

许多鲜花无奈地,
在幽深的孤独中,
吐露出秘密般的香味。

---

1. 西绪福斯:古希腊神话中的科林斯国王,因触怒诸神,被罚将巨石推上山顶,巨石滚落后再推上去,永不停歇。

Spleen et Idéal　忧郁与理想

从前的生活

我曾长久地在那些巨大的柱廊下流连,
海上的阳光用无数火焰将它照亮。
这些高大、笔直、雄伟的柱子,
使得夜晚的柱廊宛如玄武岩的洞穴。

涌浪摇晃着天空的倒影,
以一种庄严而神秘的方式,
将绚丽音乐那万能的和弦,
与映在我眼中的落日之色融为一体。

在那里,我生活在宁静的快乐里,
周围是蓝天、大海、光辉壮景,
以及散发香气的裸体奴隶。

他们用棕榈叶扇着我的额头,
他们唯一关心的,就是探究
那使我消瘦的痛苦的秘密。

阳光闪耀 / 荷兰 / 让·阿丁克

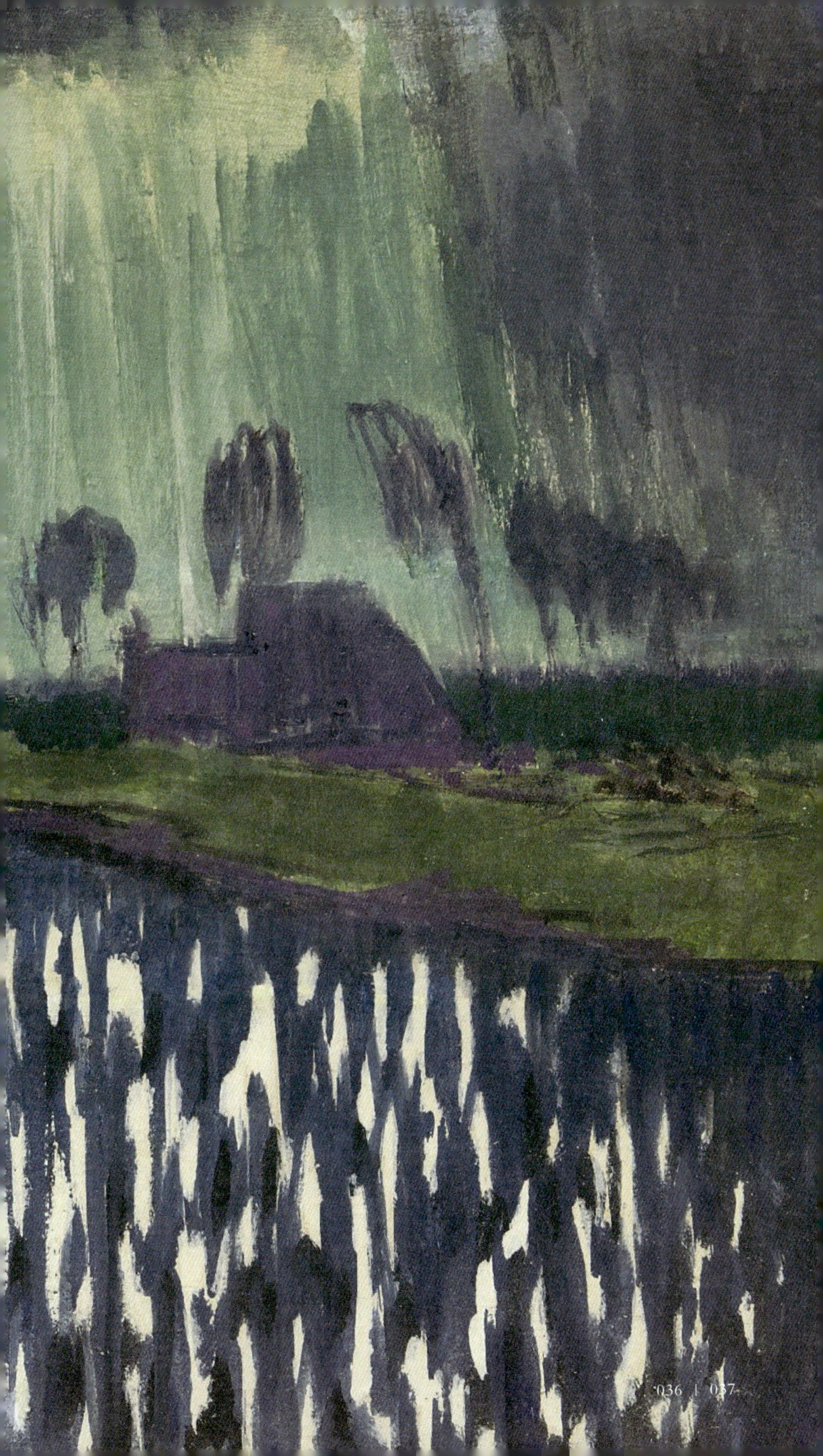

旅途中的波希米亚人

那目光炯炯的预言家的部落
昨夜上了路,他们把孩子放在背上,
或是为了满足孩子那强烈的胃口,
献出下垂的乳房这常备的宝库。

男人们带着他们锃亮的武器
沿着车队行走,家眷蜷在车上;
他们沉重的目光眺望着天空,
眼中映满了幻想破灭后那悲哀的悔恨。

蟋蟀在沙中小窝的深处
看着他们经过,把歌唱得越来越响,
喜爱他们的西布莉,扩展了她的绿荫,

让岩石喷出泉水,让沙漠开出鲜花,
来迎接这些旅行者,向他们敞开
未来那黑暗而熟悉的王国。

Spleen et Idéal 忧郁与理想

人与海

自由的人,你将永远珍爱大海!
大海是你的镜子;在它无尽展开的
波涛里,你凝视着自己的灵魂;
你的精神是一个同样咸苦的深渊。

你喜欢投到自己倒影的怀里;
你用双眼和双臂将它拥抱,而你的心,
有时则因这狂野难驯的怨声,
而排遣自己的喧嚣。

你们两个全都阴郁而缄默:
人啊,没有谁探得到你深渊的底部,
哦,大海,没有谁知晓你隐秘的财富,
你们都如此珍守着自己的秘密!

虽然,无数个世纪过去了,
你们相互搏斗,毫无怜悯,毫无悔恨,
你们依然如此热爱残杀和死亡,
哦,永恒的战士,永不和解的兄弟!

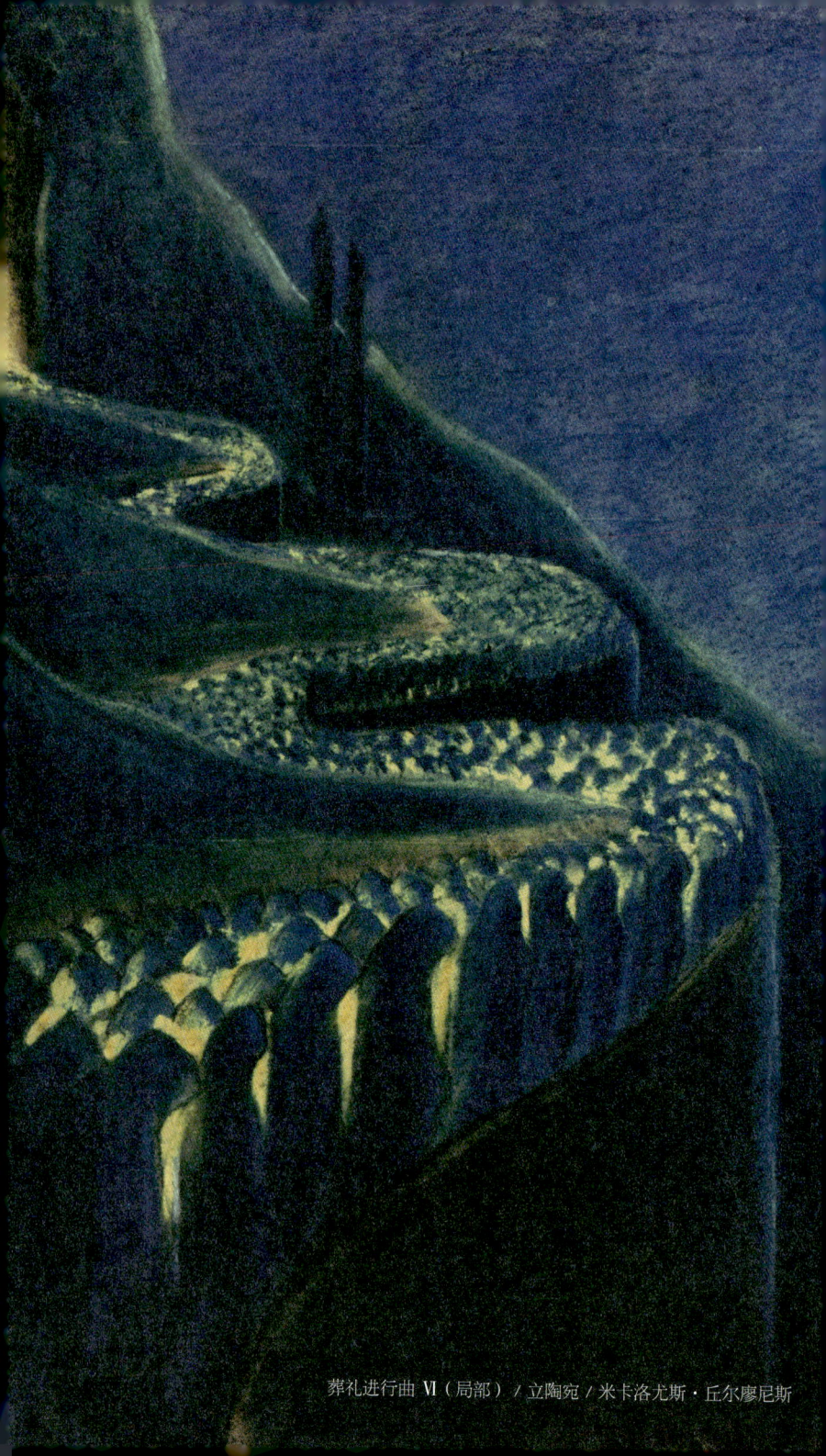

葬礼进行曲 Ⅵ（局部） / 立陶宛 / 米卡洛尤斯·丘尔廖尼斯

地狱里的唐璜[1]

当唐璜坠落到那条地下河,
当他把铜板交给卡隆[2],
这阴郁的乞丐,带着安提西尼[3]般傲慢的眼神,
用两只强壮而充满仇恨的手抓起双桨。

袒露着下垂的乳房,敞开长袍,
女人们在黑暗的天空下扭曲,
如同一大群被献祭的牺牲,
在他身后发出长久的嚎叫。

斯加纳雷尔[4]笑着索要他的工钱时,
唐路易[5]正伸出一只哆嗦的手指,
叫游荡在河边的死者来看
那个曾取笑他的白发的放肆的儿子。

戴着孝的艾尔薇拉[6]颤抖着,贞洁而瘦弱,
在这负心的丈夫、昔日的情人身边,
仿佛在向他哀求一个最后的微笑,
这微笑将像他最初的誓言闪出甜蜜的光芒。

一个穿戴盔甲的石雕般的高大男子，
身子直挺，掌着舵，劈开黑色的波涛；
但那个平静的英雄，拄着他的长剑，
长久凝视着航迹，对别的不屑一顾。

1. 唐璜：指法国戏剧家莫里哀同名剧作《唐璜》中的主人公。
2. 卡隆：古希腊神话中冥河的摆渡人，负责划船将亡魂带到冥界。
3. 安提西尼（约前445—约前365）：古希腊哲学家，犬儒学派创始人，苏格拉底的学生。
4. 斯加纳雷尔：剧中唐璜的仆人。
5. 唐路易：剧中唐璜的父亲。
6. 艾尔薇拉：剧中唐璜的情人。

Spleen et Idéal　忧郁与理想

对骄傲的惩罚

在那令人惊叹的时代,
神学欣欣向荣,茁壮成长,
据说有一天,一位最伟大的学者,
——当他全力俘获了那些麻木的心灵,
将他们从黑暗深处摇醒;
当他向着那天国的荣耀,穿过
连他也未曾见过、也许只有纯洁的圣灵
曾经到过的奇异的道路,
——就像一个爬得太高的人,被慌乱侵袭,喊叫着,
被魔鬼般的骄傲冲昏了头脑:
"耶稣,小耶稣!我把你抬得太高了!
一旦我想攻击你的甲衣的弱处,
你的耻辱将会等同于你的光荣,
你只不过就是一个可笑的胎儿!"

顿时，他的神智消散，
一块黑纱遮住了太阳的光辉；
整个的混沌在那理智的头脑里翻滚，
这一度生机勃勃、有序、昌盛的神庙，
穹顶下有过多少辉煌的盛典，
如今却被寂静和黑暗占据，
像一个丢失了钥匙的地窖。
从此，他就像是街头的野兽，
他一路走过，看不见任何东西，
穿过田野，分不清夏季和冬季，
他像一个废物，肮脏、无用、丑陋，
沦为孩子们取乐的笑柄。

裸体习作 / 土耳其 / 菲克雷特·穆拉

美

啊，人们！我是如此之美，仿佛石头之梦，
我的乳房使每个人轮番受到伤害，
它们注定要在诗人身上激起一种
像物质一样永恒而无声的爱情。

端坐在空中的王座上，我像神秘的斯芬克司，
集雪做的心脏与天鹅的白色于一身；
我憎恨那移动线条的运动，
我从来不哭也从来不笑。

我那崇高的姿势仿佛是在模仿
最骄傲的雕像，在它面前，
诗人们将在刻苦的研习中耗尽一生；

因为，为了迷住这些顺从的情人，
我拥有使万物变得更美的纯净的镜子：
我的眼睛，我的大眼睛闪耀着永恒的光辉！

Spleen et Idéal　忧郁与理想

理想

那绝不是晕影照片上的美女,
一个无耻世纪的变质的产物,
穿着高跟鞋的脚、拿着响板的手,
能满足我这样的一颗心。

我把那群叽叽喳喳的医院里的美女
留给加瓦尼[1]自己,这萎黄病的诗人,
在这些苍白的玫瑰之中,我找不到一朵
有我理想中的那么红。

我这深渊一般的心所真正需要的,
是你,麦克白夫人,在罪行中如此强有力的灵魂,
诞生于热风地带的埃斯库罗斯之梦;

或者是你,伟大的《夜》[2],米开朗琪罗的女儿,
你坦然地扭出一个奇异的姿势,
你的诱惑力迎合着泰坦的嘴唇!

---

1. 加瓦尼(1804—1866):法国插画家。代表作有《巴黎的狂欢节》。
2. 《夜》:意大利雕塑家米开朗琪罗的大理石雕塑作品。

超现实景观（局部）／芬兰／奥托·马基拉

女巨人

那时,大自然以充沛的精神,
每天孕育着巨大的孩子,
我多想生活在一个年轻女巨人身边,
像女王脚下一只贪图享乐的猫。

我多想看着她的灵魂和肉体茁壮成长,
在她骇人的游戏中无拘无束地发育;
从那浮现在她眼中的湿雾,
去猜测她心中是否藏着暗火;

去从容地探究她美妙的形体,
在她巨膝的斜坡上爬来爬去,
在夏天的某个时候,当有损健康的太阳

使她疲倦地躺下,身躯横贯田野,
我多想在她乳房的阴影里酣睡,
犹如山脚下一个平静的小村庄。

面具

——文艺复兴风格的寓言雕像

致雕塑家欧内斯特·克里斯托夫

让我们凝视这佛罗伦萨风韵的珍宝；
在这肌肉发达的身体的起伏之中，
优雅和力量，这对神圣的姐妹无处不在。
一件真正令人惊叹的杰作，
苗条得令人崇拜，强健得像神一样，
这个女人生来就是为了端坐于奢华的床榻，
为教皇或君主消遣闲暇。

——你看那微笑，优雅而肉感，
露出那自负的迷醉；
那狡猾、留恋的一瞥，嘲弄而怠懒；
那罩着一层薄纱面具的可爱的面孔，
每一根线条都得意扬扬地说：
"欢乐在呼唤我，爱情为我加冕！"
对于这个如此高贵的生命，
看，美貌又为她带来了怎样迷人的魔力！
让我们靠近点，围着她的美流连。
哦，艺术上的亵渎！哦，致命的意外！
那富于神性的女体，允诺了幸福，
上面竟是个双头的怪物！

Spleen et Idéal　　忧郁与理想

——但是,不!这不过是个面具,骗人的装饰,
一个优美的鬼脸使这面容发亮,
看,那残忍皱缩起来的,
才是真正的脑袋,真实的脸
向后仰起,隐藏在那说谎的面孔后面。
可怜而高贵的美人!你的泪水
那壮丽的大河流入我痛苦的内心,
你的假象让我陶醉,我的灵魂畅饮
痛苦在你的眼中激起的波涛。

——可是她为何哭泣?她这完美的、
可以使被征服的人类拜倒在她脚下的美人,
什么样的隐疾啃咬着那强健的腰腿?

——傻瓜,她哭泣,是因为她曾经活过!
是因为她正活着!但尤其让她哀伤,
让她连双膝也为之战栗的,
唉!是明天她还得继续活下去!
明天,后天,永远!——像我们一样!

美之颂歌

哦,美,你是来自天堂还是出自深渊,
你那地狱般的神圣目光,
倾注着恩惠与罪恶,
为此,人们可以将你比作美酒。

你把夕阳和朝霞包容于自己眼中;
你像暴雨的黄昏散发着香味;
你的吻是春药,你的嘴是双耳尖底瓮,
使英雄变得怯弱,让孩子变得勇敢。

你是出自黑暗的深渊,还是从星辰降落?
着了魔的命运,狗一样追随着你的裙子,
你随意地播撒快乐与灾难,
你统治一切却不负丝毫责任。

你踏过被你嘲笑的尸体,啊,美!
在你的珠宝中,恐怖并非魅力最小的一颗,
而在你最珍贵的饰物之间,凶杀
正在你骄傲的肚皮上跳着妖艳的舞。

Spleen et Idéal 忧郁与理想

哦，蜡烛！目眩的蛾虫向你飞去，
噼啪烧了起来，还说："祝福这火炬！"
趴在他的情妇身上喘息的情人，
仿佛垂死者在爱抚自己的坟墓。

你是来自天堂还是地狱，有什么关系？
哦，美！巨大、可怕、天真的怪物！
如果你的目光、你的微笑、你的脚
能为我打开我热爱却从未见过的无限之门。

来自上帝或是撒旦，有什么关系？天使或是海妖，
有什么关系？只要你——有着天鹅绒眼睛的仙子，
有着节奏、香味、光芒的仙子——我唯一的女王！
能够让世界不这么丑恶，让时光不这么沉重。

异国的香味

在一个炎热的秋夜,当我闭上双眼,
呼吸着你温暖乳房上的气息,
我看见快乐的海岸在我面前展开,
在那单调太阳的火焰下闪耀;

一座慵懒的小岛,大自然给了它
奇异的树木、美味的水果,
身体健壮而修长的男人,
以及目光坦率得惊人的女子。

被你的香味带向这些迷人的地方,
我看见一个充满风帆和索具的港口,
但海浪还是令它感到疲倦。

那时,绿色罗望子树的香味,
弥漫在空中,使我的鼻孔为之扩张,
在我的灵魂里与水手的歌谣融为一体。

Spleen et Idéal 忧郁与理想

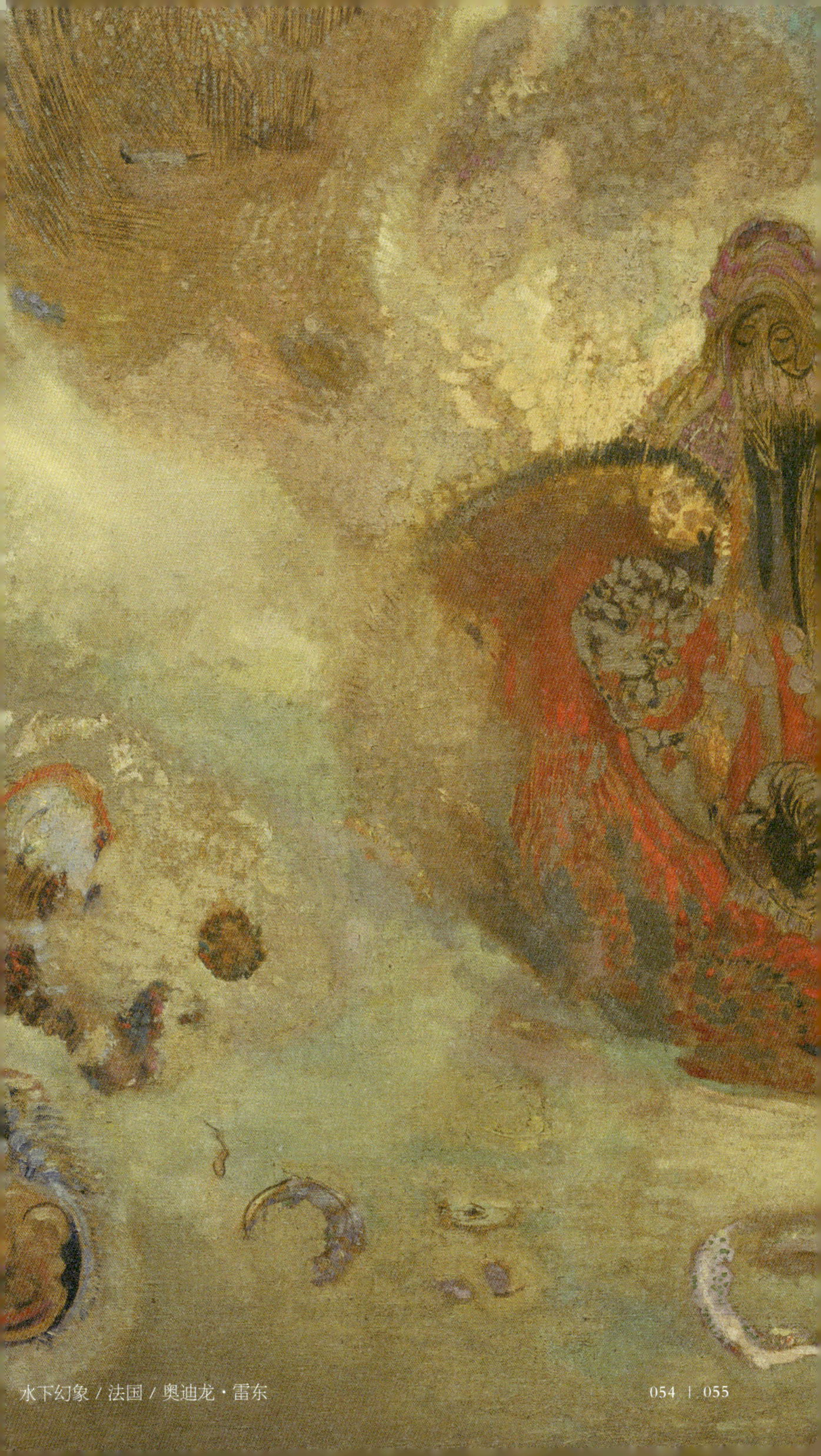

水下幻象 / 法国 / 奥迪龙·雷东

头发

啊,金羊毛,一直卷到脖颈!
啊,鬈发!啊,如此冷淡的芬芳!
令人心醉!今夜,为了让那些在浓密长发里
沉睡的回忆,布满这间黑暗的凹室,
我要把这头发像块手帕在空气里摇荡。

倦怠的亚洲和火热的非洲,
不在眼前、几乎消逝的整个遥远的世界,
都留在你这芬芳森林的深处!
当别的灵魂在音乐上飘扬,
我的,啊,我的爱!在你的香气上浮游。

我要到那里去,在那里,充满活力的树和人,
因为气候的炎热而长久地沉醉;
浓密的发辫,请化作波涛将我带走!
乌黑的大海,你蕴含着一个光彩夺目的
风帆、桨手、船旗和桅樯之梦:

Spleen et Idéal   忧郁与理想

一个喧闹的港口，在那里，我的精神
大口地畅饮芳香、声音和色彩；
在那里，船只滑过黄金和纹绸，
张开它们宽广的手臂去拥抱
在永恒的炎热中闪烁着的晴空的荣光。

我要把我充满柔情的醉醺醺的脑袋，
埋入这蕴藏着另一个大海的黑色海洋；
在摇摆中得到爱抚的我敏感的灵魂，
将再度找到你，啊，丰饶的慵懒，
芬芳的闲暇那无止境的摇晃！

蓝色的头发，黑暗笼罩的苍穹，
你把辽阔的圆形蓝天还给了我；
在你卷曲的发绺边上，那长着绒毛的地方，
我热烈地沉醉于椰子油、麝香
和柏油的混合气味。

久久地！永远！我的手要在你浓密的头发里，
撒下红宝石、蓝宝石与珍珠，
这样，你就再也不会无视我的欲望！
你是否就是我梦中的绿洲，
任我大口畅饮回忆之酒的葫芦？

红发女子 / 法国 / 保罗·塞律西埃

我崇拜你,犹如崇拜夜的穹顶

我崇拜你,犹如崇拜夜的穹顶,
哦,忧伤之瓮,高贵而沉默的女人,
你越是逃避我,我越是爱你,
当你出现,装饰着我的黑夜,
进一步讽刺般地扩大了
我的双臂和无限的蓝天之间的距离。

我前行,准备进攻,我攀爬,准备袭击,
犹如尸体后面的一群蛆虫,
啊,无情而残忍的傻瓜,
我甚至珍爱那使你变得更美的冷漠!

Spleen et Idéal　忧郁与理想

你会把整个世界引到你的床前

你会把整个世界引到你的床前,
荡妇!无聊让你的灵魂变得残忍。
在这奇异的游戏里,为了锻炼你的牙齿,
你天天都需要有新的心脏出现在架子上。
你的眼睛亮得像商店的橱窗,
又像公共节日上的紫衫一样闪闪发光,
傲慢地滥用着一种借来的力量,
对它们的美的法则却一无所知。

又瞎又聋的机器,暴行制造者!
吸着整个世界鲜血的治疗器具!
你怎能不羞愧,在所有的镜子里,
你怎能看不见自己的魅力正在消失?
当大自然巧妙地藏起它的意图,
利用你这女人,哦,邪恶的王后,
利用你这卑贱的蠢货,去塑造一个天才,
你为何不在这邪恶的暴行(在这方面
你自以为是一个行家)面前退缩?

啊,卑鄙的伟大,崇高的污秽!

星之舞 / 希腊 / 康斯坦丁诺斯·马利亚斯

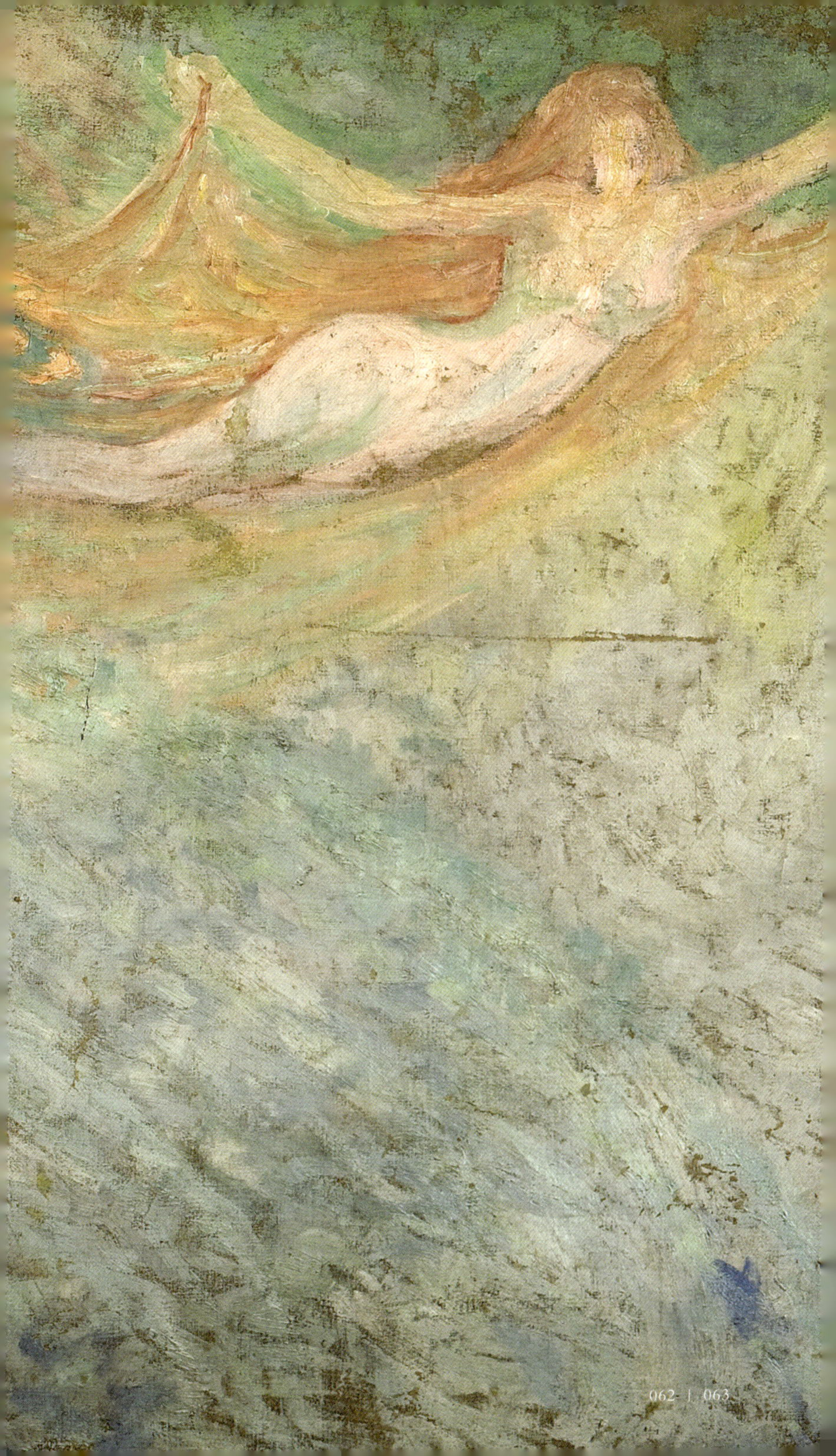

无法满足

奇怪的神明,褐色的,像夜一样,
混合着麝香和哈瓦那烟叶的芬芳,
这件作品出自某位神巫、草原上的浮士德、
肋部乌黑的女术士、黑色午夜之子。

我宁可要你口里的蜜药——爱情在其中起舞,
也不要恒久之物、鸦片、努依红酒;
当我的欲望向你纷纷涌去,
你的双眼就是供我的烦恼畅饮的水池。

透过又大又黑的眼睛,你这灵魂的气窗,
哦,残忍的魔鬼!别向我泼出这么多的火焰,
我不是那将要拥抱你九次的冥河,

唉!我无法,放荡的墨纪拉[1]啊,
为了摧毁你的勇气并把你带入绝境,
无法在你地狱般的床上变成普罗塞尔平娜[2]!

1. 墨纪拉:古希腊神话中的复仇三女神之一。
2. 普罗塞尔平娜:古罗马神话中的冥后。

Spleen et Idéal   忧郁与理想

穿着她那珠光闪闪、波状起伏的衣服

穿着她那珠光闪闪、波状起伏的衣服
走路时,她也仿佛在跳舞,
仿佛那些长蛇,被神圣的杂耍艺人
用棍子的一端有节奏地拨动。

仿佛沉闷的沙子与沙漠里的蓝天,
对人类的痛苦全都毫无感受,
仿佛大海的波涛织成的巨网,
她漫不经心地展示着自己。

她闪光的双眼由迷人的矿石做成,
在那具有象征意义而又奇异的天性中,
未受亵渎的天使和古老的斯芬克司合为一体,

一切都只是金子、钢铁、光线和钻石,
仿佛一个无用的星体,永远闪耀着
不育的女人那冷淡的威严。

吻（局部）/ 挪威 / 爱德华·蒙克

跳舞的蛇

懒洋洋的宝贝,我多么喜欢
看着你美丽的身体,
它像抖动的织物,
皮肤闪亮!

在你味道强烈的
浓密的头发上,
在这有着蓝色和棕色波浪的
芬芳而恣肆的海上,

像一条船迎着
晨风醒来,
我爱幻想的灵魂向着
远方的天空启航。

你的眼睛,不流露
丝毫的甜苦,
这是两块混合了金与铁的
冰冷的饰物。

看见你走路时踩着节奏,
放纵的美人,
仿佛看见一条蛇
在棍梢上跳舞。

在慵懒的重负下,
你孩子般的头,
轻轻晃动,
柔软得如同一头幼象。

你的身体斜躺着展开,
像一条精致的船,
左右摆动,
把桅桁浸在水中。

仿佛因冰河隆隆解冻
而涨起的波涛,
当你口中的涎水
涌向你的齿尖,

Spleen et Idéal 忧郁与理想

我仿佛喝下波希米亚葡萄酒，
苦涩而征服一切，
一个液态的天空
在我心里撒下群星。

腐尸

回想一下我们看到的那个东西,亲爱的,
这晴朗的早晨如此甜美;
在小路拐弯处,一具污秽的腐尸
躺在撒满碎石的路基上。

它四脚朝天,像个荡妇一样,
热烘烘的,冒着毒气,
满不在乎、无耻地
露出它胀气的肚子。

太阳照着这团烂肉,
仿佛要把它烤得正到火候,
仿佛要向伟大的自然百倍地返还
曾被她结合起来的万物。

天空注视着这鲜花般绽放的
美妙的骸骨。
那臭味如此强烈,您简直
快要晕倒在草地上。

Spleen et Idéal　忧郁与理想

树女 / 法国 / 弗朗西斯·皮卡比亚

苍蝇在这腐烂的肚子上嗡嗡作响,
从肚子里爬出了一大群黑色的
蛆虫,像一股浓稠的液体,
沿着这活的破布流淌。

所有这些都波浪般起起伏伏,
横冲直撞,闪闪发光,
仿佛因不明之气而胀起的这具尸体,
靠繁殖活着。

这个世界发出一种奇特的音乐,
像流水,像风,
像谷粒,被簸扬者用有节奏的动作
在簸箕里颠摇、翻转。

外形已经模糊,只留下一个梦,
一幅迟迟没有画出的草图,
在遗忘的画布上,艺术家
只能靠记忆把它完成。

在岩石后面，蹲着一条焦躁的母狗，
用恼火的目光注视着我们，
等待着时机，从这骸骨上取回
它刚松开的那块肉。

——您也将像这垃圾一样，
像这可怕的秽物一样，
我眼睛的星星，我天性的太阳，
您，我的天使和我的激情！

是的！您将会这样，优雅的女王，
在临终圣礼之后，
当您就要去那郁郁花草下面，
在枯骨中发霉。

那时，啊，我的美人！请告诉那些
用亲吻啃噬着您的虫子：
我的爱已经分解，但我已留住
其外形和神圣的本质！

我从深处呼喊

你啊,我唯一的所爱,我乞求你的怜悯,
从我的心坠入的黑暗深渊的底部,
这是一个有着铅灰色地平线的阴郁世界,
黑夜里到处飘荡着恐怖和诅咒。

六个月,一轮毫无热度的太阳在上空掠过,
另外六个月,黑暗笼罩大地;
这个地方比极地更加光秃,
——没有野兽,没有河流,没有绿色,没有树林!

然而,世上没有什么恐怖能超过
冰一般的太阳那冷酷的残忍,
以及这古老混沌般的无尽长夜。

我嫉妒最卑贱的动物的命运,
它们可以沉入愚钝的睡眠,
它们那时间的线卷放得如此之慢!

Spleen et Idéal 忧郁与理想

星夜（局部）/ 挪威 / 爱德华·蒙克

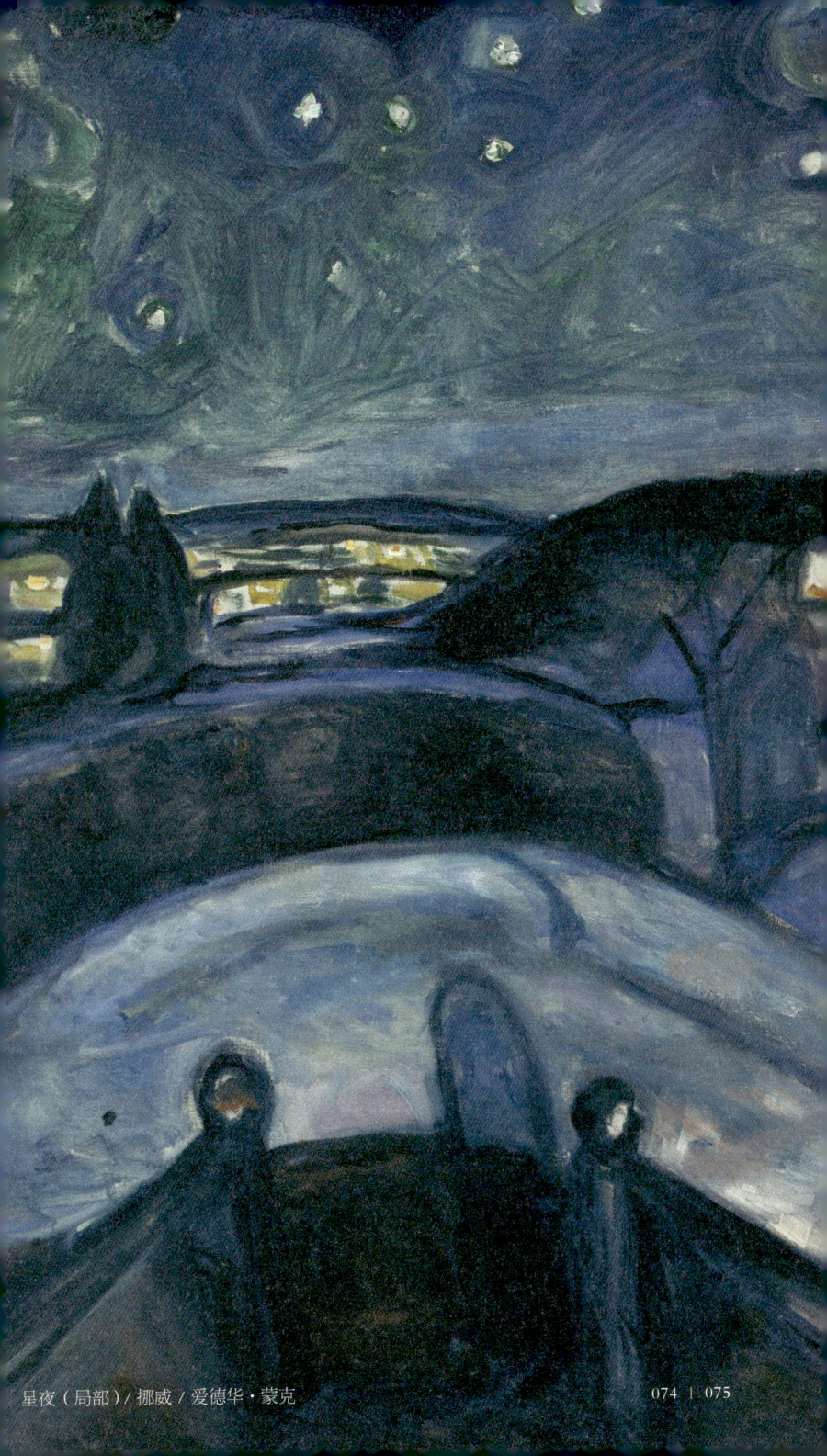

吸血鬼

你,像刀扎一样,
进入我悲哀的心;
你,强大得像一群魔鬼的你
来了,疯狂,穿着盛装。

为了把我受辱的精神
变成你的床和领地,
——我和这无耻的东西捆在一起,
像苦役犯之于链条,

像偏执的赌徒之于赌博,
像酒鬼之于他的酒瓶,
像尸体之于蛆虫,
——该死,你这该死的!

我乞求利剑
为我赢得自由,
我请求阴险的毒药
将我从怯懦中解救。

Spleen et Idéal 忧郁与理想

唉！毒药和剑
都轻蔑地对我说：
"你不配从你可诅咒的
奴役中获得解脱，

"傻瓜！——如果我们的努力
使你摆脱了她的统治，
你的亲吻将会唤醒
你的吸血鬼的尸体！"

吸血鬼 / 挪威 / 爱德华·蒙克

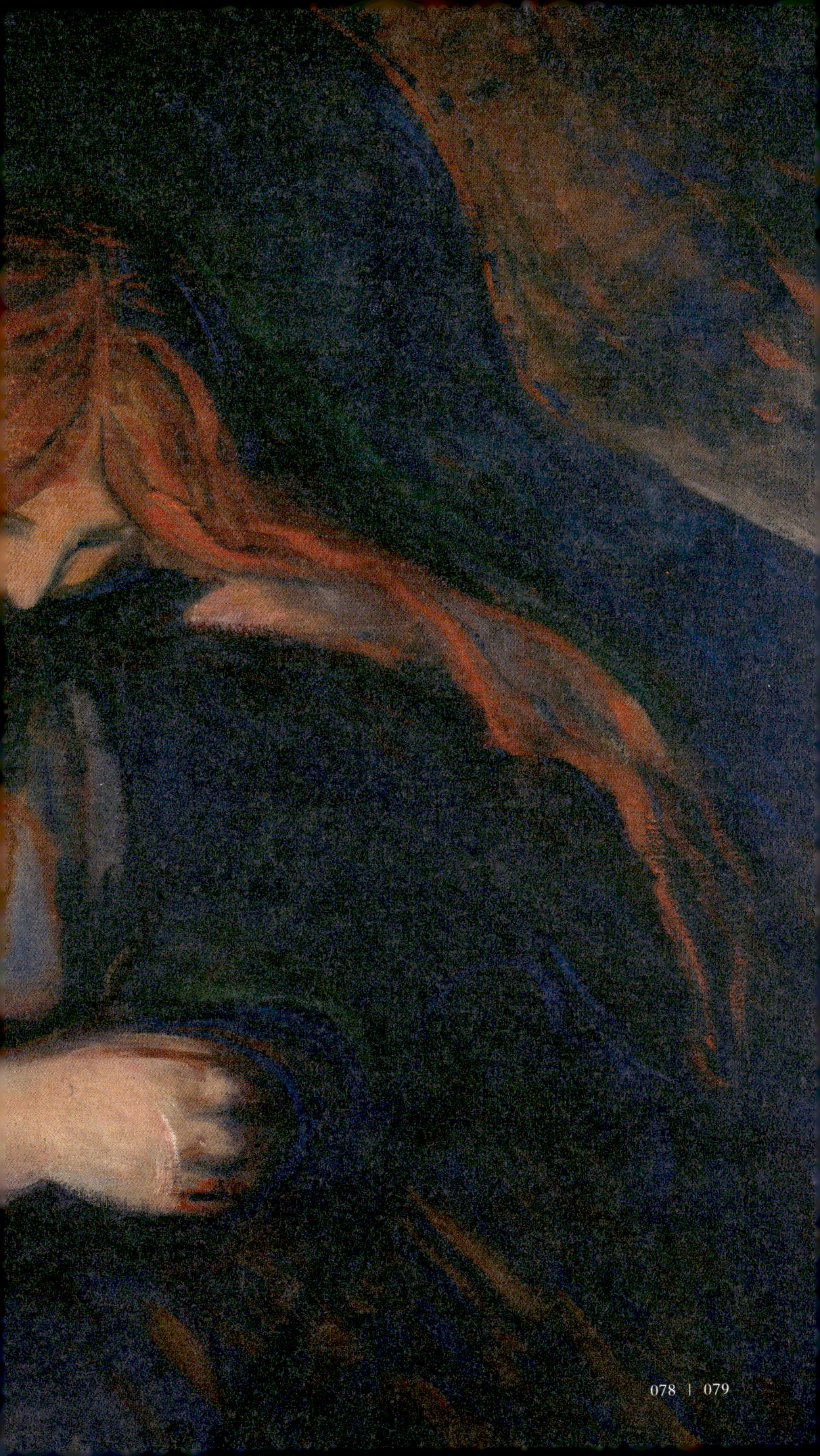

有天夜里,在一个可怕的犹太女人身边

有天夜里,在一个可怕的犹太女人身边,
像一具直躺的死尸贴着另一具死尸,
在这卖身的肉体旁,我想起
我的欲望放弃了的忧愁美人。

我想象着她自然的端庄,
她具有活力、仁慈的眼神,
她宛如芬芳之盔的头发,
对它的回忆重新燃起我的爱情。

因为,我本会狂热地亲吻你高贵的身体,
在你娇嫩的双脚直到黑色发辫之间,
呈上深情爱抚的珍宝。

假如,某个晚上,由于一颗情不自禁的眼泪,
你不得不,啊,残忍者中的王后!
模糊了你冷酷瞳孔的光辉。

Spleen et Idéal　忧郁与理想

死后的悔恨

我忧郁的美人,当你睡在
黑色大理石制成的墓碑下面,
当你只有漏雨的地窖和挖空的坑道
做你的卧室和宅邸。

当石头压着你胆怯的胸脯,
以及你那因迷人的冷漠而变得柔软的腰部,
妨碍你的心脏去跳动,去希冀,
使你的双脚不再追逐冒险之路。

坟墓,我无尽幻梦的知己
(因为坟墓永远理解诗人),
在那无法入眠的长夜,

会对你说:"未臻圆满的妓女,
不懂得死者的悲哀,对你又有何帮助?"
——蠕虫会像悔恨一样啃着你的皮肤。

猫

来,我漂亮的猫,到我多情的胸口来,
收起你的脚爪,
让我潜入你美丽的
金属与玛瑙合成的眼睛。

当我的手指悠然地爱抚着
你的脑袋和你富有弹性的背,
当我的手触摸着你带电的身体,
快乐得陶醉,

我在内心看到了我的女人。她的目光,
像你一样,可爱的动物,
深沉而冷淡,锋芒般切入、劈开。

而且,她从脚到头,
有一种隐约的气息、一种危险的香味,
飘荡在她棕色的身体周围。

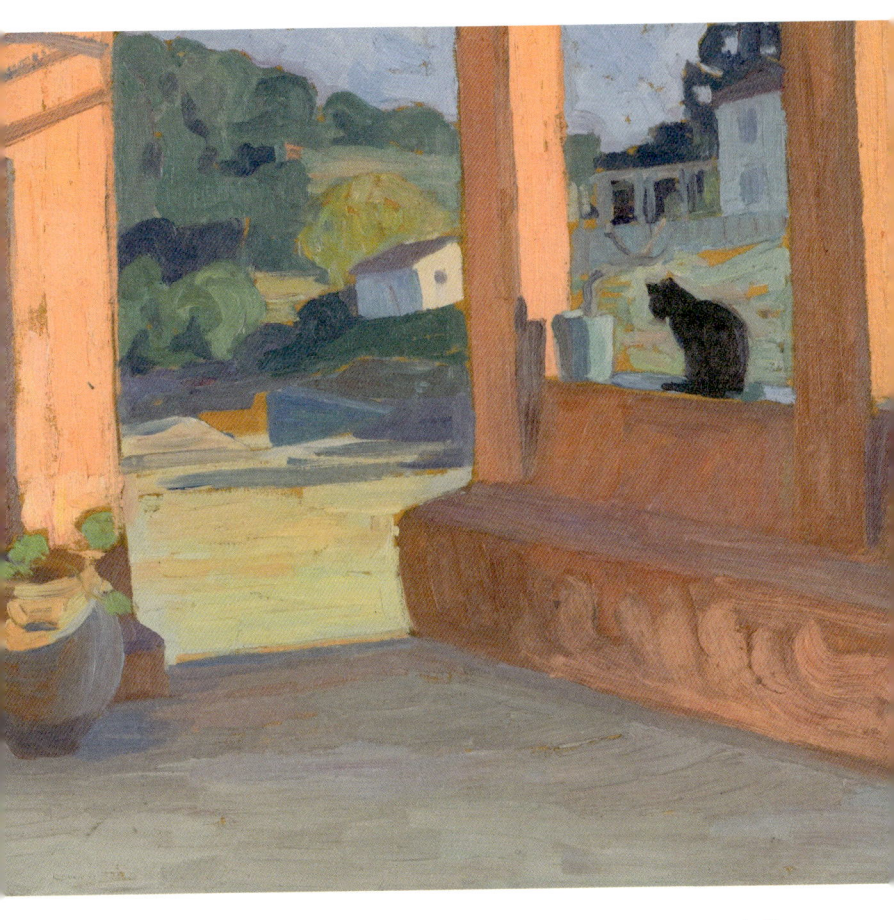

黑猫 / 法国 / 布兰奇-奥古斯丁·加缪

决斗

两个战士冲向对方,他们的武器
让空气里溅满了闪光和鲜血。
这竞技,这铁的撞击,是被啼哭的爱情
折磨着的青春发出的喧嚣。

剑都断了!犹如我们的青春,
我亲爱的!但是牙齿和尖指甲,
立即就来替不可靠的剑和匕首复仇。
——啊,总是为爱所伤的心灵的狂怒!

在薮猫和雪豹出没的山沟,
我们的英雄们狠狠地互相抱着,滚着,
他们的皮肤使干干的荆棘开了花。

这深渊,就是地狱,挤满了我们的朋友!
滚进去,别后悔,无情的女战士,
那样,我们的仇恨将激情长存!

阳台

回忆之母,情人中的情人,
你啊,我所有的欢乐!你啊,我所有的敬意!
你将忆起那爱抚之美,
炉火的甜蜜,夜晚的魅力,
回忆之母,情人中的情人!

被熊熊炭火照亮的那些晚上,
那些晚上,在笼罩着玫瑰色之雾的阳台上;
你的乳房对我多么温柔!你的心多么善良!
我们经常说起那些不朽的事物,
被熊熊炭火照亮的那些晚上。

那些温暖的晚上,太阳多么美!
空间多么深邃!心灵多么强壮!
我向你俯首,令人仰慕的女王,
我仿佛闻到你血液的芬芳,
那些温暖的晚上,太阳多么美!

水仙静物（局部） 法国／亨利·马蒂斯

夜色越来越浓,像一堵隔墙,
我的眼睛在黑暗中猜着你的目光,
我吸尽你的气息,啊,甜蜜,啊,毒药!
你的双脚在我兄弟般的双手里沉睡,
夜色越来越浓,像一堵隔墙。

我懂得召回那些幸福时刻的技艺,
我唤醒那蜷缩在你膝间的我们的过去,
因为,在你高贵的身体与温柔的心灵之外
寻找你忧郁的美,又有何意义?
我懂得召回那些幸福时刻的技艺。

那些誓言,那些芬芳,那些无尽的吻,
可会在无法探测的深渊里复活,
仿佛重获青春的太阳,在深海之底
沐浴之后,又在空中升起?
——啊,誓言!啊,芬芳!啊,无尽的吻!

魔鬼附体者

太阳被遮上了黑纱。就像那,
啊,我生命中的月亮!愿你被阴影包裹;
随你睡觉或是吸烟;愿你沉默而阴郁,
全然沉浸于厌倦的深渊;

我是如此爱你!然而,如果今天
你想像一颗黯淡的星星那样从暗处溜走,
大摇大摆地走进充满疯狂的地方,
很好!迷人的匕首,跃出你的刀鞘!

愿吊灯的火焰点燃你的瞳眸!
愿粗野者的目光点燃你的欲望!
病态也好,活跃也好,你都令我快乐;

愿你如愿以偿,黑色的夜晚,红色的曙光;
在我整个颤抖的身体里,没有一根神经
不在叫喊:"亲爱的别西卜,我爱慕你!"

1. 别西卜:《圣经》中的魔鬼之王。

Spleen et Idéal   忧郁与理想

一个幽灵

I 黑暗

这无限凄凉的墓穴,
命运将我流放至此,
透不进一缕令人愉快的玫瑰色的光;
我孤身一人陪伴着黑夜,这阴沉的女主人,

我像一个画家,被嘲弄人的上帝
判处,唉!在黑暗中作画;
我像一个有着不幸胃口的厨师,
在那里煮食自己的心。

一个外表优雅而绚丽的幽灵,
不时地发光,变长,展露自己,
它那梦幻般的东方姿态,

当它现出了整个身影,
我认出了我这来访的美人;
是她!黝黑,却发出光芒。

II 香味

读者，你是否偶尔也会
陶醉地、细细品尝般地呼吸着
那弥漫在教堂里的焚香气息，
或是香袋中那陈年的麝香？

深邃而神奇的魅力使我们晕眩，
使过去在今日再现！
就这样，情人从被爱慕的肉体上
采摘回忆那美妙的花朵。

从她富有弹性而又浓密的头发，
从这活的香囊、小阁中的香炉，
升起一股香气，原始而又野性，

她的衣服，无论是细布还是丝绒，
都沾满了她纯洁的青春气息，
散发出毛皮的香味。

Ⅲ 画框

仿佛一幅画,虽然出自名家之笔,
而当一个漂亮的画框
把它从无边的自然中隔离出来,
便增添了莫名的奇异和魅力。

首饰,家具,金属的,镀金的,
就这样配合着她那非凡的美;
什么也掩不住她无瑕的光辉,
一切都仿佛是在为她充当画框。

有时候,她甚至相信,
万物都想爱上她;她妖冶地
把自己的裸体沉浸于

绸缎和棉布的亲吻,
在每个或疾或缓的动作中,
展示着猴子一般孩子气的优雅。

IV 肖像

疾病和死亡把一切都化为灰烬:
为我们而熊熊燃烧的火焰,
那双热烈而温柔的大眼睛,
淹没了我的心灵的嘴巴,

那些白麝般威力强大的亲吻,
那些比光线更活跃的激情,
还剩下了什么?真可怕,啊,我的灵魂!
只有一幅淡淡的三色素描,

像我一样,正在孤独中死去,
而时间,这不公正的老人,
每天用粗粝的翅膀擦着……

生命和艺术的阴险凶手,
你永远也不能在我的记忆里杀死那个人,
那是我的快乐与光荣!

神秘（局部）／法国／奥迪龙·雷东

我向你献上这些诗篇

我向你献上这些诗篇,如果我的名字
能幸运地在遥远的时代靠岸,
并在某个晚上使人们的头脑做起梦来,
这乘着强劲北风的船,

对你的记忆,仿佛含混的传奇,
像扬琴一样令读者厌倦,
又通过一种兄弟般的神秘的链环,
继续悬挂在我自负的韵脚上面;

被诅咒的人,从幽深的深渊
直到最高的天空,除了我,没有应答!
——啊,你像一个转瞬即逝的幽灵,

目光明朗、脚步轻盈地踏过
那些愚蠢的讨厌你的世人,
黑玉之眼的雕像,青铜额头的大天使!

Spleen et Idéal   忧郁与理想

永远如此

"您这奇怪的忧愁从何而来,"您问,
"仿佛海水在光秃秃的黑色石头上涨起?"
——我们的心一旦摘完自己的葡萄,
生存就是一种恶。这是人尽皆知的秘密。

一种简单的痛苦,毫不神秘,
犹如您的快乐,谁都看得清楚。
请别再探究,啊,好奇的美人!
尽管您的声音轻柔,安静!

安静,无知的女人!永远兴高采烈的灵魂!
孩子般发笑的嘴!死亡比生命更甚,
常常用纤细的绳索捆住我们。

那就,那就让我的心陶醉于一个谎言;
沉浸于您美丽的眼睛,犹如沉浸于一个美梦,
并且在您睫毛的阴影下长眠。

沙发上的裸体／荷兰／亨德尔克·韦克曼

全部

今天早晨,魔鬼到我
位于高处的房间来看我,
并试图揪住我的错误,
他说:"我很想知道,

"在所有造就她的魅力的
美丽事物里面,
在构成她迷人肉体的
黑色或玫瑰红的东西里面,

"什么最甜美?"——哦,我的灵魂!
你对这讨厌鬼答道:
"既然她通身皆是慰藉,
就没有什么更为可爱。

"当一切都令我陶醉,我不知道
是什么在引诱我。
她像曙光一样耀眼,
像夜一样抚慰;

"那和声如此美妙,
支配着她整个美妙的身体,
无能的分析记不下
它丰富的和弦。

"哦,神秘的变化,
我全部的感觉融为一体!
她的呼吸创造出音乐,
她的声音创造出香味!"

今晚你将说些什么,可怜而孤独的灵魂

今晚你将说些什么,可怜而孤独的灵魂?
我的心,一度枯萎的心,你将对她说些什么?
她是多么美丽、多么善良、多么亲切,
其神圣的一瞥使你突然复苏。

——我们用自己的骄傲为她唱起赞歌:
没有什么像她的权威那么温柔;
她那灵性的肉体有着天使的芬芳,
她的眼睛为我们披上了光做的衣裳。

无论在夜里,在孤独时,
还是在街头,在人群中,
她的幽灵像火炬一样在空中舞动。

有时它开口说道:"我是美的,我命令你,
既然你爱我,你就只能爱美;
我是你的守护天使、缪斯和圣母玛利亚。"

圆拱下的侧面像（局部）/ 法国 / 奥迪龙·雷东

活的火炬

它们走在我前面,这双眼睛充满光辉,
曾被一位博学的天使赋予了磁力;
这神圣的兄弟,我的兄弟,它们一边走,
一边在我的眼中摇动钻石的火焰。

它们把我从一切陷阱、一切重罪中救出;
它们引导我走上美的道路;
它们是我的仆人,我是它们的奴隶;
我整个生命都服从这活的火炬。

迷人的眼睛,你们闪耀着神秘之光,
仿佛白昼里燃烧的蜡烛;太阳脸红了,
并不熄灭它们那怪异的火焰。

它们赞美死亡,你们歌颂觉醒;
你们一边走一边歌颂我灵魂的觉醒,
太阳也不能令其火焰失色的星辰!

替赎

最快乐的天使，你可懂得焦虑、
耻辱、悔恨、啜泣、厌倦，以及那些
可怕的黑夜里，
使心缩成一团皱纸的茫然恐惧？
最快乐的天使，你可懂得焦虑？

最仁慈的天使，你可懂得仇恨、
阴影里握紧的拳头、苦涩的眼泪，
当复仇女神敲响她地狱里的集合鼓，
且以首领自命，支配起我们的能力？
最仁慈的天使，你可懂得仇恨？

最健康的天使，你可懂得热病，
它沿着灰白的慈善院那高大的围墙，
像流放犯一样拖曳而行，
嘴唇发抖，寻找着稀有的阳光？
最健康的天使，你可懂得热病？

最美丽的天使,你可懂得皱纹、
老去的恐惧,以及那可憎的折磨:
从那曾让我们贪婪的眼睛长久陶醉的眼睛里,
读出对于忠诚暗怀的恐惧?
最美丽的天使,你可懂得皱纹?

最幸福、最快乐、最光辉的天使,
垂死的大卫王也想求得
你迷人的身体焕发出的健康,
但是我只恳求你,天使,为我祈祷,
最幸福、最快乐、最光辉的天使!

告解

有一次,就一次,温柔可爱的女人,
您光滑的胳膊靠着
我的胳膊(在我灵魂的幽暗深处,
这记忆还没有褪色);

夜深了。仿佛一枚新奖章,
现出一轮满月。
肃穆的黑夜,像一条河流
在沉睡的巴黎上空流淌。

沿着那些房屋,在那些大门下面,
几只猫悄悄走过,
有的警觉谛听,有的像亲爱的影子,
缓缓跟着我们。

突然,在淡淡的月光下,
在刚刚出现的无拘无束的亲密里,
从您这华丽、洪亮,
只因热烈的欢乐而振动的乐器里,

Spleen et Idéal　忧郁与理想

从您，如灿烂晨曦中
纯净而快乐的铜管乐，逸出
一个悲哀的音调、奇怪的音调，
摇摇欲坠，

犹如一个让家庭蒙羞的
虚弱、可怕、阴郁、肮脏的孩子，
为了瞒过世人，他们将她
长久地藏在秘密的地窖。

可怜的天使，她用您那刺耳的音调唱道：
"尘世间什么都不确定，
无论怎样煞费苦心地化妆，
人的自私总会将他出卖。

"做个美丽的女人，是一份辛苦的职业，
对于疯狂而又冷漠
在机械的微笑中昏倒的芭蕾舞女来说，
这是一个乏味的工作，

"依赖人心,这是一件蠢事;
爱和美,一切皆已破碎,
直到遗忘把它们扔进它的背篓,
把它们还给永恒!"

我常常想起那迷人的月亮,
那种寂静、倦怠,
以及在内心的忏悔室里
低声说出的可怕的秘密。

月球般荒凉的有马匹的场景 / 德国 / 沃尔特·奎玛特

精神的黎明

当白色、朱红的黎明,与那噬人的理想
结伴进入堕落者心中,
由于复仇奥义的作用,
一个天使在这沉睡的野兽身上醒来。

精神的天空,难以接近的蓝天,
向着这已被击垮却还在做梦、苦挨的人
裂开、塌陷,带着深渊般的诱惑。
因此,亲爱的女神,清醒而纯洁的生命,

在荒唐的狂欢那冒气的残余之上,
对你的记忆更清晰,更绯红,更迷人,
在我睁大的眼前不停地飞舞。

太阳已使烛火变得黯淡;
因此,永远的胜利者,发光的灵魂,
你的幻影犹如不朽的太阳!

Spleen et Idéal 忧郁与理想

傍晚的和谐

这一刻临近了:在枝头颤动的
每朵鲜花都像香炉一样散发香气;
声音和芬芳在黄昏的空气里翻卷,
忧郁的华尔兹,倦怠的晕眩!

每朵鲜花都像香炉一样散发香气;
小提琴颤抖得像一颗痛苦的心;
忧郁的华尔兹,倦怠的晕眩!
天空仿佛一座大祭坛,悲伤而美丽。

小提琴颤抖得像一颗痛苦的心;
温柔的心,憎恨那辽阔黑暗的虚无!
天空仿佛一座大祭坛,悲伤而美丽,
太阳沉入它凝结起来的血中。

温柔的心,憎恨那辽阔而黑暗的虚无!
收拢起光辉往昔的所有残迹!
太阳没入它凝结起来的血中……
对你的回忆在我身上如圣体供架般放光!

瓶子

有些强烈的香味,对它们来说,一切物质
皆有孔隙。它们仿佛可以穿透玻璃。
当你打开一只来自东方的小盒子,
它的锁嘎吱作响,不满地叫喊,

或者,在一座弃宅里,在某个
充满了时间的呛人气味、积灰发黑的衣橱里,
你偶然发现一只引发回忆的旧瓶子,
从中涌出一个活生生的苏醒了的灵魂。

万千沉睡的思绪,阴郁之蛹,
在沉重的黑暗里轻轻颤抖,
挣出它们的翅膀,飞了起来,
被抹上天蓝,镀上粉红,饰上金色。

那是迷人的回忆,在混浊的空气中
飞舞;闭着双眼;眩晕
抓住被击败的灵魂,用双手将它推向
充满人间疫气的幽暗深渊;

Spleen et Idéal   忧郁与理想

将它摔在那古老深渊边缘,
在那里,发臭的拉撒路[1]扯着裹尸布,
醒来之后,活动着鬼魂的尸体,
这爱情的腐尸,迷人而阴森。

就这样,当我从人们的记忆中消失,
当我被抛入一个衣橱的昏暗角落,
一只伤心的旧瓶子,
衰老、蒙尘、肮脏、卑贱、黏腻、破裂。

可爱的瘟疫!我愿成为你的棺材,
你力量与毒性的见证,
天使配下的珍贵毒药!
腐蚀我的甜酒,啊,我心灵的生死!

---

1. 拉撒路:《圣经》中的人物,病死后被耶稣复活。

Spleen et Idéal　忧郁与理想

蓝色协奏曲 / 比利时 / 詹姆斯·恩索尔

毒药

酒知道如何用奇迹般的奢华
装饰最肮脏的破屋,
又使许多神奇的柱廊出现在
它红色水汽的金光里,
仿佛太阳在阴霾的天空沉落。

鸦片使无边者变大,
使无限者变长,
使时间变深,使快感增强,
又用黑暗而阴郁的欢乐,
填满灵魂,超出了它的容量。

这一切都比不上从你眼中
流出的毒药,这绿色的眼睛,
宛如湖泊,我的灵魂颤抖着看见自己的倒影……
为了解渴,我的梦成群地
来到这些苦涩的深渊。

这一切都比不上你腐蚀性的唾液
那可怕的魔力,
使我无悔的灵魂陷入遗忘,
冲走那晕眩,
卷走那虚弱,向着死亡之岸!

丰饶：花丛中的女子 / 法国 / 奥迪龙·雷东

阴暗的天空

你的目光仿佛蒙上了雾气,
你神秘的双眼(是蓝的、灰的还是绿的?)
变幻着温柔、恍惚、残忍,
映射着天空的慵懒与苍白。

你唤起了那些日子,洁白,温和,朦胧,
使着了魔的心眼泪奔涌,
这时,受到一种莫名剧痛的刺激,
太清醒的神经嘲笑着沉睡的精神。

有时你就像那美丽的地平线,
在这多雾的季节,被太阳点燃……
你是多么灿烂,湿润的风景,
燃烧着从阴暗天空降下的光线!

啊,危险的女人,啊,迷人的地方!
我是否也要热爱你的霜和雪,
从那无情的冬天,我能否找到
比冰与铁更加刺人的欢乐?

猫

I

在我脑中，仿佛在它
自己的套房里，一只漂亮的猫
走来走去，健壮，温柔，迷人。
当它喵喵叫着，你几乎听不到。

它的音色如此轻柔小心；
但是平静时，咆哮时，
它的声音总是绚丽而深沉。
这是它的魅力与秘密。

那声音，沁结起来，
渗入我最黑暗的深处，
像众多诗篇，将我充实，
像媚药，使我喜悦。

它使最残酷的疾病睡去，
它含有一切狂喜；
说出最长的句子，
它也无须字眼。

不，没有什么弓可以咬住
我的心，这完美的乐器，
让它急剧震颤的琴弦
唱得格外庄严，

除了你的声音，神秘的猫，
神圣的猫，奇异的猫，
在你身上，就像在天使身上，
一切都如此微妙和谐！

II

从它金褐色的皮毛,
散发出如此甜美的芬芳,
有一个晚上,我置身于香气中,
只因我抚摸了它一次,就一次。

它是熟谙此地的精灵,
它评判,它主宰,它鼓舞着
其帝国里的万物,
它也许是一个仙女,一个神?

当我的目光,顺从地转向
我喜爱的这只猫,
仿佛受到磁铁的吸引,
当我凝视着那个自己,

我惊讶地看到
它苍白瞳孔里的火苗,
这明亮的信号灯,活的猫眼石,
正一动不动地注视着我。

Spleen et Idéal　忧郁与理想

苏珊娜与猫 / 法国 / 路易·瓦尔塔

美丽的船

啊，怠惰的女巫！我要向你讲述
一种种装点你青春的美，
我要向你画出
你那集童稚与成熟于一身的美。

当你穿着宽大的裙子掠风而过，
就像一艘美丽的船正要出海，
鼓起风帆，摇晃着，
和着一种甜美、懒散、舒缓的节奏。

在你粗圆的脖子上，在你丰腴的肩膀上，
你头颅高昂，带着奇异的优雅；
你以平静而骄傲的姿态，
兀自前行，庄重的小孩。

啊，怠惰的女巫！我要向你讲述
一种种装点你青春的美，
我要向你画出
你那集童稚与成熟于一身的美。

你胸脯挺拔，撑住波纹绸衣，
你得意扬扬的胸脯是个美丽的柜子，
它隆起发亮的面板，
像盾牌捕捉着闪电。

撩人的盾牌，饰有粉红色的尖头！
藏着可爱秘密的柜子，装满美好之物：
葡萄酒、香水、烈酒，
使那些头脑和心灵变得癫狂！

当你穿着宽大的裙子掠风而过，
就像一艘美丽的船正要出海，
鼓起风帆，摇晃着，
和着一种甜美、懒散、舒缓的节奏。

你高贵的双腿，在那受人追逐的荷叶边下面，
激起幽暗的欲望，又加以戏弄，
像两个女巫在一个深瓮中
搅动黑色的媚药。

你的双臂可以与早熟的赫拉克勒斯一搏高下,
足以匹敌亮闪闪的蟒蛇,
生来就是要执拗地搂紧你的情人,
仿佛要把他印在你心上。

在你粗圆的脖子上,在你丰腴的肩膀上,
你头颅高昂,带着奇异的优雅;
你以平静而骄傲的姿态,
兀自前行,庄重的小孩。

Spleen et Idéal 忧郁与理想

邀游

我的孩子,我的姐妹,
想想多甜蜜,
到那里去一起生活!
尽情地爱,
爱与死,
在那与你相似的国度!
阴沉的空中
那潮湿的阳光,
对我的精神
具有如此神秘的魅力,
犹如你不忠的眼睛,
透过泪水,闪闪发亮。

那里,一切都有序而美丽,
奢华,安宁,令人愉快。

被岁月磨得
发亮的家具,
将装点我们的卧室;
最珍稀的花朵,
把它们的芬芳
融入琥珀的幽香;
华丽的穹顶,
深邃的镜子,
东方的风采,
一切都在那里
用轻柔的母语,
向灵魂窃窃私语。

那里,一切都有序而美丽,
奢华,安宁,令人愉快。

快板(奏鸣曲Ⅰ)/ 立陶宛 / 米卡洛尤斯·丘尔廖尼斯

你看,那些
天性爱流浪的船
沉睡在运河上;
为了满足你
最小的愿望,
它们从世界的尽头而来
——下沉的太阳
为田野、运河、
整个城市,披上
深紫与金黄;
世界睡去,
在一片温暖的阳光里。

那里,一切都有序而美丽,
奢华,安宁,令人愉快。

不可救药

我们能否平息那古老而长久的悔恨?
它活着,焦躁,扭动,
它靠我们养活,就像蠕虫依靠尸体,
就像毛虫依靠橡树。
我们能否扑灭那毫不留情的悔恨?

在哪种媚药,哪种酒,哪种汤剂里,
我们可以淹死这古老的敌人?
它像娼妓一样致命、贪婪,
像蚂蚁一样忍耐。
在哪种媚药?哪种酒?哪种汤剂里?

说吧,美丽的女巫,哦!如果你知道,
就告诉这充满焦虑的精神,
它犹如被压在伤者下面
被马蹄踩过的垂死之人,
说吧,美丽的女巫,啊!如果你知道,

Spleen et Idéal 忧郁与理想

就告诉这临终者，狼已嗅到了他，
乌鸦正注视他，
告诉这个垮掉的士兵！如果他已无望
获得他的十字架和坟墓；
这不幸的临终者，狼已嗅到了他！

谁能照亮一片泥泞而乌黑的天空？
谁能将黑暗撕得粉碎？
这黑暗比沥青还浓，没有黎明，没有夜晚，
没有星星，没有阴森的闪电；
谁能照亮一片泥泞而乌黑的天空？

闪耀在客栈玻璃窗上的希望
已被吹灭，永远地死去！
没有月亮，没有光，到哪里找地方安顿
这些歧途中的受难者！
魔鬼已扑灭客栈玻璃窗上的一切！

绝望（局部）/ 挪威 / 爱德华·蒙克

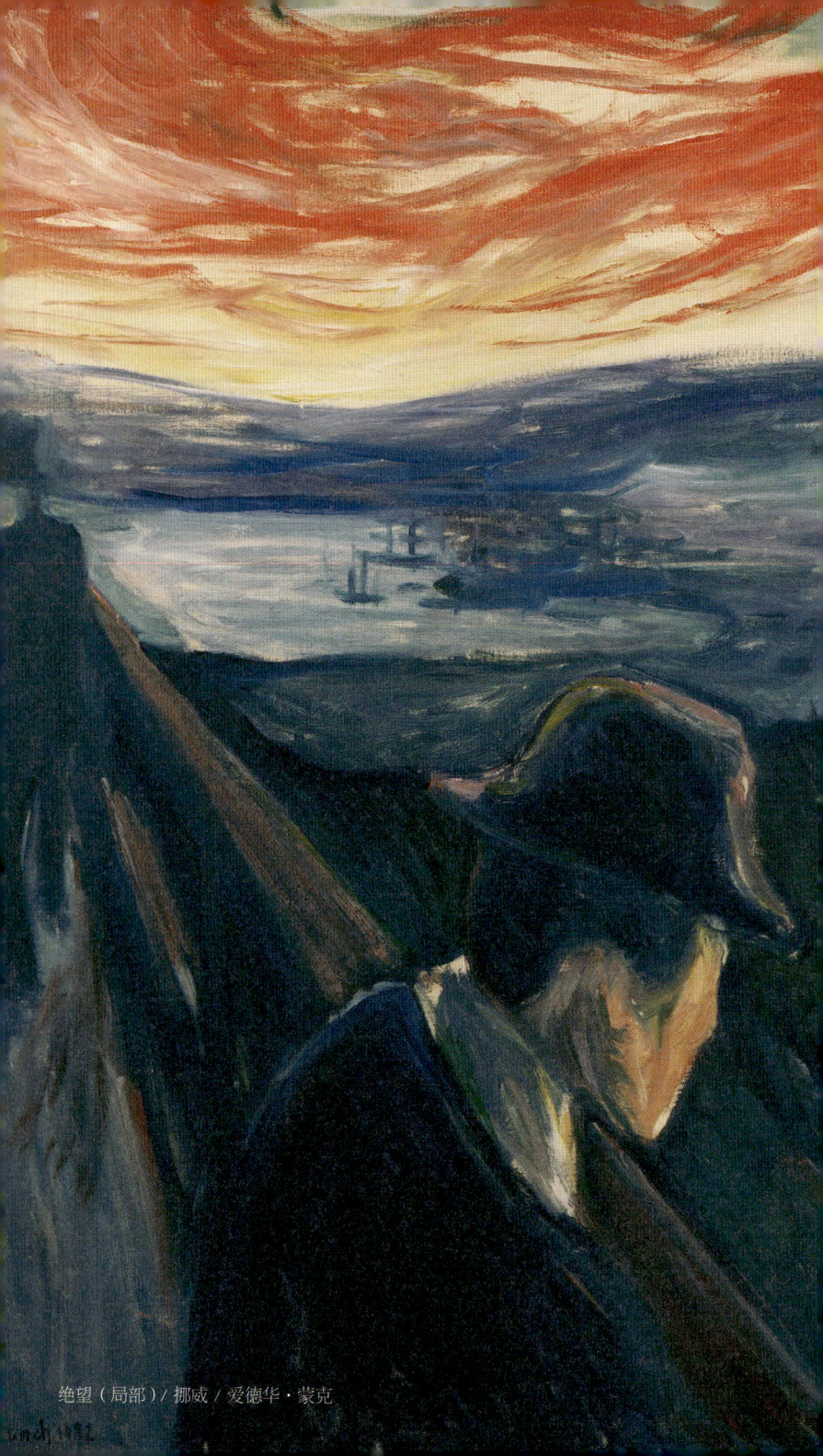

令人仰慕的女巫，你可喜爱入地狱之人？
说吧，你可了解无法饶恕之人？
你可了解以我们的心为靶子
射出毒箭的悔恨？
令人仰慕的女巫，你可喜爱入地狱之人？

那不可救药之物用它该死的牙齿
咬着我们的灵魂这可怜的遗迹，
又常常像白蚁一样
攻击那建筑的殿基。
那不可救药之物用它该死的牙齿咬着！

——有时我看见，在平庸的剧场舞台的深处，
在这被响亮的乐声催热的地方，
一个仙女在地狱的天空中
点燃奇迹般的曙光；
有时我看见，在平庸的剧场舞台的深处，

一个仅仅由光线、金子和薄纱构成的生命,
击倒了庞然的撒旦;
但是我的心,狂喜从未光临过的心,
只是一个剧场,人们在那里
永远,永远,徒劳地等待着有着薄纱之翼的生命!

交谈

您是一片秋日的晴空,明亮、粉红!
但忧愁在我心中像海水一样涌起,
退潮时,在我苦闷的唇上留下
它那苦涩淤泥的灼人回忆。

——你的手滑到我痴癫的胸口也是徒劳;
亲爱的,它所探寻的,是一个
被女人的爪牙劫掠过的地方。
别再探寻我的心,野兽已将它吃掉。

我的心是被众人踩躏过的宫殿,
他们在那里酗酒,厮杀,互相撕扯头发!
——一阵香气在您裸露的胸脯周围飘荡!……

哦,美人,灵魂的坚硬连枷,请便吧!
请用你节日般明亮的冒火的眼睛,
焚烧野兽们剩下的这些残片!

红树／法国／奥迪龙·雷东

秋天之歌

I

我们很快就要陷入寒冷的黑暗;
别了,我们短促夏天的强光!
我已经听到那阴森的坠击之声,
树枝落在院中小径上发出回响。

整个冬天将再次与我同在:愤怒、
憎恨、战栗、恐惧、艰苦的劳动,
我的心就像北极地狱里的太阳,
将会变成红色的冰块。

我颤抖着听每一根树枝落下;
搭绞架的回声也没有如此沉闷,
我的精神仿佛一座崩塌的塔楼,
无法抵挡沉重的撞锤那不倦的打击。

那单调的坠击声使我恍惚觉得
似乎什么地方有人正极其匆忙地钉着棺材,
为了谁?——昨天还是夏季,眼前已是秋天,
那神秘的喧哗仿佛起程之声。

II

我爱您长长的眼中那微绿的光芒,
温柔的美人,但是今天,一切都令我愁苦,
即便是您的爱情、小客厅、壁炉,
什么也比不了海上光芒四射的太阳。

但是,爱我吧,温柔的心!请化作一个母亲,
哪怕他是一个薄情人、一个恶棍;
情人或是姐妹,请化作一个灿烂秋天
或是一轮落日那转瞬即逝的温存。

举手之劳而已!坟墓正在等待,如此贪婪!
啊!让我把额头靠在您膝上,
一面哀悼那白色的炎夏,
一面品尝晚秋那黄色的温柔光芒!

致一位圣母

——西班牙风格的还愿画

圣母,我的主宰,我要在我痛苦的深处
为你造一座地下祭坛,
我要在我内心最黑暗的角落,
远离世俗的欲望和嘲讽的目光,
挖一个壁龛,涂上蓝色和金色的釉彩,
在里面竖起你惊愕的雕像。
我要用我精练的诗篇,这纯金属的网上
巧妙地缀满水晶韵脚,
我要用它为你的头颅做一顶大王冠;
从我的嫉妒里,啊,肉身凡胎的圣母,
我将为你裁出一件大衣,
蛮族样式,僵硬沉重,用猜疑做衬里,
它将像岗亭一样封起你的魅力。
上面镶的不是珍珠,是我全部的眼泪!
你的长袍,将会变成我的欲望,颤抖着,
波动着,我的欲望起起伏伏,
在浪尖上摇摆,在低谷里休息,
又把一个吻覆上你白里透红的肉体。

我要用我的尊敬为你做一双美丽的缎鞋，
供你神圣的双脚践踏，
却又把它们监禁于温柔的搂抱，
犹如忠实的模子留住它们的足形。
如果我使尽浑身的技艺，
也凿不出一轮银月来做你的踏板，
我就把那咬着我内脏的毒蛇
放到你的脚下，身怀救赎力的
胜利的女王啊，任你去踩踏、嘲笑
这胀满仇恨与唾液的怪物。
你将看见我的思想像蜡烛一样
排列在处女王后那鲜花装饰的祭坛前，
使漆成蓝色的天花板反射出一片星星，
它们的火眼始终凝视着你；
因为我全心全意地钟爱你，仰慕你，
这一切将化为安息香、乳香、沉香、没药，
向着你白雪皑皑的顶峰，
我风暴般的精神将不停地蒸腾而上。

最后,为了成全你那玛利亚的角色,
为了在爱情中加入野性,
阴暗的快感!那七宗罪,
将被我这充满悔恨的刽子手做成七把
锋利的匕首,像个无情的江湖艺人,
我要以你最深处的爱为靶子,
把它们全部插进你抽搐的心,
你抽泣的心,你流血的心!

做梦的男孩 / 德国 / 沃尔特·奎玛特

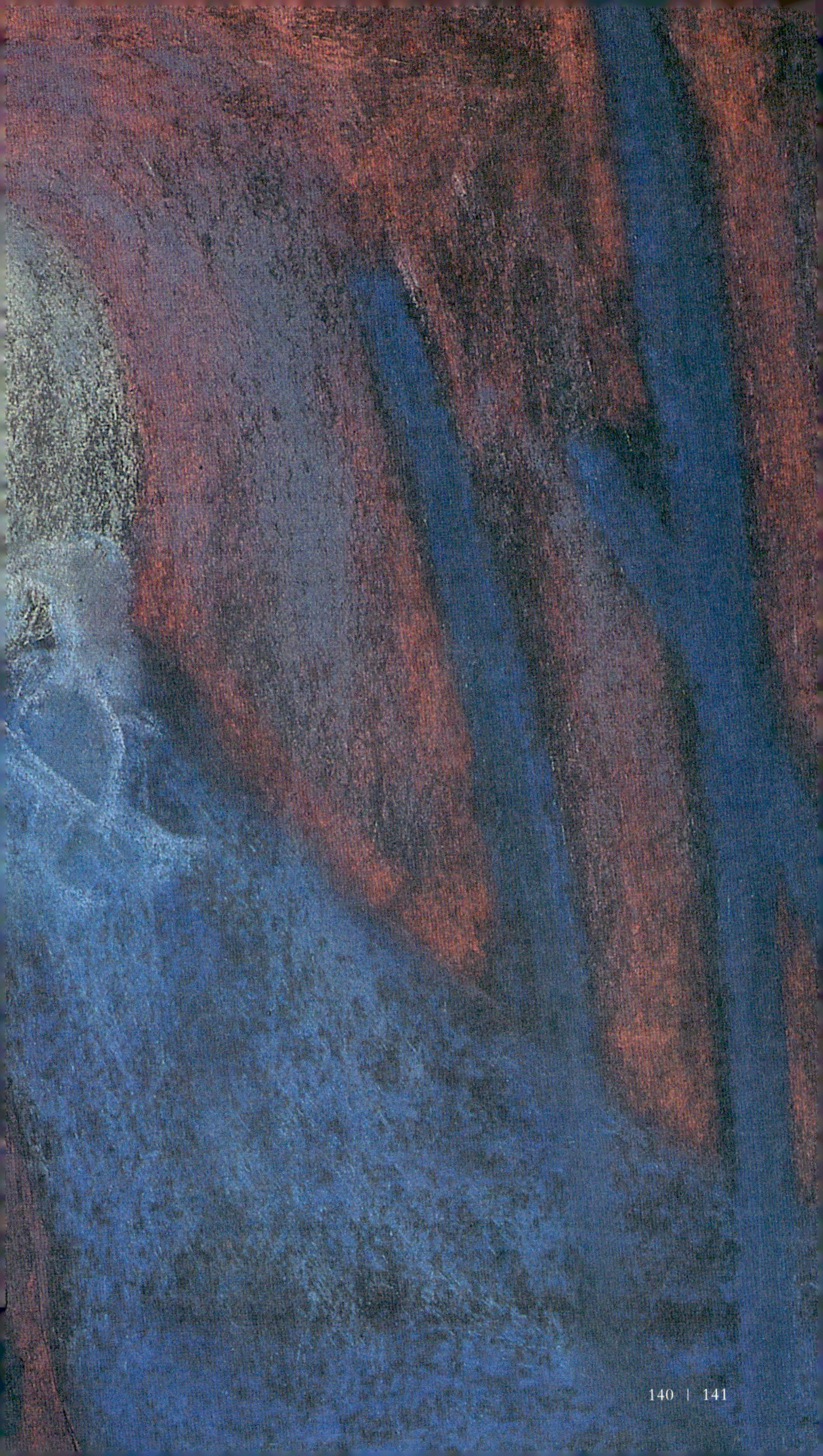

午后之歌

尽管你凶恶的眉毛
给了你一种奇异的
不同于天使的样子,
有着迷人双眼的女巫,

我崇拜你,轻佻的女人,
我可怕的激情!
带着一个教士
对偶像的虔诚。

沙漠与森林的香味
从你粗硬的头发散出,
你的头颅摆出
谜语与秘密般的姿势。

香味在你的肉体周围飘荡,
如同在一座香炉边上;
你像黄昏一样迷人,
邪恶而热情的仙女。

啊！最强力的春药
也抵不上你的怠惰，
你懂得能使死者
复活的抚爱！

你的髋部迷恋着
你的后背与胸脯，
你颓倦的姿势
让坐垫也神魂颠倒。

有时，为了平息
你神秘的狂热，
你认真地挥霍着
你的啮咬和亲吻。

我褐发的女人，
你用嘲弄的笑使我心碎，
又在我心里投下
月亮般的眼睛。

在你的缎鞋下,
在你迷人的丝绸般的脚下,
我,我奉上了莫大的欢乐,
我的才华和命运。

你治愈了我的灵魂,
你,你的光和色彩!
我黑色的西伯利亚,
热力的爆炸!

西西娜

请遥想那装束优雅的狄安娜[1],
走遍森林,敲打着荆棘丛,
头发和胸脯迎着风,陶醉在喧闹声中,
如此骄傲,对最好的骑士也不屑一顾!

你可见过热爱杀戮的泰罗阿涅[2]?
激励着赤脚的民众发动进攻,
她的面颊和眼睛冒火,扮演着她的角色,
手里拿着刀,爬上王宫的楼梯。

那就是西西娜!但是这温柔的战士,
她的灵魂有多仁慈,就有多致命;
她的心肠因为火药和鼓声而疯狂,

在哀求者面前,却懂得放下武器,
她那被烈火蹂躏过的心,
对于配得上的人,永远是一个泪池。

---

1. 狄安娜:古罗马神话中的月亮女神和狩猎女神。
2. 泰罗阿涅(1762—1817):法国女英雄,法国大革命中的一名女性领导者。

女子头像／奥地利／科罗曼·莫塞尔

Spleen et Idéal　忧郁与理想

赞美我的弗朗西丝卡[1]

——为一位博学而虔诚的制帽女工而作

我要用新调为你歌唱,
哦,在我内心的孤独里
嬉戏的小动物。

请戴上花环,
哦,可爱的女人,
洗去我们的罪恶!

仿佛从仁慈的忘川,
我要从具有磁力的你
畅饮你的亲吻。

当罪恶的暴风雨
席卷每条道路,
女神啊,你就显圣。

如同海难上方的
拯救之星……
我将把心献上你的祭坛!

装满美德的水池，
不朽青春的泉水，
请让我的哑口有声！

污秽的，你把它烧毁；
粗糙的，你把它磨平；
虚弱的，你把它变壮。

我饥饿时的旅店，
我黑暗里的灯，
永远引领着我。

请给我增添力量，
散发着香味的
美妙的浴室！

请在我的腰上闪光，
哦，浸过圣水的
贞洁的腰带；

宝石闪烁的杯子,
咸味的面包,佳肴,
神酒,弗朗西丝卡!

1. 本诗全文为拉丁语。

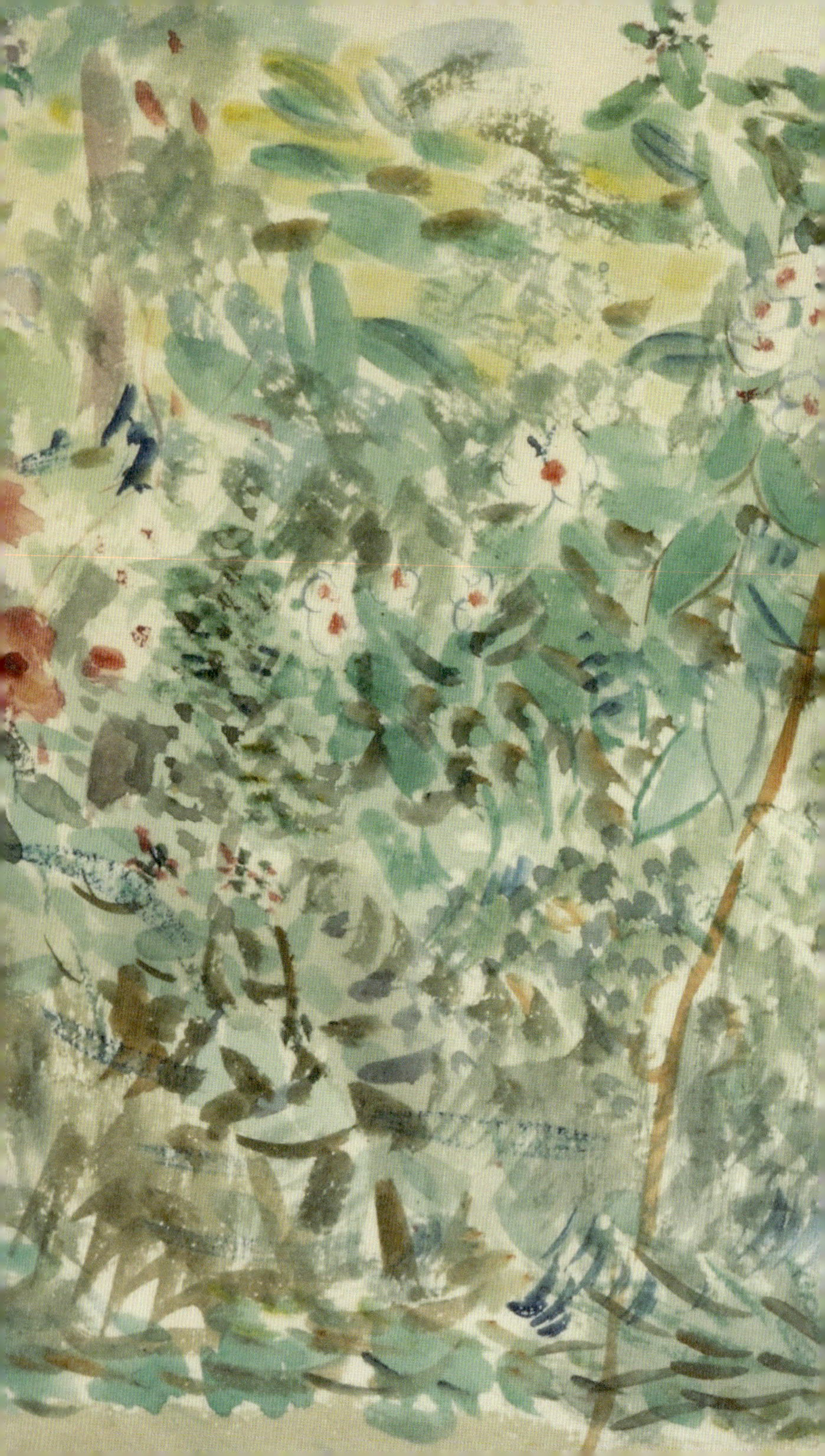

艾米波泰什家的花园／比利时／埃德加·戴将加特

致一位克里奥尔[1]夫人

在阳光抚爱的芬芳国度,
在被映红了的树木的华盖下,
在把倦意洒向眼中的棕榈下,
我认识了一位魅力不为人知的克里奥尔夫人。

她脸色苍白而温暖;这褐发的女巫
脖子扭出一副风度高贵的样子。
她又高又苗条,走起路来像个女猎手;
她微笑平静,她眼神坚定。

夫人,如果您去到那真正的光荣之地,
在塞纳河两岸或是沿着绿色的卢瓦尔河[2],
配得上点缀古老庄园的美人啊,

在那多荫的隐居所的庇护下,
您将使一千首诗从诗人心中萌芽,
您的大眼睛将使他们比黑奴还要顺从。

---

1. 克里奥尔:安的列斯群岛等地的白种人后裔。
2. 卢瓦尔河:法国最长的河流。

Spleen et Idéal 忧郁与理想

忧伤与漫游

告诉我,阿佳特,你的心有时是否也会飞走?
远离这污秽城市的黑色海洋,
向着另一个大海:光芒闪烁,
蔚蓝、明亮、深沉,宛如童真。
告诉我,阿佳特,你的心有时是否也会飞走?

大海,无边的大海,慰藉我们的劳累!
大海,这嘶哑的女歌者,怒吼之风那巨大无边的
管风琴为它伴奏,是什么魔鬼,
赋予了它摇篮者这神圣的职能?
大海,无边的大海,慰藉我们的劳累!

将我带走,马车!将我载走,快船!
走远!走远!这里的泥浆用我们的泪水做成!
——真的,阿佳特那忧伤的心有时在说:
远离悔恨,远离罪恶,远离痛苦,
将我带走,马车!将我载走,快船!

你是多么遥远,芬芳的天堂,
在那里,在晴朗的蓝天下,只有爱和欢乐,
在那里,人们所爱的,都值得去爱,
在那里,心灵沉浸于纯粹的欢乐!
你是多么遥远,芬芳的天堂!

但是,充满童真之爱的绿色天堂,
那些追逐、歌曲、亲吻、花束,
在山丘后面震颤的小提琴,
那酒壶,那树丛里的黄昏,
——但是,充满童真之爱的绿色天堂,

那充满幽欢的纯洁天堂,
如今是否比印度和中国还要遥远?
人们能否用悲哀的呼喊将它召回,
用银铃般的声音使之复活,
那充满幽欢的纯洁天堂?

幽灵

犹如长着兽眼的天使,
我要回到你的凹室,
与夜的阴影一同
悄悄向你溜近;

我的棕发美人,我将给你
月亮一般冷的亲吻,
以及围着墓穴
爬行之蛇的爱抚。

当青灰色的黎明来临,
你会发现我的位置空了,
直到晚上它都是冷的。

就像别人靠温柔,
我想靠恐怖支配
你的生命与青春。

雏菊（局部）/ 比利时 / 莱昂·斯皮利埃

秋之十四行诗

你的眼睛,水晶般清澈,对我说道:
"古怪的情人,对你来说,我到底有什么优点?"
——愿你迷人而不多嘴!什么都能激怒我的心,
除了远古动物的天真。

你用抚慰之手邀我长眠,
我的心不愿向你展示它地狱般的秘密,
也不愿透露它用火焰写下的黑暗传说。
我憎恨激情,精神又使我苦恼!

让我们温柔地相爱。阴险的爱神
潜伏在哨所里,拉开他致命的弓。
我熟悉他古老武库里的那些武器:

罪恶、恐怖,以及疯狂!——啊,苍白的雏菊!
你是否像我一样,也是一轮秋天的太阳,
啊,我这么白、这么冷的玛格丽特[1]?

---

1. 玛格丽特:法语中"雏菊"(marguerite)的拼写与人名"玛格丽特"相同。

月亮的哀愁

今夜,月亮懒懒地做着梦,
像个美人,躺在许多垫子上,
用一只漫不经心的轻柔的手,
在入睡前抚摸着她乳房的边缘;

她的背光滑如缎,雪崩般绵软,
她奄奄一息,陷入长久的昏迷,
眼睛流连于那些宛如开花般
升向蓝天的白色幻象。

偶然,她怀着闲愁,
任由一滴眼泪悄悄洒向地球,
一个虔诚的诗人,这睡眠的敌人,

用他的掌心接住这滴苍白的、
像乳白石碎片般反射着虹彩的眼泪,
并放入他那远离太阳眼睛的心里。

Spleen et Idéal 忧郁与理想

猫

热烈的情人与严肃的学者,
在他们的成熟岁月,都同样喜爱
强壮而温柔的猫,这家中的骄傲,
像他们一样怕冷,深居简出。

作为科学与享乐的朋友,
它们寻求黑暗里的宁静与恐怖;
厄瑞玻斯[1]也会拿来作他阴森的坐骑,
如果它们肯屈尊为奴。

它们在遐想时显出高贵的姿态,
仿佛伟大的斯芬克司躺在孤寂深处,
沉睡于一个无止境的梦;

它们丰腴的腰部满是神奇的火花,
而黄金的碎片,宛如细沙,
使它们神秘的瞳孔里星光朦胧。

---

1. 厄瑞玻斯:古希腊神话中的黑暗之神,代表大地和冥界之间的黑暗。

猫头鹰 / 比利时 / 莱昂·斯皮利埃

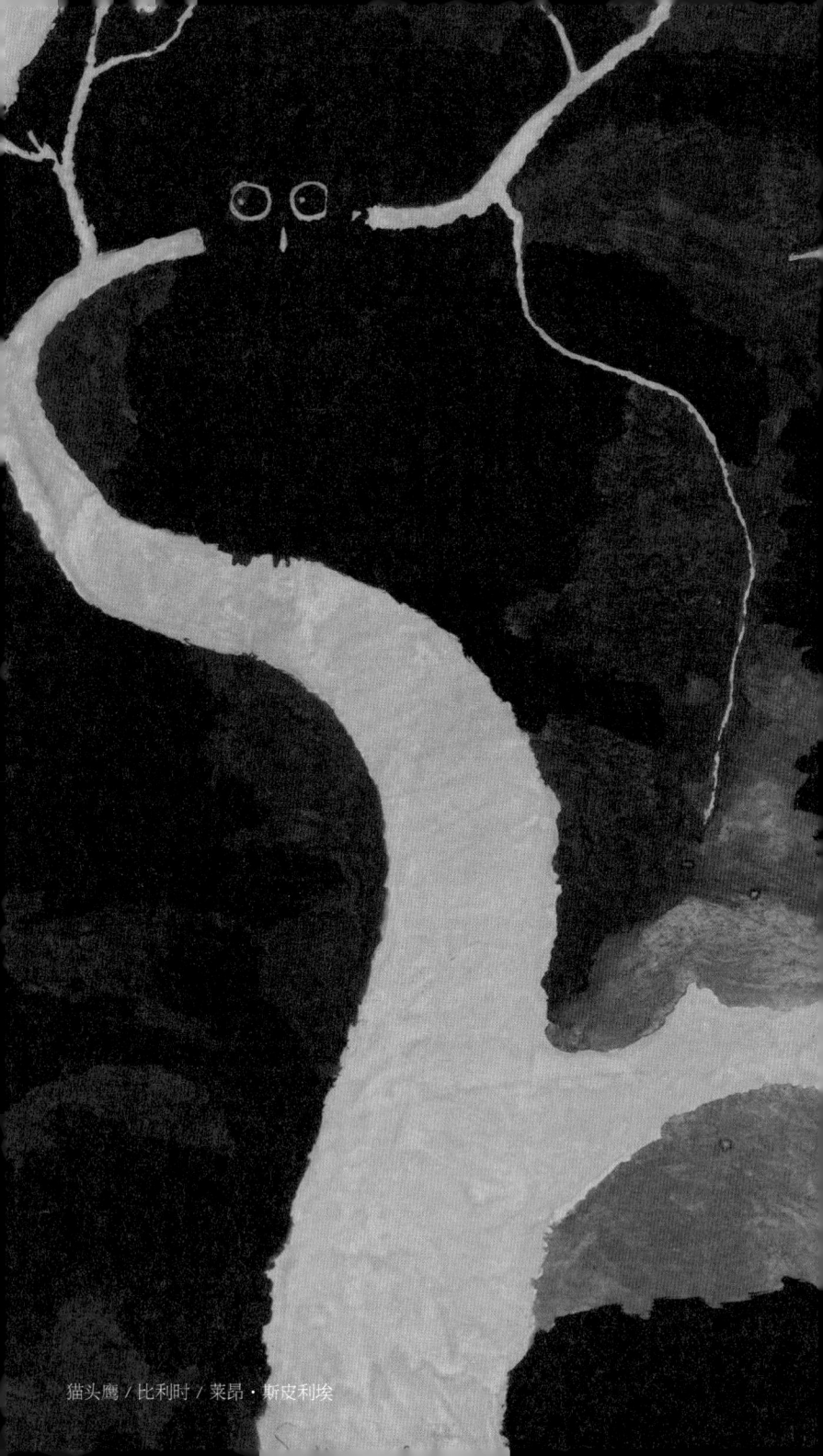

猫头鹰

在黑色紫杉的遮蔽下，
栖着成排的猫头鹰，
仿佛异教之神，
瞪着红眼睛。它们沉思着。

它们将无声无息地栖着，
直到忧郁的时刻来临：
把斜阳赶走之后，
黑暗君临。

它们的态度教导智者：
人在世上应当畏惧
喧闹和运动；

醉心于匆匆幻影的人，
因为想要变换位置，
将永受惩罚。

烟斗

我是一位作家的烟斗,
我的脸色犹如阿比西尼亚[1]
等地的非洲女人,一望便知
我的主人是个抽烟老手。

当他痛苦至极,
我冒着烟,仿佛一座茅屋,
里面正准备餐饭,
等待农夫归来。

从我冒火的嘴里
升起浮动的蓝网,
我从中搂住并抚慰他的灵魂。

我卷起强烈的香气,
陶醉着他的心,并解除了
他精神上的疲劳。

---

1. 阿比西尼亚:今埃塞俄比亚。

Spleen et Idéal 忧郁与理想

音乐

音乐常常像大海般将我攫住!
向着我苍白的星,
在雾之穹顶或辽阔太空下,
我扬起风帆;

挺起胸膛,双肺像
帆布般鼓起,
我越过黑夜笼罩的
浪堆的脊背;

我感到一只受难之船的全部激情
在内心震颤;
顺风、暴风雨及其痉挛

在无边的深渊上,
将我摇哄。有时又平坦安静,
我绝望的巨镜!

墓地

如果,在一个沉闷凄惨之夜,
有个善良的基督徒,出于仁慈,
在某个旧瓦砾堆后面,
埋葬你值得炫耀的肉体。

那时,贞洁的群星
闭上它们沉沉的眼睛,
蜘蛛要在这里织网,
毒蛇要繁殖后代;

在你被判罪的头颅上,
你将终年听到
狼群,以及

饥饿女巫的哀号,
老色鬼的嬉闹
和黑心窃贼的阴谋。

Spleen et Idéal 忧郁与理想

星夜 / 挪威 / 爱德华·蒙克

一幅幻想版画

那奇异幽灵的全部穿戴,
就是怪诞地安在他骷髅头上的
一顶丑陋的王冠,有狂欢节之感。
没有马刺也没有鞭子,他把马弄得气喘吁吁,
这和他一样的幻影,这世界末日般的驽马,
鼻中流涎,像个癫痫病人。
他们穿越了空间,他们双双
以大胆的步伐突入并踩踏着无限。
在被其坐骑撞倒的芸芸众生头上,
这位骑手挥着一把闪光的马刀,
然后,犹如一位王子巡视他的府邸,
他看遍了广阔、寒冷、无边无际的墓地,
在太阳苍白暗淡的微光下,
那里躺着古今历史上的民众。

Spleen et Idéal　忧郁与理想

快乐的死者

在一片满是蜗牛的沃土,
我想为自己挖一个深坑,
让我可以把我的老骨头从容地摊开,
在遗忘里沉睡,犹如波涛里的鲨鱼。

我憎恨遗嘱,也憎恨坟墓;
与其向尘世乞求一滴眼泪,
我宁愿在生前就邀请乌鸦
来放干我脏皮囊里的血。

啊,蛆虫!无耳无眼的黑心伙伴,
看,你们中间来了个自由快乐的死者;
放荡的哲人,腐烂之子,

那就径直钻过我的遗体,不带一点内疚,
告诉我,还会有什么来折磨
这没有灵魂的旧肉身,这死人中的死人!

多梅尼勒湖 / 法国 / 亨利·卢梭

仇恨的桶

仇恨,是脸色苍白的达那依德[1]们的桶;
疯狂的复仇女神用又红又壮的手臂
徒劳地向它空空的黑暗里
倒下满桶满桶死者的血泪。

那个魔鬼把这深渊凿出了暗洞,
无数流汗的辛劳岁月从中漏走,
她依然会让她的牺牲品复活,
为了压榨的目的而使其肉体苏醒。

仇恨是个酒馆里的醉汉,
总感到越喝越渴,渴感
像勒拿的九头蛇般滋长。

——但幸福的酒徒了解征服者,
而仇恨被注定了悲惨的命运,
它永远无法在桌子底下沉睡。

---

1. 达那依德:古希腊神话中埃及王达那俄斯的女儿们的总称,因杀夫而激怒天神,死后被罚将水倒入无底的桶中,永无尽头。

破钟

这真是又苦涩又甜蜜,在冬夜,
在闪烁、冒烟的炉火边,
倾听那久远的回忆慢慢升起,
当排钟在雾里传来歌声。

那嗓音有力的钟多么幸福,
尽管衰老,却警觉而结实,
还忠实地发出虔诚的呼声,
像个在帐篷里守夜的老兵!

我,我的灵魂已经裂开,它在厌倦中
想用自己的歌声填满夜的寒气,
它虚弱的声音却往往

像个伤员的粗喘,他被遗忘在
血泊旁边,巨大的死人堆里,
他死了,一动不动,在无尽的挣扎之中。

Spleen et Idéal   忧郁与理想

忧郁(之一)

雨月[1],被整个城市激怒,
从瓮中把阴冷的巨浪泼向
附近墓地里那些苍白的居民,
把死亡泼向雾蒙蒙的郊区。

我的猫在方砖地上寻找褥草,
不停抖动它瘦弱长疮的身子;
一个老诗人的灵魂在檐槽里徘徊,
发出畏冷的幽灵那悲哀的声音。

大钟在哀鸣,冒烟的木柴
在用假声为伤风的挂钟伴奏,
那时,在某位患水肿病的老妇留下的可怕遗产

——一整副充斥着肮脏香气的纸牌里,
英俊的红桃侍卫和黑桃皇后
正阴沉地谈着他们逝去的爱情。

1. 雨月:法兰西共和历的第五月,相当于公历 1 月 20 或 21 日至 2 月 19 或 20 日。

艺术工作室的内饰／匈牙利／雨果·谢贝尔

忧郁（之二）

我活上一千岁也没有这么多回忆。

一件带抽屉的大家具，塞满账单、
诗篇、情书、诉状、浪漫曲，
以及卷在收据里的浓发，
它藏起的秘密也少于我悲哀的头脑。
这是一座金字塔，一个无边的地窖，
比公墓装着更多的尸体。
——我是一块为月亮所厌恶的墓地，
长长的蠕虫在里面爬行，宛如悔恨，
不停地攻击我最亲爱的死者。
我是一间满是枯玫瑰的旧闺房，
里面杂乱堆放着过时的时装，
悲哀的粉画、苍白的布歇之作，
犹自呼吸着一只打开的小瓶里的香气。

什么也没有瘸腿的白昼这么漫长,
在飞雪的年月那沉重的絮团下,
厌倦,这悲哀的冷漠结出的果实,
变得和永恒一般大小。
——从此,哦,活生生的物质!你不过
是一块被朦胧的恐惧围住的花岗岩,
在雾蒙蒙的撒哈拉深处半睡半醒;
古老的斯芬克司,被漫不经心的世界忽视,
被地图遗忘,他性情孤僻,
只有在落日余晖里才会歌唱。

1. 布歇(1703—1770):法国画家,洛可可艺术的代表人物之一。代表作有《蓬帕杜尔夫人》《泉边停歇》等。

忧郁（之三）

我像一个多雨之国的君王，
富有却无力，既年轻又衰老，
他蔑视导师们的媚态，
又厌烦自己的狗和其他畜类。
什么也不能令他高兴，无论是猎物和鹰隼，
还是阳台前垂死的民众。
得宠小丑那滑稽的歌谣
也无法舒展这残酷病人的额头；
他饰有百合的床榻已化为坟墓；
那些觉得所有君主都英俊的梳妆侍女
也想不出更加无耻的打扮，
去从这年轻的骨架上引出一丝微笑。
为他炼金的学者也无法
从他身上去除腐坏的成分，
从古罗马流传下来的、当权者
年老时都还记得的血浴，
也不能使这迟钝的尸体回暖，
他血管里流着的不是血，而是忘川的绿水。

忧郁（之四）

当低垂而沉重的天空像个盖子
压住被长久的厌倦折磨着的呻吟的精神，
又从团团围起的地平线
向我们洒下比夜更凄惨的阴郁阳光；

当尘世变成一间潮湿的囚室，
在那里，希望像一只蝙蝠
用胆怯的翅膀拍打着墙壁，
又用头去撞腐烂的天花板；

当雨伸开无尽的雨丝，
宛如一座大牢狱的栅栏，
当一大群无声而可恶的蜘蛛
在我们头脑深处张开它们的网，

突然，那些大钟愤怒地跃起，
向天空迸出恐怖的号叫，
仿佛一群无家可归的游魂
发出执拗的哀叹。

Spleen et Idéal　忧郁与理想

——没有鼓声,没有音乐,一长列柩车在我的灵魂里缓缓地鱼贯而行;希望被击败,在哭泣,残忍而专制的焦虑把它的黑旗插在我低垂的头颅上。

塞默灵风景 / 奥地利 / 科罗曼·莫塞尔

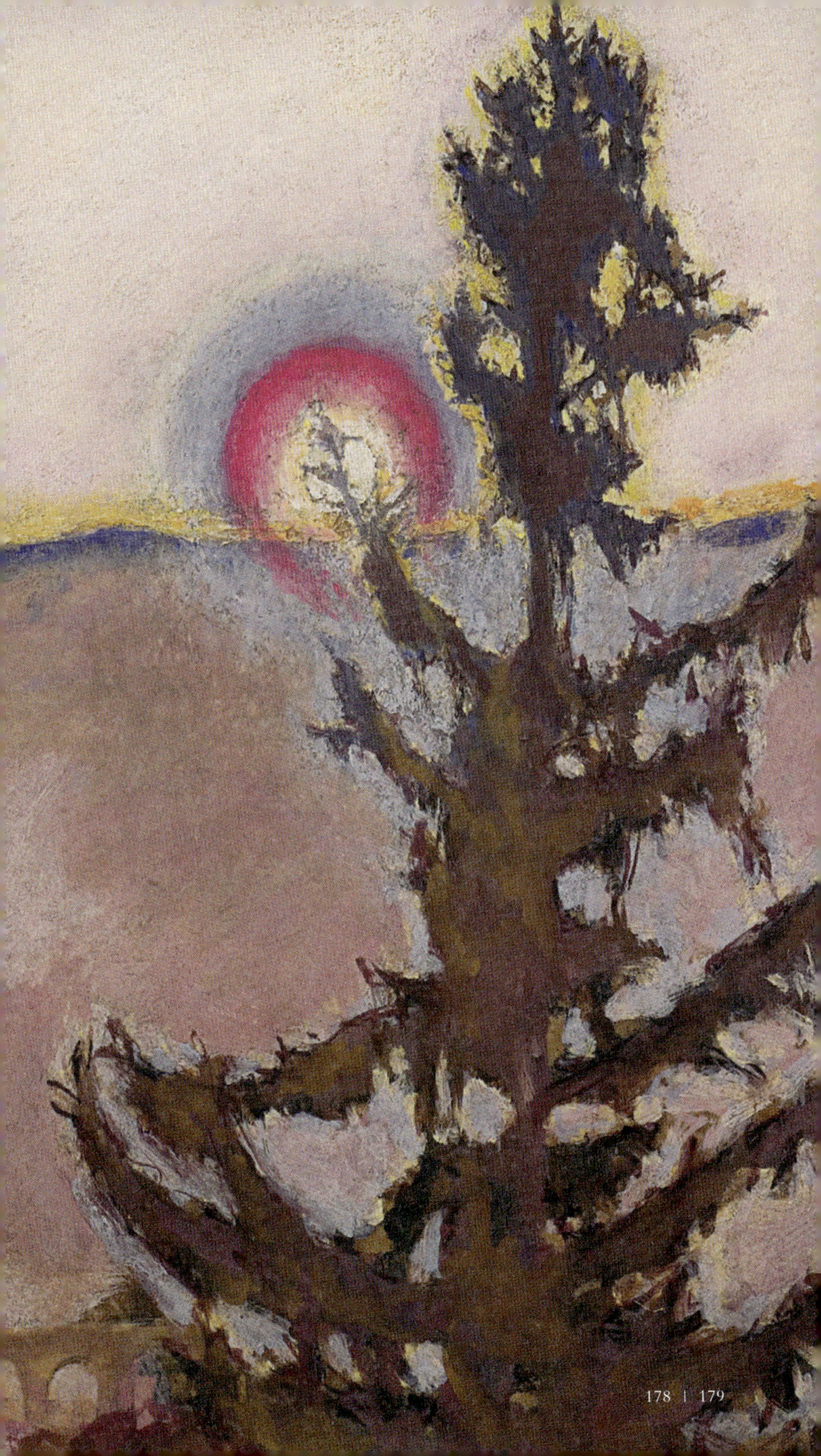

顽念

大森林,你像大教堂一样让我恐惧;
你像管风琴一样吼叫;在我们受诅咒之心
这永恒的灵堂里,古老的嘶喘声
应和着你哀悼经的回音。

我恨你,大海!你的跳跃与喧嚣,
我的精神在自己身上也找得到;
在大海的狂笑中,我听到失败者
那充满呜咽、屈辱的苦笑。

啊,黑夜!我本该多喜欢你,如果没有繁星
用它们的光说着那众所周知的语言!
因为我寻求空虚、黑暗和赤裸!

但是黑暗本身就是画布,
成千上万涌出我眼中的、目光亲切的
逝去的生命,在上面活跃着。

Spleen et Idéal 忧郁与理想

虚无的滋味

忧郁的灵魂,从前也曾醉心于斗争,
希望,它的马刺曾激起你的热情,
如今却再也不想骑你!无耻地躺下吧,
你这一绊就踉跄的老马。

认命吧,我的心;睡你的畜生大觉。

被击败的精神,疲惫不堪!老无赖,
对你来说,爱情再无趣味,只剩下争吵;
别了,铜管的歌唱与长笛的叹息!
快乐,别再引诱一颗阴郁不乐的心!

可爱的春天已失去它的香味!

时间分分钟在将我吞噬,
仿佛无边大雪吞噬一具僵硬的尸体;
我从高处注视着圆形的地球,
我再也不会在那寻找藏身的小屋。

雪崩,你坠落之时可愿将我一起卷走?

穿鞋子和黑色长袜的蹲伏裸像，背面视角 / 奥地利 / 埃贡·席勒

痛苦的炼金术

有人用热情将你照亮,
有人以你寄托悲哀,大自然!
你对这个人意味着:坟墓!
对那个人意味着:生命与光荣!

陌生的赫耳墨斯,你帮助我,
却又总是令我惊恐。
你把我变成了迈达斯[1]
这最可悲的炼金术士的同类;

凭借你,我化金成铁,
把天堂变成了地狱;
在云的裹尸布里,

我发现了一具心爱的尸体,
在天国的岸边,
我建起巨大的石棺。

---

1. 迈达斯:古希腊神话中小亚细亚中西部古国弗里吉亚的国王,被酒神赋予了点金术,所触碰到的一切都会变成金子。

引发共鸣的恐怖

奇异的铅灰色天空,
像你的命运一样焦灼,
是什么思绪从那里下降到你空虚的
灵魂里?回答我,浪子。

——我无厌地渴求
晦暗与无常之物,
但是不会像被逐出拉丁乐园的
奥维德那样呻吟。

像沙地般分裂的天空,
你身上映照出我的骄傲;
你那些服丧的大云朵

是我的梦之柩车,
你的辉光是令我的心
感到快乐的地狱倒影。

Spleen et Idéal　忧郁与理想

自虐狂

——致 J.G.F

我要敲打你,不怒
也不恨,犹如屠夫,
犹如摩西敲打岩石,
我要让你的眼底

涌出苦难之水,
去灌溉我的撒哈拉。
我满怀期盼的欲望,
将漂浮在你的咸泪之上,

犹如一艘出海的船,
在我饮泪大醉的心里,
你可爱的呜咽将像
冲锋鼓声一样回荡!

在这神圣的交响曲中,
我难道不正是一个走调的和弦,
只因那贪婪的反讽
将我又晃又咬?

冬树(局部)/奥地利/埃贡·席勒

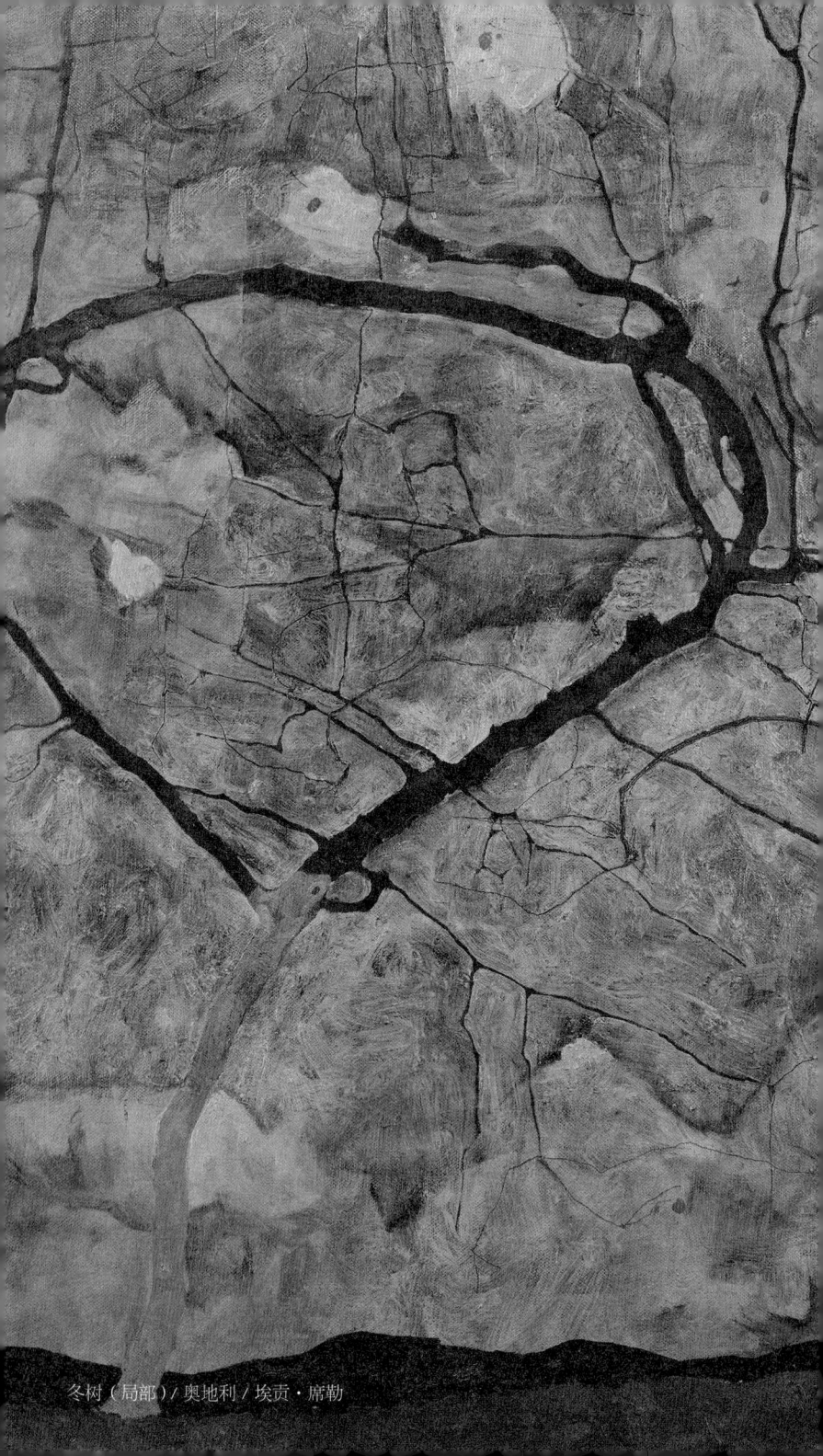

她就在我的声音里，那个泼妇！
我所有的血液都是黑色的毒药！
我是那悍女所照的
不祥的镜子。

我是伤口和刀子！
我是耳光和脸颊！
我是四肢和车轮，
牺牲者和刽子手！

我是自己内心的吸血鬼
——大废物中的一员，
被判处永久发笑，
却再也无法微笑！

无法挽救

I

一个理念,一种形式,一种存在,
离开了蓝天,坠入
铅灰色的泥泞的冥河,
任何天国里的眼睛都看不清。

一个天使,鲁莽的旅行家,
对丑的热爱将他引诱,
在一个大噩梦的深处,
桨手般挣扎,

搏击着——阴森的焦虑!
一个巨大的旋涡,
像疯子般唱着歌,
在黑暗中旋舞:

一个不幸的中邪者,
徒劳地摸索着,
为了逃出这虫蛇遍布的地方,
寻找着光明和钥匙。

Spleen et Idéal　忧郁与理想

没有灯,一个受诅咒者
走下没有扶手的无尽的台阶,
这是深渊的边缘,气味表明
这里又潮又深;

黏糊糊的怪物在那里守夜,
它们磷光闪闪的大眼睛,
让黑暗变得更黑,
除了它们,你什么也看不见;

一条被困在极地的船,
仿佛落入了水晶的陷阱,
寻找着那致命的
通向这座牢狱的海峡;

——无可挽救的命运,
标志清晰,画面完美,
让人觉得魔鬼总是
把每件事情都做得很好!

II

明与暗面面相对,
一颗心成了自己的镜子!
又亮又黑的真理之井里,
颤抖着一颗铅色的星。

讽刺性的地狱灯塔,
撒旦谢恩祷告时的火炬,
唯一的慰藉与光荣,
——那恶的意识。

座钟和床之间的自画像 / 挪威 / 爱德华·蒙克

时钟

时钟!这阴森、可怕、冷漠的神,
用手指威胁着我们,对我们说:"记住!
战栗的痛苦很快就将射进
你充满恐惧的心,犹如射入靶中;

"雾一般的快乐将要逃向地平线,
如同一个女气精[1]逃向舞台深处;
每个人一生中所能获得的欢乐呀,
每个瞬间都在吞下它的一个片段。

"一小时三千六百次,'秒'低声
说道:记住!——'现在'立即
又用虫子般的声音说:我是'过去',
我已用肮脏的长嘴吸尽你的生命!

"记住![2] 记住,浪子!记住![3]
(我的金属喉咙会说所有的语言。)
贪玩的人,每一分钟都是一块矿石,
提炼出黄金之前切勿抛弃!

Spleen et Idéal   忧郁与理想

"记住,时间是个贪婪的赌徒,
它无须作弊,每一轮都赢!这就是规则。
日光消退,黑夜渐增;记住!
深渊永远干渴,漏壶正在转空。

"那个时辰很快就要敲响,神圣的偶然,
庄严的美德,你仍是处女的妻子,
甚至悔恨(哦!最后一家客栈!),
将一起说道:去死吧,老懦夫!时间已经太晚!"

1. 女气精:空气中的女精灵。
2. 原文为英语:Remember!
3. 原文为拉丁语:Esto memor!

Tableaux parisiens
巴黎即景

巴黎变了
但是我的忧郁却丝毫未改

——《天鹅》

风景

为了虔诚地创作我的田园牧歌,
我想像占星家一样靠近天空躺下,
在钟楼旁,在梦中倾听
那随风传来的庄严圣歌。
我双手托着下巴,在我的顶楼上,
俯瞰着人们在车间里唱歌、闲聊,
俯瞰着烟囱和钟楼,这些城市里的桅杆,
还有让人梦想永恒的辽阔天空。

这是多么美妙,透过薄雾看见
星星在蓝天出现,灯在窗口出现,
一股股煤烟升向天空,
月亮撒下她苍白的魔力。
我将看见春天、夏天、秋天;
当冬天带着单调的白雪到来,
我将拉上所有的门帘,关上百叶窗,
在夜里建造我仙境般的宫殿。
那时,我将梦见淡蓝色的地平线,
梦见花园、在大理石里流泪的喷泉,
梦见亲吻、晨昏唱歌的鸟,
以及牧歌中最天真的一切。

暴乱，徒劳在我窗前怒吼，
也无法使我从书桌前抬头；
因为我将沉浸于这样的享受：
凭我的意志唤醒春天，
从我的心中拖出一轮太阳，
用我炽热的思想制造温暖的氛围。

蝴蝶 / 法国 / 奥迪龙·雷东

太阳

沿着旧郊走去,那些破房子
拉着百叶窗,藏起秘密的淫行,
当残忍的太阳越来越猛烈地击打着
城市和田野、屋顶和麦子,
我独自去练习我幻想的剑术,
在每个角落嗅着机遇,以觅到韵脚,
我在词语里绊倒,仿佛绊倒在路上,
偶尔也会撞见梦想许久的诗句。

这位养父,这萎黄病的敌人,
从田野里唤醒玫瑰般的诗篇;
它把忧愁蒸发到空中,
又往那些头脑和蜂箱里装满了蜜,
正是它使拄拐杖的人恢复青春,
把少女般的欢乐与甜蜜还给他们,
它命令庄稼在那些总想开花的
不朽的心灵里生长、成熟!

当它像个诗人降临城市,
使最低贱之物的命运变得高贵,
像一个国王,悄悄地,不带仆从,
走进所有的医院,所有的宫殿。

Tableaux parisiens 巴黎即景

落日 / 奥地利 / 埃贡·席勒

致一个红发女乞丐

红发、洁白的女孩,
她裙子上的破洞
让人看见了贫穷
和美丽;

对于我这卑微的诗人,
你年轻而带病的
长满雀斑的身体,
自有它的温柔。

你穿着笨重的木鞋,
却比着天鹅绒厚底靴的
传奇故事里的女王
更加优雅。

把这太短的褴褛破衣,
换上华美的宫廷礼服,
让窸窣作响的长褶皱
拖在你的脚后;

Tableaux parisiens 巴黎即景

换下穿破了的长袜，
为防备那些轱辘乱转的眼睛，
换上一把锃亮的
黄金匕首；

让那没系好的扣子，
为我们的罪孽，
露出你那对美丽的乳房，
它们像眼睛一样光彩照人；

你脱衣时，
双手让人一求再求，
调皮地一次次赶走
捣蛋的手指；

最纯净水域的珍珠，
大师贝罗[1]的十四行诗，
由戴着镣铐的追求者
不停地献上；

蹩脚诗人，仆役般
向你献上他们的鲜果，
又站在台阶下面，
注视着你的鞋子；

许多爱冒险的宫廷侍从，
许多老爷和龙萨[2]
为了消遣，将去窥伺
你凉爽的小屋！

你将在床上清点
比百合还多的亲吻，
还有向你俯首听命的
那许多王公贵胄！

——但你却乞讨着
一些残羹冷炙，
在十字街头
某个维富尔酒店[3]门口；

Tableaux parisiens 巴黎即景

你从下面瞟着
那些只值二十九个苏[4]的首饰,
但是我,哦!对不起!
却不能赠予你。

走吧,没有首饰、
香水、珍珠、钻石,
你只有赤裸的瘦躯,
啊,我的美人!

1. 贝罗(1528—1577):法国诗人,"七星诗社"成员之一,写过多篇精雕细琢的人物作品。
2. 龙萨(1524—1585):法国诗人,"七星诗社"成员之一,以爱情诗闻名。
3. 维富尔酒店:法国巴黎的著名酒店,十九世纪时是法国社会名流聚会的场所。
4. 苏:法国钱币名,币值非常小。

"天鹅"四号 / 瑞典 / 希尔玛·阿芙·克林特

Tableaux parisiens 巴黎即景

天鹅

——致维克多·雨果

I

安德洛玛克[1],我想起了您!那条小河,
可怜而哀伤的镜子,曾映照过
寡妇的悲痛、您无边的庄严,
这条因您的泪水而上涨的假西莫伊斯河[2],

当我正穿过新卡鲁塞尔广场[3],
忽然唤起了我丰富的记忆。
旧巴黎已不复存在(城市的样子
唉!比人心变得更快!);

我只有在脑海里才能看见那个木棚区,
那些粗制的柱头和柱子,
那些草地,在水坑里染绿的大石头,
以及方砖地上闪闪发光的杂乱旧货。

从前,那里曾搭起一座动物展览会;
一天早晨,天空寒冷而明亮的时分,
劳动者刚刚醒来,从垃圾堆里,
宁静的空气里刮起一阵昏暗的狂风。

我曾看见一只从笼中逃出的天鹅,
用一对蹼足擦着干硬的路面,
在高低不平的地上拖着洁白的羽毛。
这动物在一个无水的小沟旁张着喙,

焦躁地在灰土中洗着翅膀,
心里装满了故乡美丽的湖,它说:
"雨,你什么时候下?雷,你什么时候响?"
我看见这不幸的东西,这古怪而不幸的传奇,

有时,向着天空,仿佛奥维德笔下的人类,
向着充满嘲笑的、蓝得残忍的天空,
从抽搐的脖颈上伸直充满渴望的脑袋,
仿佛在指责上帝!

Tableaux parisiens　　巴黎即景

II

巴黎变了！但是我的忧郁却
丝毫未改！新宫殿、脚手架、大石块、
旧城郊，对于我，一切都变成了寓言，
而我珍贵的记忆比石头还重。

于是，面对着卢浮宫，一幅图像压迫着我：
我想起我那举止疯狂的大天鹅，
它像流放者，可笑而崇高，
欲望不停地将它折磨！然后，我想起了你，

安德洛玛克，你从一位非凡丈夫的怀里，
像个卑贱的牲口，落入骄傲的卑吕斯[4]手中，
你在一座空墓前出神地弯着腰，
赫克托耳[5]的寡妇，唉！赫勒诺斯[6]的妻子！

我想起那消瘦的患了结核病的女黑人，
她踩过烂泥地，惊恐的目光寻找着
不存在的壮丽非洲的椰子树，
在雾做的无边之墙背后；

我想起那些一旦失去就永远不能重逢的人，
永远不能！我想起那些沉浸在泪水里，
像吮吸仁慈母狼的乳汁般吮吸痛苦的人们！
我想起那些像花一样枯萎的瘦小孤儿！

就这样，从我的灵魂流亡其中的森林里，
一个古老的记忆吹奏起响亮的号角！
我想起那些被遗忘在岛上的水手，
那些战俘，那些战败者！……其他许多人！

1. 安德洛玛克：古希腊诗人荷马的史诗《伊利亚特》中的女主人公，本为特洛伊英雄赫克托耳的妻子，后被希腊人俘去，成为阿喀琉斯之子卑吕斯的女奴，和他生了三个孩子。
2. 西莫伊斯河：古希腊神话中特洛伊平原上的河流。安德洛玛克被俘后，在一条和西莫伊斯河相似的河流旁，为赫克托耳建了一座空墓。
3. 新卡鲁塞尔广场：法国巴黎卢浮宫对面的一座广场。
4. 卑吕斯：古希腊神话中英雄阿喀琉斯的儿子。
5. 赫克托耳：古希腊神话中的特洛伊王子，在特洛伊之战中被阿喀琉斯所杀。
6. 赫勒诺斯：古希腊神话中赫克托耳的弟弟，曾预见特洛伊的沦陷。战争结束后，赫勒诺斯归卑吕斯所有，并深受其信任。在卑吕斯死后，赫勒诺斯继承了他在厄皮鲁斯的一部分领地，并与安德洛玛克成婚，和她的孩子们在那里定居下来。夫妻二人将厄皮鲁斯建设成了"小特洛伊"。

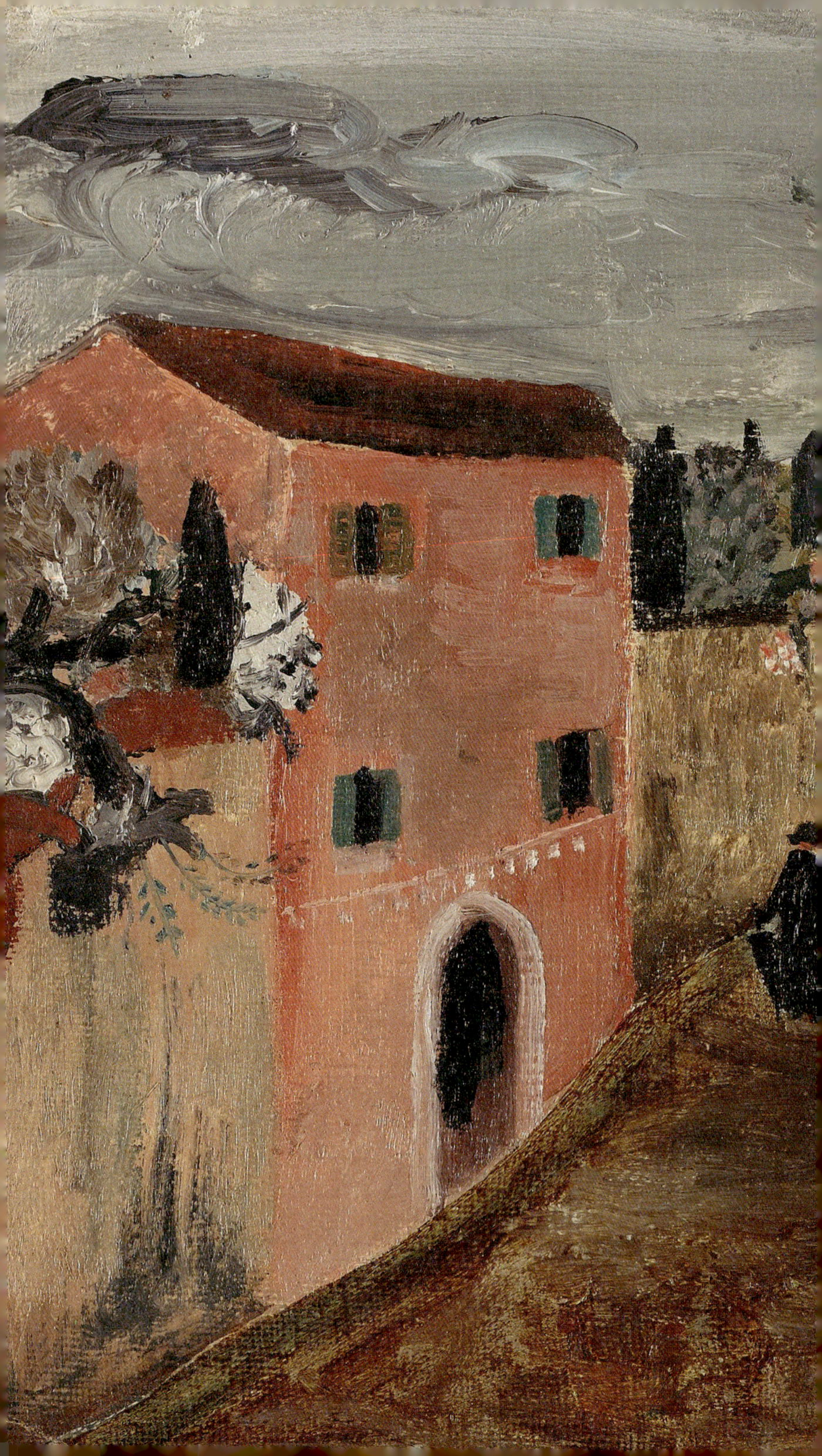

意大利牧师，佛罗伦萨 / 瑞典 / 希尔玛·阿芙·克林特

七个老头

——致维克多·雨果

人潮汹涌的城市,充满幻梦的城市,
幽灵在光天化日之下就拉扯行人!
奥秘像树浆一样到处流淌,
流淌在这强力巨人细细的脉管里。

一天早晨,在一条阴沉的街上,
那些房屋在雾中变得更高,
仿佛一条上涨之河的两岸,
然后,宛如布景,宛如演员的灵魂;

一阵肮脏的黄雾弥漫于整个空间,
我一边像演主角似的绷紧了神经,
和自己早已疲惫的灵魂争辩,
一边走过被重型货车震得发抖的城郊。

突然,有一个老人,他黄色的破烂衣服
和雨中的天空一个颜色,
如果不是他的眼中闪烁着凶光,
他那副模样本可招来雨点般的施舍,

Tableaux parisiens   巴黎即景

他出现在我面前。他的瞳孔仿佛浸在
胆汁里;他的眼神冷若寒霜,
长毛胡子,直得像剑,
像犹大的胡子一样翘起。

他没有弯腰,却像被折断一般,
脊梁和双腿构成一个完美的直角,
他的拐杖又让他的样子臻于完美,
使他的形象和笨拙的步伐

宛如残废的走兽或是三条腿的犹太人。
他在雪和泥泞中蹒跚而行,
仿佛踩着破鞋下的死人,
他对这个世界,敌意更胜于冷漠。

他的同类跟在后面:胡子、眼睛、脊背、拐杖、破衣,
毫无区别,仿佛来自同一个地狱,
这对百岁的孪生兄弟,这些古怪的幽灵
正以同样的步伐走向未知的目标。

是什么无耻阴谋把我当作了靶子,
是什么霉运让我如此丢脸?
因为,我一刻不停地数了七次,
那自我繁殖的不祥的老头!

有人嘲笑我的不安,
丝毫没有心心相印的战栗之感,
请他们好好想想:尽管如此衰老,
这七个丑陋的怪物却自有一种永恒的神态!

我如果不死,是否还会看到第八个
严厉、嘲讽、不幸的翻版,
看到这可恶的不死鸟,它自己的儿子和父亲?
——但是,我向那来自地狱的行列背过身去。

我恼火得像个看见重影的酒鬼,
我回到家,关上门,惊恐,
难受,冻得发僵,精神狂热而混乱,
为那神秘和那荒谬所伤!

Tableaux parisiens 巴黎即景

我的理智徒劳地想把住舵，
但戏弄人的风暴使它的努力偏离了方向；
我的灵魂，跳啊，跳啊，这没有桅杆的
旧驳船，在这奇大无边的海上！

立体主义头像（局部）法国／让·梅金杰

小老太婆

——致维克多·雨果

I

在古老首都那弯弯曲曲的褶皱里,
一切,甚至连恐怖都变成了魅力,
我由着自己那命定的脾气,
注视着这些奇特、衰老、可爱的生命。

这些散了架的怪物从前也曾是女人,
艾波宁[1]或是拉伊丝[2]!疲惫、驼背、变形的怪物,
爱她们吧!她们也还有灵魂。
穿着破烂的衬裙和单薄的衣服,

她们俯身走着,被不公的北风鞭打,
在隆隆的马车声中战栗,
她们在肋下紧紧夹着绣了花朵
或是字谜的小包,仿佛夹着一件圣物。

她们小跑起来,全都像木偶一样;
她们拖着脚步,犹如受伤的动物,
有时又不由地舞动起来,这些可怜的铃铛,
被无情的魔鬼吊起!她们全都

疲惫不堪,却有着锥子般锐利的眼睛,
它们像夜里沉睡的水坑一样闪闪发光;
她们有着小女孩般神圣的眼睛,
看见每个亮亮的东西都要惊讶大笑。

——你可曾注意到,许多老太婆的棺材
几乎和儿童的一样小?
聪明的死神赋予这些相似的棺材一种象征,
具有一种奇异而迷人的意味。

而当我瞥见一个虚弱的幽灵
穿过巴黎那拥挤的场景,
我总感到这脆弱的生命
正悄悄走向一个新的摇篮;

否则,我就要思考起几何学来,
只要看到这些不协调的四肢,
就想试着计算:为了装下她们的身体,
工人需要把盒子的形状改动几次。

——这些眼睛是有着亿万颗眼泪的井,
是缀着冷却金属的坩埚……
对于一个由严酷的厄运养大的人,
这些神秘的眼睛有着无法抵挡的魅力!

II

迷恋旧日弗拉斯卡蒂赌场的贞女,
塔利亚的女祭司,唉,只有隐身的提词员
才记得那些名字;著名的轻浮女人,
蒂沃利曾把她们荫庇于花下。

她们全都让我陶醉!在这些脆弱的生命中,
却有人从痛苦中酿出了蜜,
对借予双翼的牺牲精神说:
"强大的鹰马兽,请把我带到天上!"

有的人,为了祖国饱经了灾难,
有的人,为了丈夫背负着痛苦,
有的人,为了孩子成为利剑穿心的圣母,
每个人都能用泪水汇成一条河!

III

啊！我曾多少次跟在这些小老太婆后面！
其中有一个，当落日用鲜红的伤口
把天空染得血迹斑斑，
她独自坐在长椅上，沉思着，

倾听着一场铜管嘹亮的音乐会，
有时，士兵们在乐声中涌进我们的公园，
在人们精神振奋的金色夜晚，
在市民心里激起某种英雄主义。

她依旧坐得挺直，骄傲而矜持，
她贪婪地欣赏着那激越的军歌，
她的眼睛像老鹰般不时睁开，
她大理石的额头仿佛是为桂冠而生！

IV

你们就这样缓缓前行,坚忍而毫无怨言,
穿过这热闹城市的混沌,
内心流血的母亲,交际花,或是圣徒,
她们的名字往日无人不知。

哦,你们,优雅的,光荣的,
如今谁也认不出!粗野的酒鬼
路过时用嘲弄人的情话侮辱你们,
可恶的顽童在你们身后蹦蹦跳跳。

活着都羞愧,干瘪的影子,
战战兢兢,弯着背,贴墙走路,
没人和你们打招呼,奇异的命运!
人类的残骸为永恒做好了准备!

但是我,我从远处温柔地盯着你们;
不安的眼睛,注视着你们摇晃的步伐,
仿佛我是你们的父亲;啊,奇迹呀!
我品尝着你们不知道的秘密的快乐:

Tableaux parisiens　巴黎即景

我看见你们懵懂的激情鲜花怒放,
我过着你们已失去的或暗或明的日子,
我的心成倍增多,享受着你们所有的罪孽!
我的灵魂因你们所有的美德而焕发光辉!

废墟啊!我的家族!啊,同种同属的头脑!
每天晚上,我向你们致以郑重的永别!
八十岁的夏娃,身上压着那上帝可怕的爪子,
明天你们将在哪里?

1. 艾波宁(?—79):古代高卢女英雄。
2. 拉伊丝(生卒年不详):古希腊名妓。
3. 弗拉斯卡蒂赌场:法国巴黎著名的赌场,位于黎塞留大街。1937年关闭,后被拆除。
4. 塔利亚:古希腊神话中司喜剧的文艺女神。她的女祭司指女演员。
5. 蒂沃利:法国巴黎的一个著名的大众娱乐场。
6. 鹰马兽:神话传说中的生物,有鹰的头、翅膀和马的身体。

雪橇上的人（局部）/德国/沃尔特·奎玛特

盲人

看看他们,我的灵魂;他们真是可怕!
像木头人,说不出的滑稽;
像梦游者,恐怖而又奇特;
阴郁的眼珠不知盯着什么地方。

他们的眼睛已失去那神圣的光芒,
仿佛远眺似的,始终仰向空中,
谁也不曾看见他们向着地面
做梦似的垂下沉重的头颅。

他们就这样穿过无边的黑暗
这永恒静寂的兄弟。啊,城市!
当你在我们周围唱着,笑着,喊着,

寻欢作乐,几近穷凶极恶。
看!我也步履艰难!但比他们更加愚笨。
我说:"他们在天上寻找什么,所有这些盲人?"

致一位过路的女人

大街在我周围震耳欲聋地吼叫。
有个又高又瘦、穿着重孝、端庄痛苦的
女人走过,用一只珠光宝气的手,
撩起并摆弄着花边和裙摆;

敏捷而高贵,露出雕塑般的小腿。
我紧张得像个精神失常的人,她的眼睛
这孕育着暴风雨的青灰色天空,
让我尝到迷人的柔情、致命的欢乐。

一道闪电……然后是黑夜!——转瞬即逝的美人,
她的目光使我突然复活,
我是否在来世才能再见到你?

走了,走远了!太迟了!也许永别了!
因为我不晓得你逃往何处,你不知道我去了哪里,
啊,我本会爱上你,啊,你知道!

Tableaux parisiens 巴黎即景

戴孝的女子 / 奥地利 / 埃贡·席勒

骷髅农夫

I

一些解剖学版画
散落在落满灰尘的河岸,
许多尸体般的书籍
像古老的木乃伊一样沉睡。

那些画,尽管主题阴郁,
但是老艺术家的
认真与技巧,
赋予其美感。

人们看到,神秘的恐怖
变得更加完美,
剥了皮的身体和骷髅
像农夫一样在用锹翻土。

II

从你们翻掘的泥土里,
顺从而阴森的乡巴佬,
从你们的椎骨或剥了皮的肌肉
那全部的努力中,

告诉我,逃出尸堆的苦役犯,
你们想得到怎样奇异的收获?
你们要填满哪个
农场主的谷仓?

你们(过于艰苦的命运那清晰
而可怕的象征!)是否想指出:
即使是在坟墓里,
许诺过的睡眠也无法确保;

虚无背叛了我们,
一切,甚至死神,也欺骗我们;
我们将永永远远,
唉!我们将不得不

在某个陌生的国度，
为粗糙的大地剥皮，
用我们血淋淋的光脚
踩着沉重的铁锹？

Tableaux parisiens　巴黎即景

黄昏暮色

迷人的黄昏来临了,这罪犯的朋友;
像帮凶一样到来,踩着狼的脚步;天空
像一间大卧室慢慢关上,
不耐烦的人变成了一头猛兽。

啊,黄昏,可爱的黄昏,有人期盼着你,
因为他的双手可以诚实地说:"今天,
我们劳动过了!"——正是这黄昏
慰藉着被剧烈的痛苦折磨的灵魂,
抚慰着头昏脑涨的执着的学者,
以及弯腰上床的工人。
但邪恶的魔鬼在周围的空气里
像商人一样昏沉沉地醒来,
飞来飞去,撞击着百叶窗和雨檐。
透过被风吹打着的微光,
娼妓在大街上活跃起来,
像蚁丘自己打开了缺口;
它处处开辟出隐秘的道路,
仿佛敌人正准备发动致命一击。
它在这污浊城市的深处骚动着,
仿佛一条虫子在窃取人类的食物。

夜 / 立陶宛 / 米卡洛尤斯·丘尔廖尼斯

人们到处都能听到厨房在呼啸，
剧院在尖叫，乐队在打鼾；
以赌博为乐的膳宿旅馆里
挤满了妓女和骗子，她们的同伴，
不懂得歇手的无情小偷，
也要马上开始干活，
他们将悄悄撬开门和钱箱，
好去享乐片刻，去打扮他们的情妇。

沉思吧，哦，我的灵魂，在这庄严的时刻，
请对这咆哮闭上耳朵；
现在正是病人的痛苦加剧之时！
阴郁的黑夜正扼住他们的喉咙；他们结束了
自己的命运，走向共同的深渊；
医院里充满了他们的叹息。——有几个人
将再也不能在火炉边，在晚上，
在爱人身旁，找到那碗香喷喷的汤。

他们大多数人还从未了解过
家庭的甜美，还从未生活过！

赌博

那些老妓女坐在褪色的扶手椅上,
脸色苍白,画了眉毛,目光亲热而致命,
做着媚态,干瘦的耳朵上发出
宝石与金属的叮当之声;

绿毯子四周,围着没有嘴唇的脸、
没有颜色的嘴唇、没有牙齿的下颌,
那些手指因可怕的狂热而痉挛,
摸索着空空的衣袋或是怦怦乱跳的胸口;

肮脏的天花板下,一排暗淡的吊灯
和几盏巨大的油灯,把光线投向
那些前来挥霍他们血汗的
著名诗人们阴郁的额头。

这就是我在夜梦中看到的,
在我敏锐的眼睛前面展开的黑色画面,
我看见我自己,在那沉寂洞穴的一角,
支着双肘,冷静,沉默,嫉妒。

Tableaux parisiens   巴黎即景

我嫉妒这些人偏执的激情，
嫉妒这些老妓女们阴森森的欢乐；
所有人当着我的面做起愉快的交易，
一边是他古老的荣誉，一边是她的美貌！

我的心感到恐惧，因为它嫉妒这许多
向着张开的深渊狂奔过去的可怜之人；
这些人，喝饱了自己的血，总之，
他们喜欢痛苦甚于死亡，喜欢地狱甚于虚无！

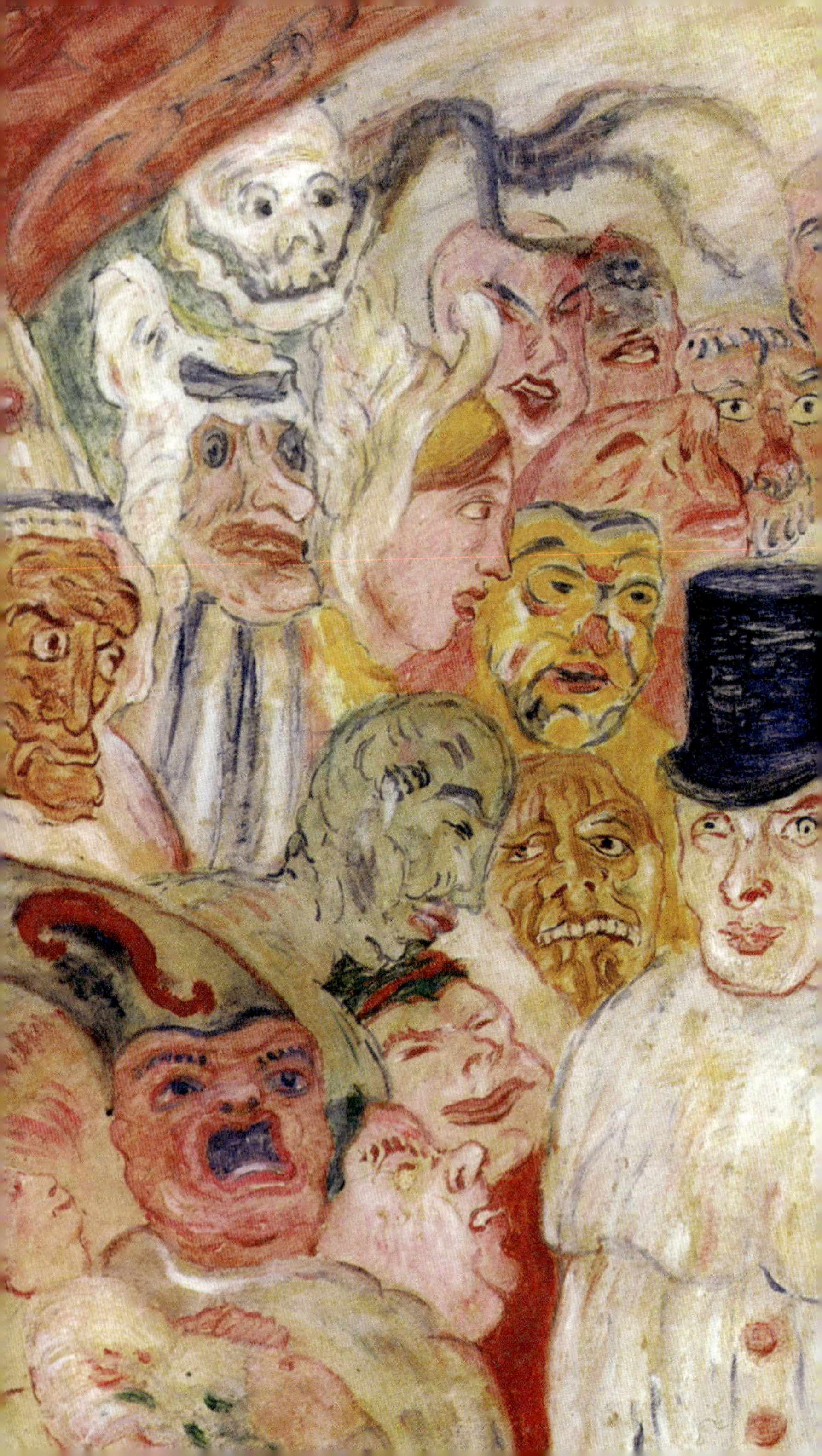

好奇的面具 / 比利时 / 詹姆斯·恩索尔

死神舞

——致欧内斯特·克里斯托夫[1]

她像活人一样骄傲于自己的高贵身段,
她带着大束鲜花、手帕和手套,
漫不经心而又从容,
像个样子怪诞、消瘦的风骚女子。

可曾在舞会上见过更细的腰?
她那夸张的袍子过分宽大,
沉沉垂在脚面,这脚被紧紧裹在
饰有鲜花似的漂亮绒球的鞋子里。

在她的锁骨旁嬉戏的蜂窝形皱领,
仿佛一条好色的河摩擦着岩石,
羞涩地保卫着她那阴森的魅力,
她一心将它藏起,免受嘲笑奚落。

她深深的眼窝又空又黑,
她的颅骨,巧妙地戴着鲜花,
在她纤弱的椎骨上轻轻摇晃。
打扮得疯疯癫癫的虚无魅力!

Tableaux parisiens 巴黎即景

有些人会把你称作一幅讽刺漫画；
迷恋肉体的情人不懂得
人体骨架那无法形容的优雅。
高大的骷髅，你正合乎我最高贵的趣味！

你是想用惊人的鬼脸，来搅乱
那生命的节日？还是什么古老的欲望
仍然刺激着你这活的骸骨，
驱使你轻信地走向那欢乐的巫魔夜会？

你想用小提琴的歌唱、蜡烛的火焰，
赶走那嘲弄人的噩梦？
你想请求酒神节上的激流，
来冷却你心中着火的地狱？

取之不竭的愚蠢与谬误之井！
古老痛苦永恒的蒸馏器！
透过你的肋骨那弯曲的栅栏，
我看见贪得无厌的蝰蛇还在游走。

说实话,我担心你这样卖弄风情,
这番努力会得不到应有的回报;
这些凡人之心,有谁听得懂玩笑?
恐怖的魅力只会使强者陶醉!

你的眼睛,这充满可怕思想的深渊,
流露出晕眩,那些小心翼翼的舞者
无不带着强烈的恶心,注视着
你三十二颗牙齿发出的永恒微笑。

但是,谁不曾将一副骨架搂在怀中,
谁不曾靠那坟墓中的东西滋养?
香水、衣服或者打扮,又有什么要紧?
挑剔的人总是自以为貌美。

没有鼻子的舞女、无法抗拒的婊子,
去告诉那些对你表示不满的舞者:
"骄傲的宝贝,无论多么善于涂脂抹粉,
你们全都散发着死亡的气味!啊,撒了麝香的骨架,

Tableaux parisiens 巴黎即景

"憔悴的安提努斯[2]，脸上无须的花花公子，
油光光的尸体，白头发的拉夫拉斯[3]，
死神舞在整个世界摇摇摆摆，
把你们带向无人知晓的地方！

"从寒冷的塞纳河岸到燃烧着的恒河之滨，
凡俗的人群跳着，疯着，却没有看见
天使的号角从天花板的窟窿里
像一支黑色火枪，阴森森地张开。

"在所有的地方，在每一缕阳光下，可笑的人类，
你们的装腔作势让死神也惊叹，
她也常常像你们一样涂上没药，
把她的讽刺融入你们的疯狂！"

---

1. 欧内斯特·克里斯托夫（1827—1892）：法国雕塑家，波德莱尔的朋友。
2. 安提努斯（约110—约130）：古罗马皇帝哈德良的同性爱人。
3. 拉夫拉斯：英国小说家理查逊的书信体小说《克莱丽莎》中的人物，引诱了女主人公的放荡之徒。

幻象之爱

啊，我怠惰的爱人，当我看见你走过，
迎着那撞碎在天花板上的器乐声，
停下你和谐而缓慢的脚步，
你深邃的眼神里含有厌倦。

当我注视着你苍白的额头，煤气灯光
为它染上颜色，病态的魅力使它变得更美，
夜的火炬又在上面燃起一道曙光，
当我注视着你肖像般动人的双眼，

我对自己说：她是多么美！出奇地新鲜！
重重回忆，仿佛庄严而沉重的塔楼
为她加冕；她的心像被碰伤的桃子，
和她的肉体一样成熟，堪称精通爱情。

你可是秋天美味无比的水果？
你可是阴郁的、等候几滴眼泪的罐子，
令人梦见遥远绿洲的香水，
温柔的枕头，或是一只花篮？

梳妆的女子（局部）／法国／雅克·维永

我知道有双眼睛,更加忧郁,
里面不曾藏有任何珍贵的秘密;
没有珠宝的漂亮盒子,没有圣物的圆形项饰,
啊,天空!它们比你们更空、更深。

你是一个表象,难道就不足以
取悦一颗逃避真实的心?
你愚蠢,你冷漠,又有什么要紧?
面具或是假象,向你致敬!我爱慕你的美。

我没有忘记，在城市附近

我没有忘记，在城市附近，
我们白色的房子，小，却安逸，
石膏做的波摩娜[1]，古老的维纳斯，
在小树丛中藏起她们裸露的肢体。
黄昏时分，太阳辉煌而壮丽，
光束在玻璃窗后撞碎，
仿佛好奇的天上睁开一只大眼，
注视着我们漫长而无声的晚餐，
把它巨烛般的美丽光影慷慨地
投在廉价桌布和哔叽窗帘上。

---

1. 波摩娜：古罗马神话中的果树女神。

那个您曾嫉妒过的热心的女仆

那个您曾嫉妒过的热心的女仆,
正安睡在卑贱的草地下面,
无论如何我们都该为她带去一些花朵。
死者,可怜的死者,忍受着巨大的痛苦,
当十月,这老树的修剪工,
在他们的大理石坟墓四周卷起忧郁的风,
他们肯定会觉得,最忘恩负义的活人
睡在他们温暖的被窝里,
而他们,被黑色的幻梦吞噬,
没有同床的伴侣,没有愉快的交谈,
冰冷的老骨头受尽了蛆虫的折磨,
只感到冬雪在滴水,
光阴在流逝;没有朋友,也没有家人
换去挂在他们墓栏上的残花。

Tableaux parisiens　巴黎即景

如果,某天黄昏,当劈柴呼啸着,唱着歌,
我看见她安静地坐在扶手椅上,
如果,在十二月一个寒冷的蓝色夜晚,
我发现她缩在我房间的一角,
神情严肃,她从永恒地带的深处而来,
用慈母的目光舔犊似的看着她长大了的孩子,
我该如何回答这虔诚的灵魂,
当我看着眼泪从她凹陷的眼睑落下?

迷雾 / 立陶宛 / 米卡洛尤斯·丘尔廖尼斯

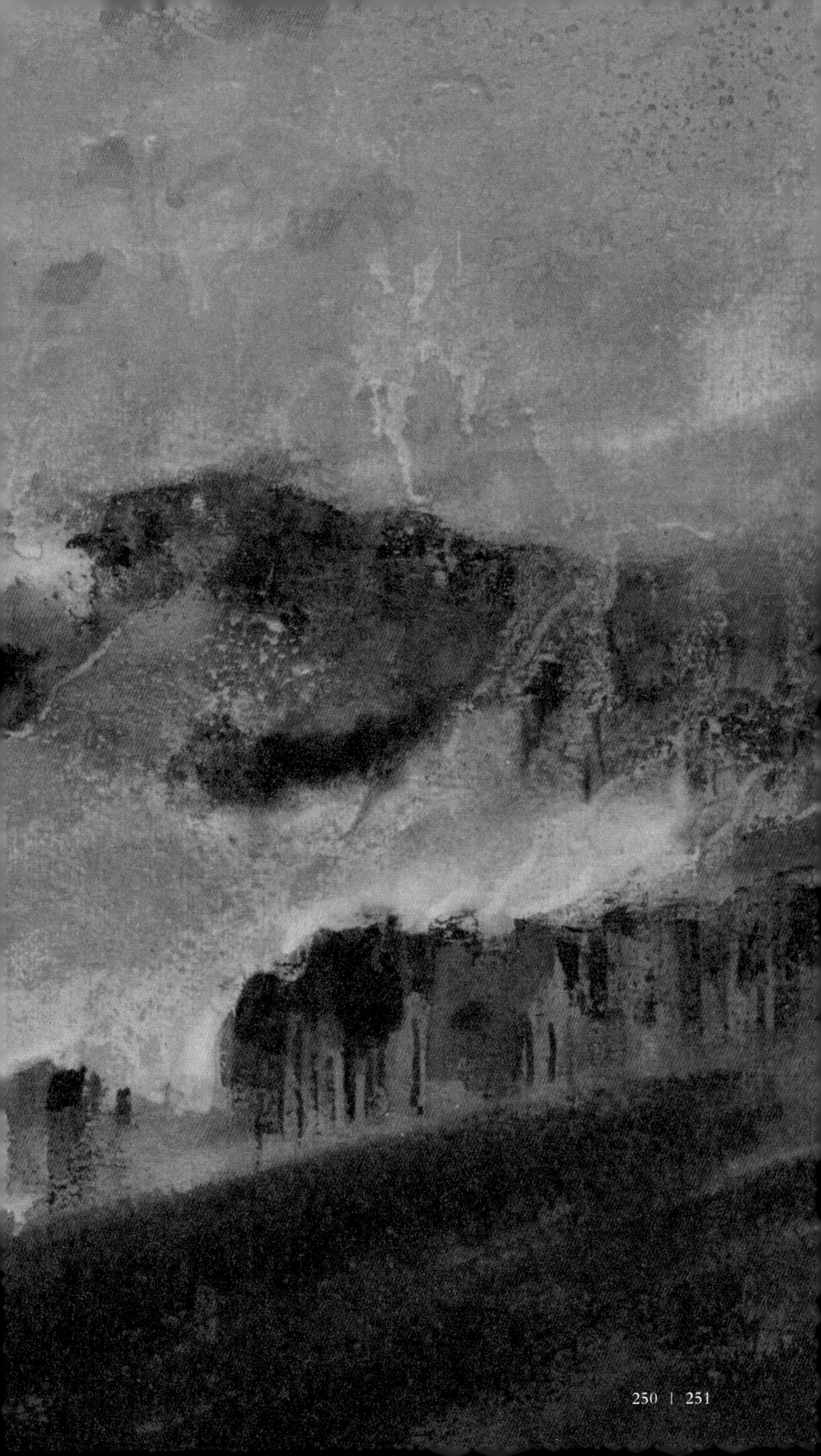

雾与雨

啊,晚秋,冬天,浸透了泥浆的春天,
催眠的季节!我热爱你们,赞美你们,
用雾一般的尸布和朦胧的坟墓
像这样笼罩着我的心与脑。

辽阔的平原上吹拂着寒冷的南风,
风信鸡在长夜里喊哑了嗓子,
比起在温暖的回春季节,我的灵魂
更加舒畅,宽展开它的乌鸦翅膀。

我的心充满了悲哀,
长久以来一直落着白霜,
啊,苍白的岁月,本地的女王,再没有什么

比你苍白幽暗的永恒面容更温柔,
——除非是在一个无月之夜,我们双双
在布满危险的床上把痛苦忘却。

巴黎梦

——致康斯坦丁·居伊[1]

I

这可怕的风景,
世人从未见过,
这朦胧而遥远的图像
今天早晨又将我迷住。

睡眠里充满了奇迹!
出于一种怪异的任性,
我从那些景象里
驱逐了不规则的植物。

然后,仿佛恃才傲物的画家,
我在自己的画中品尝着
那令人陶醉的单调:
金属、大理石、水。

楼梯和拱廊构成的巴别塔,
乃是一座无尽的宫殿,
到处都是水池和泻入
或糙或亮的黄金里的瀑布。

沉甸甸的瀑布，
像水晶的帘子，
耀眼地悬挂在
金属墙上。

没有树木，只有柱廊
环绕着沉睡的池塘；
在那里，巨人般的水神
像女人一般凝视自己的倒影。

一片片蓝色的水波流淌在
玫瑰色、绿色的堤岸之间，
悬垂几百万里，
流向宇宙的尽头。

那里有离奇的石头、
神奇的波浪；那里有
被自己反射的一切
照得眼花的无边冰河。

Tableaux parisiens　巴黎即景

无忧无虑、沉默寡言,
天上的条条恒河,
把它们瓮中的珍宝倒进
钻石做的深渊。

我是自己仙境的建筑师,
按照我的意志,
被驯服的大海
流过宝石做的隧道。

一切,甚至黑暗的色彩
仿佛都锃亮发光,闪着虹彩,
液体把它的荣耀
嵌入结晶的光线。

此外,没有星星,
甚至也没有残阳在天边
来照亮这些闪耀着
自身火焰的奇迹!

而在这些变幻着的奇观之上,
笼罩着(可怕的新事物!
只可眼见,不可耳闻!)
一片永恒的寂静。

Ⅱ

再次睁开充满火焰的眼睛,
我看见自己陋室里的可怕景象,
我感到一丝可恶的烦恼
又回到我心里;

声调阴郁的座钟
猛地敲响了正午,
天空正把它的黑暗洒向
这个麻木的悲惨世界。

---

1. 康斯坦丁·居伊(1802—1892):荷兰裔法国画家,雕塑家。

音乐 / 奥地利 / 古斯塔夫·克里姆特

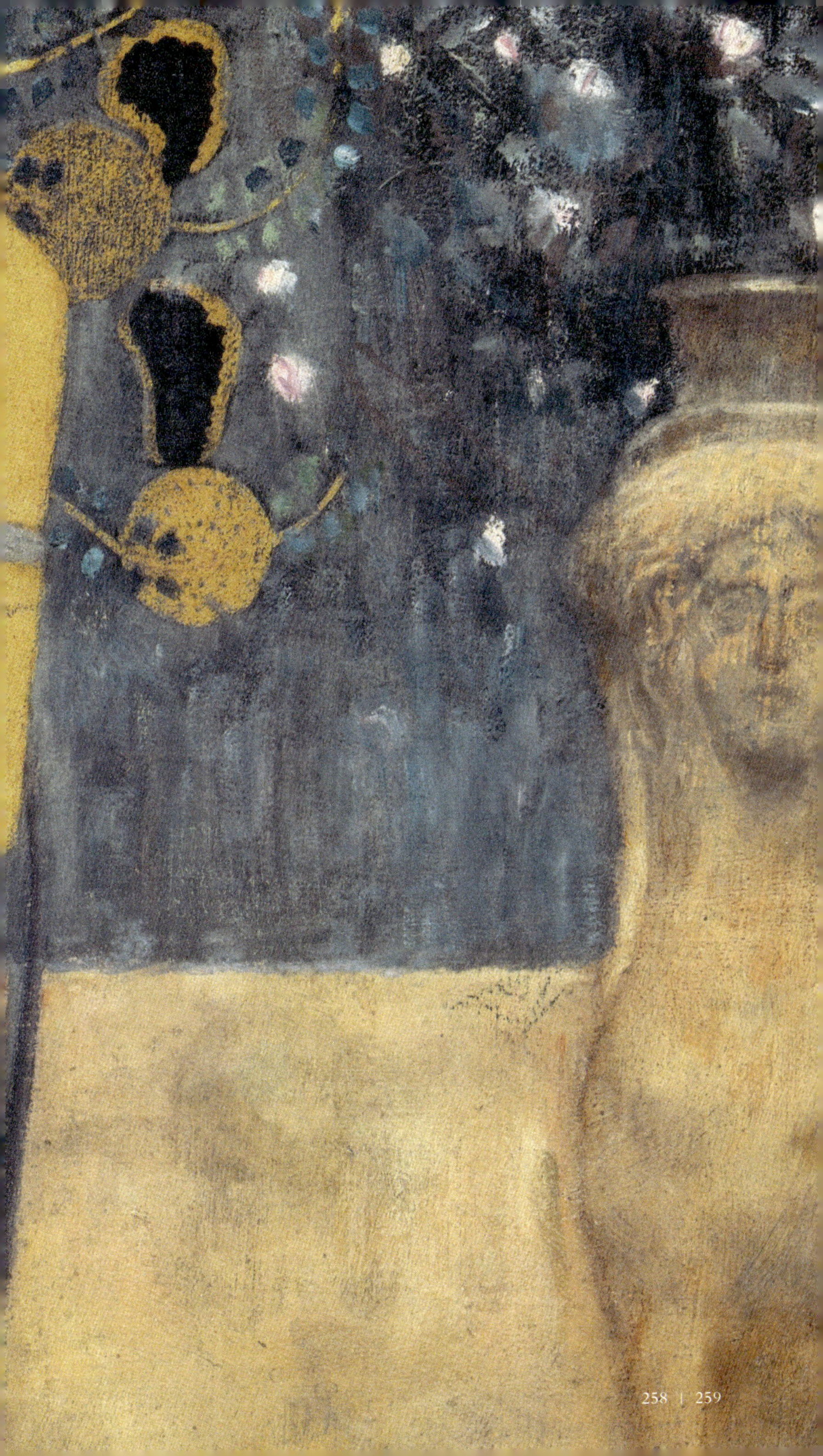

晨曦

起床号在兵营的院子里奏响,
晨风吹熄了灯笼。

这时,蜂拥而至的噩梦,
使那些棕发少年在枕头上扭来扭去;
灯,仿佛一只抽搐晃动着的充血的眼睛,
变成了日光里的一个红色斑点;
灵魂,负载着粗重的身体,
仿效着灯与日光的斗争。
仿佛流泪的面庞被微风擦干,
空气里充满了飞逝之物的颤抖,
男人厌倦了写作,女人厌倦了爱情。

一处一处,屋舍开始冒烟。
眼皮苍白的欢场女人,
张着嘴巴,睡她们的蠢觉;
那些穷女人垂着干瘪冰凉的乳房,
吹吹燃烧的木柴,又吹吹她们的手指。
这时,在寒冷和拮据之间,
产妇的痛苦越来越大;

Tableaux parisiens　巴黎即景

仿佛一声呜咽被冒泡的血泊噎住,
远处公鸡的啼鸣撕开了雾气,
一片雾海浸绕着那些高楼,
垂死者在济贫院深处
乱打着嗝,发出最后的残喘。
放荡者正在回家,工作得精疲力竭。

穿着粉粉绿绿长袍的颤抖的曙光,
正沿着荒凉的塞纳河缓缓前行;
阴沉的巴黎,这勤奋的老人,
正揉着眼睛,抄起他的工具。

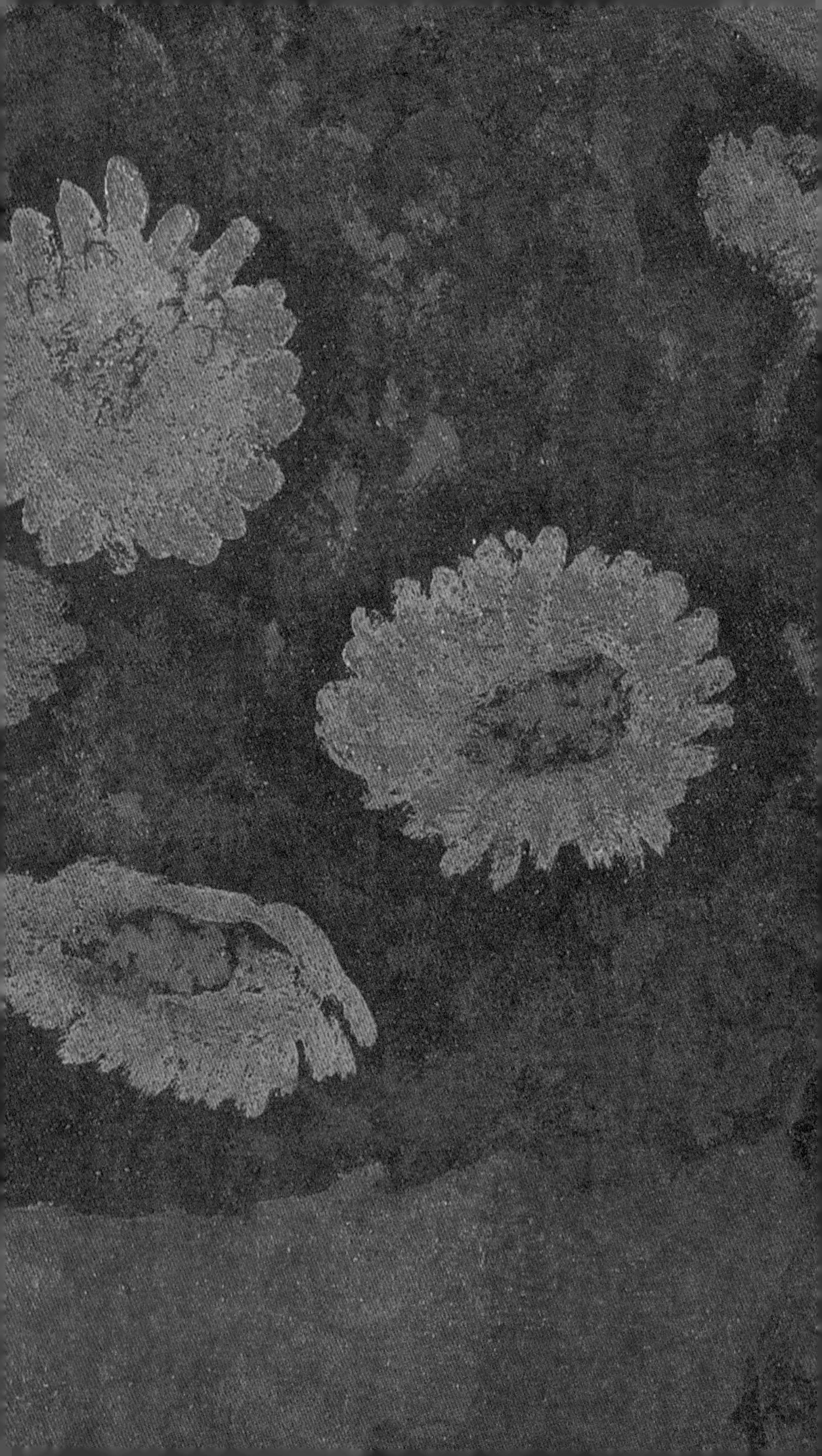

Le Vin

酒

让我们以酒为马
奔向仙境般的神圣天空

——《情侣之酒》

酒的灵魂

一天晚上,酒的灵魂在瓶中歌唱:
"人啊,亲爱的不幸者,我要向着你们
从我的玻璃监狱和朱红蜡封下面,
唱一首充满光明和友爱的歌!

"我知道,在燃烧的山冈上,需要
多少辛劳,多少汗水,多少灼人的阳光,
才能孕育出我的生命,才能给我一个灵魂。
我决不会忘恩负义或心怀恶意,

"因为我感到一种无边的快乐,
当我流入一个过度劳累者的喉咙,
他温暖的胸膛是座舒适的坟墓,
那里比寒冷的酒窖更让我欢喜。

"你可听见主日歌的叠句在回荡,
可听见希望在我跳动着的胸口鸣唱?
双肘支在桌上,卷着袖子,
你将赞美我,你将感到满足。

"我将使你快乐的妻子眼睛发亮,
我将使你的儿子重获力量,容光焕发;
对于生活中那些孱弱的竞技者,
我是使角力者的肌肉更加结实的油。

"我将流进你体内,我是植物酿的神食,
永恒的播种者撒下的珍贵种子,
从我们的爱里将诞生出诗篇,
像一朵罕见的花朵向着上帝涌现!"

拾荒者之酒

常常,在旧郊区的中心,这肮脏的迷宫里,
挤满了人,酝酿着风暴,
风吹打着路灯的火苗,摇晃着玻璃灯罩,
在这路灯的红光下,

人们常常看见一个拾荒者,摇着脑袋,
跟跄走过,像诗人一样撞在墙上,
他毫不理会那些密探,他的臣民,
一心倾诉着他辉煌的计划。

他宣誓,口授崇高的法律,
他打败恶人,拯救受害者;
在那华盖般高悬的苍穹下,
他陶醉于自己美德的光辉。

是的,这些人受尽家庭的烦恼,
被工作碾碎,被年岁折磨,
他们疲惫不堪,弯腰背着一堆破烂,
背着巨都巴黎那杂乱的呕吐物。

他们回来了,散发着酒桶的气味,
后面跟着在战斗中白了头的同伴;
他们的胡子像旧旗帜一般垂着,
那些旌麾、花朵,那些凯旋门

在他们面前纷纷竖起,庄严的魔法!
在军号、阳光、叫喊以及鼓声
那令人眩晕的灿烂狂欢中,
他们给醉心于爱的人们带来了光荣!

就这样,穿过浅薄的人类,
酒,这耀眼的帕克多河[1]泛着金色;
它用人的喉咙歌颂自己的功勋,
像个真正的国王靠才能统治。

为了消除他们的怨恨,抚慰他们的麻木,
对于这些正默默死去的被诅咒的老人,
上帝感到内疚,创造出睡眠,
人类又添上酒,这太阳的圣子!

---

1. 帕克多河:小亚细亚古国吕底亚的一条河流,以产金沙著名。古希腊神话中,迈达斯获得了点金术,碰到的任何东西都变成黄金,连他的食物、水,甚至女儿都变成了黄金。他在酒神的指示下,在帕克河中沐浴后得以解脱,据说这就是这条河中金沙的来历。

Le Vin　酒

显圣(局部)/法国/奥迪龙·雷东

凶手之酒

我的妻子死了,我自由了!
现在我可以喝个够;
当我一个苏不剩地回到家,
她的尖叫让我精神分裂。

现在我像国王一样幸福,
空气纯净,天空令人赞叹……
我们也曾有过这样一个夏天,
在我爱上她的时候!

可怕的干渴折磨着我,
想要使它得到满足,
需要很多酒,多到足以填满
她的坟墓——一点也不夸张:

我把她扔到井底,
又朝她身上推下了
井栏上所有的石头。
——如果可能,我真想忘记!

Le Vin 酒

以这温柔誓言的名义,
什么也不能把我们分开;
为了让我们重归于好,
仿佛回到我们热恋的美好时光,

我恳求她前来赴约,
那天晚上,在一条昏暗的路上。
她来了!——这个疯狂的女人!
我们或多或少都有些疯狂!

她还是那么漂亮,
虽然非常疲倦!而我,
我是如此爱她!因此,
我对她说:离开这个尘世吧!

没有人能理解我。
在这些愚蠢的酒鬼当中,
可曾有人在他病态的黑夜里
想到过用酒来做裹尸布?

这些刀枪不入的恶棍,
仿佛铁做的机器,
无论在夏天还是冬天,
都从未懂得真正的爱情,

以及它那黑色的魔力;
它那令人不安的可怕的随从队,
它的毒药瓶,它的眼泪,
它的锁链和枯骨发出的声音!

——现在我又自由又孤独!
今夜我将喝个死醉;
那时,就不再恐惧,不再后悔,
我要躺在地上,

像条狗一样睡去!
那辆拖着沉重的轮子、
装着石头和烂泥的
发疯的车子,

Le Vin　酒

将会碾碎我这有罪的头颅，
或是把我拦腰碾断；
我才不在乎什么上帝、
魔鬼、圣餐台！

孤独者之酒

一个风流女子那奇异的目光
像一道白光从我们身上掠过,
这是波动的月亮投在颤抖之湖上的光,
为了沐浴它那冷淡的美。

赌徒手指间的最后一袋钱币,
消瘦的阿德琳放荡的一吻,
刺激人又安慰人的音乐之声,
仿佛人间的痛苦那遥远的呼喊。

啊,深深的瓶子,所有这一切都比不上
你多产的大肚子里那沁人心脾的香膏,
你把它们留给虔诚的诗人那干渴的心;

你为他倾倒希望、青春、生命
——以及骄傲,这是所有乞丐的珍宝,
它让我们变得得意扬扬,和众神一样!

Le Vin　酒

情侣之酒

今天,太空如此壮美!
没有口衔、马刺和缰绳,
让我们以酒为马,
奔向仙境般的神圣天空!

仿佛被难以消除的热狂症
折磨着的两个天使,
在早晨的蓝色水晶里
追逐遥远的海市蜃楼!

懒洋洋地摆动着
灵巧的旋风之翼,
在同样的谵妄之中,

我的姐妹,让我们并肩飘荡,
一刻也不停息地逃向
我梦中的天堂!

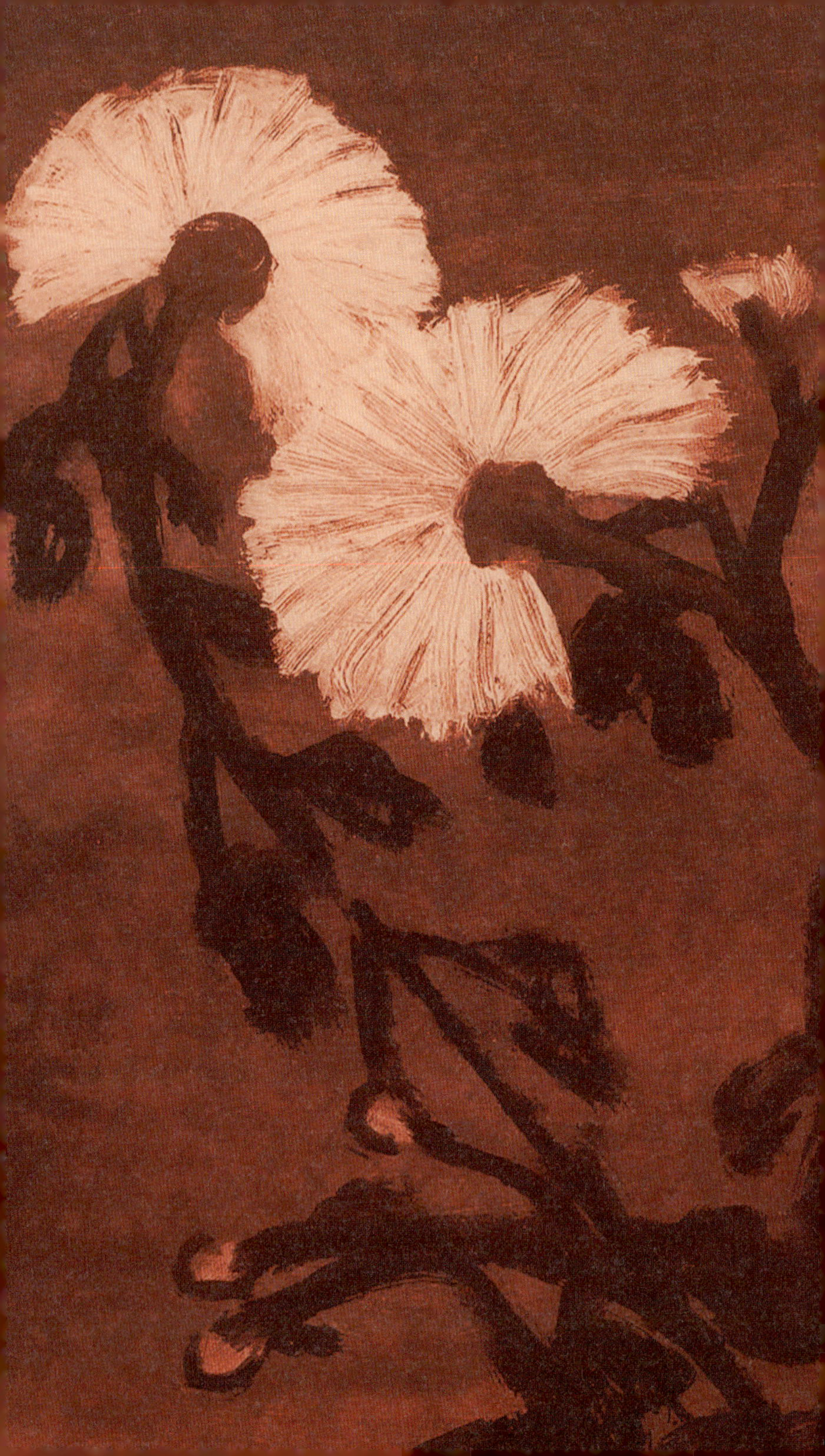

Fleurs du Mal

恶 之 花

我已经把我的心裹进这个隐喻
仿佛裹进一匹厚厚的尸布

——《塞西拉岛之旅》

毁灭

魔鬼不停在我身边晃动,
像一团摸不着的气息在我周围飘浮;
我将它吞下,感到它烧着了我的肺,
使之充满了永恒而有罪的欲望。

他了解我对艺术的挚爱,
有时他化作一个最有魅力的女人,
又用伪君子那似是而非的借口,
使我的嘴唇习惯了下流的春药。

就这样,远离上帝的目光,
他把气喘吁吁、疲惫不堪的我
领入幽深荒凉的厌倦之原中间,

又向我那充满困惑的眼睛
掷来肮脏的衣服、裂开的伤口,
以及毁灭那血淋淋的器具!

年轻女子头像（局部）\法国\让·梅金杰

遇害的女人
——无名大师之画

在瓶子、镶金丝的织物
和奢华的家具之间,
在大理石、图画,和散发着香味、
拖着华丽褶皱的衣裙之间,

在一个温室般暖和的卧室里,
空气危险而致命,
垂死的花束在它们的玻璃棺中
发出最后的叹息。

一具无头尸体流着血,像一条河,
流在解了渴的枕头上,
红色的、鲜活的鲜血,浸透了
牧场般贪婪的布。

仿佛阴影造就的苍白幻象
吸引了我们的眼睛,
那头颅,披着乌黑的浓发,
戴着贵重的首饰,

仿佛毛茛,搁在床头柜上,
翻白的眼睛无思无想,
流露出曙色般
朦胧苍白的目光。

在床上,那赤裸的躯干无所顾忌,
完全无拘无束地展示着
大自然赋予她的
神秘光彩与致命的美;

一条镶金边的暗玫瑰色长筒袜,
像纪念物一般留在腿上,
吊袜带仿佛发光的神秘的眼睛,
射出钻石般的目光。

这种孤独,这慵懒的巨大肖像,
这和她的姿势一样挑衅人的眼神,
这副奇异的样貌
流露出一种阴郁的爱;

一种有罪的快乐，充满地狱之吻的
离奇的狂欢，
让一大群飘荡在帘幔褶皱里的
坏天使为之喜悦。

但是，看那瘦削优雅、
轮廓嶙峋的肩膀，
那微尖的胯部，那宛如一条怒蛇的
矫健的身材，

她还非常年轻！——她被激怒的灵魂，
她百无聊赖的感官，
是否向那些到处游荡、迷失方向的欲望，
向那贪婪的群犬拉开了门？

那个记仇的男人，你活着的时候
无论多么深情，他都不满足，
他有没有在你呆滞而顺从的肉体上，
满足他无边的情欲？

回答我,淫尸!当一只激动的胳膊
抓着你僵硬的发辫将你微微提起,
告诉我,可怕的头颅,他可曾把
那最后的永别贴上你冷冷的牙齿?

——远离嘲笑人的世界,远离邪恶的人群,
远离那些好奇的法官,
安息吧,安息吧,奇异的造物,
安息在你神秘的墓中。

你的丈夫跑遍世界,你不朽的身形
在他入睡时守护着他;
毫无疑问,他会和你一样忠诚,
至死不渝。

低着头的女孩 / 奥地利 / 古斯塔夫·克里姆特

被诅咒的女人（犹如躺在……）

犹如躺在沙滩上沉思的牲口，
她们把目光转向海平线，
她们的脚彼此寻找，手相互靠近，
懂得甜蜜的惆怅、苦涩的颤抖。

一些女人醉心于吐露隐情的长谈，
她们在溪流潺潺的树丛深处，
拼写胆怯的孩提时代的爱情，
刻在灌木小丛中的绿树上。

另一些女人，像修女一样，步伐缓慢而庄重，
穿过满是幽灵幻影的悬崖，
圣安东尼曾在那里看见种种诱惑，
那赤裸的紫色乳房像熔岩般涌现；

一些女人，在摇摇欲灭的树脂的微光下，
在古代异教岩穴那寂静的山洞里，
以狂热的号叫向你呼救，
啊，巴克科斯[1]，你能把古老的悔恨哄入睡梦！

另一些女人，她们的胸脯喜欢圣牌，
长衣下却藏着鞭子，
在幽暗的林间，在孤独的夜里，
让快乐的白沫与痛苦的眼泪融为一体。

啊，处女、魔鬼、怪物、殉道者，
蔑视现实的伟大灵魂、
无限的探索者、虔信者、色情狂，
时而大喊大叫，又时而满面流泪。

我的灵魂曾追随着走进你们的地狱，
可怜的姐妹，我爱你们，又同情你们，
为了你们忧郁的痛苦、无法消除的干渴，
为了那爱情之瓮——装满你们伟大的心！

1. 巴克科斯：古罗马神话中的酒神。

春夜和柳树（局部）/ 挪威 / 尼古拉·阿斯特鲁普

一对好姐妹

放荡和死亡是两个可爱的少女,
毫不吝惜亲吻,又非常健康,
她们的肋仍像处女一样,遮着破烂的衣服,
没完没了地劳作,从未分娩生育。

不祥的诗人,这家庭的敌人,
地狱的宠儿,收入菲薄的廷臣,
坟墓和妓院在它们的绿荫下,
为他指出一张悔恨从未光顾的床。

棺材和卧室,充满了渎神言辞,
仿佛一对好姐妹,轮流带给我们
可怕的快乐与恐怖的温柔。

放荡呀,你何时用你下流的手臂将我埋葬?
啊,魅力堪与之媲美的死亡,你何时
把你的黑柏嫁接到它发臭的爱神木上?

血泉

有时，我觉得我的血液在滔滔流淌，
如同泉水在有节奏地抽泣。
我分明听见它在持久的汩汩声里流淌，
我摸来摸去，却找不到伤口。

它穿过城市，犹如穿过一座角斗场，
所到之处，让铺路石变成岛屿，
它解除了每个造物的干渴，
把大自然处处染成红色。

我常常请求骗人的酒，
有一天能把折磨我的恐惧哄入睡梦，
酒却使那眼睛更亮，耳朵更尖！

我曾在爱情里寻找健忘的睡眠，
但是爱情对我来说只是一张针床，
用来供残忍的妓女们痛饮！

寓意

这是一个脖颈丰腴的美丽女子,
任由自己的长发拖在酒中。
爱情的爪子、欢场的毒药,
都在她花岗岩的皮肤上滑倒、受挫。
她嘲笑死亡,也蔑视放荡,
那些怪物,手总是又抓又打,
在她破坏性的游戏里,却也尊敬
她坚定挺直的身上那严峻的庄重。
她行走如女神,坐卧如苏丹后妃;
对于欢乐,她怀着穆斯林的虔诚,
她张开双臂,露出丰满的乳房,
用目光召唤着人类的种族。
这个不育的处女,对于世界进程
却必不可少,她相信,她知道,
身体之美是种卓越的天赋,
可以为任何耻辱博得宽恕。
她不晓得什么地狱、炼狱,
进入黑暗之夜的时刻一旦到来,
她将看着死神的脸,
仿佛一个新生儿——没有恨,也不后悔。

贝雅德丽齐

在焚烧过的、不见绿意的灰色土地上,
有一天,我边向大自然抱怨,
信步游荡,边在我心里
慢慢磨快思想的匕首。
正午时分,我看见头顶上降下
一团孕育着暴风雨的乌云,
云上载着一群邪恶的魔鬼,
仿佛一群残忍而好奇的侏儒。
他们冷冷地打量着我,
仿佛路人在观赏一个疯子,
我听见他们笑着相互窃窃私语,
频频打着手势,眨着眼睛:

——"让我们好好看看这幅讽刺漫画,
这个哈姆雷特的影子,模仿着他的姿势,
眼神犹豫不决,头发飘在风中。
难道这还不够可怜,瞧瞧这个乐天派,
这个乞丐,这赋闲的小丑,这个怪物,
因为懂得如何巧妙地扮演自己的角色,
就想要用他痛苦的歌声打动
老鹰、蟋蟀、溪流和鲜花,
甚至想向我们这些陈词滥调的写手,
狂吠着朗诵他的长篇大论?"

我本会（我的傲气和山一样高，
超越于乌云和魔鬼的哭喊之上）
直接转过我那至尊的头颅，
要不是我在那群淫徒中看到了一桩罪行，
它居然没有让太阳变得摇摇欲坠！
有着绝世目光的我心中的女王，
在和他们一起嘲笑我凄惨的悲哀，
还时不时向他们送上淫荡的爱抚。

但丁和贝雅德丽齐 / 法国 / 奥迪龙·雷东

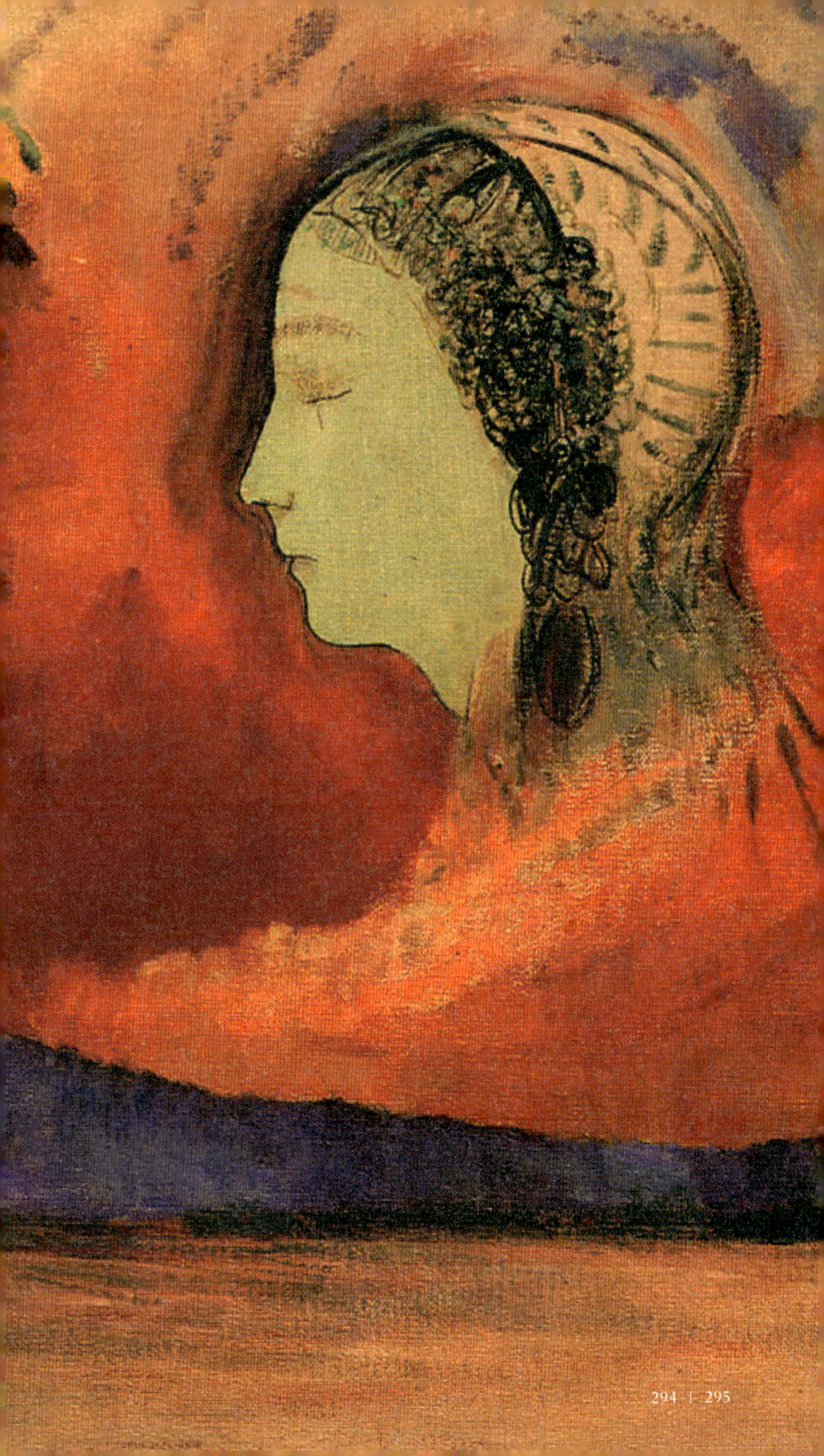

塞西拉岛之旅

我的心像鸟一样,非常快乐地飞来飞去,
在帆绳周围自由翱翔;
船在无云的天空下摇晃,
仿佛天使陶醉于灿烂的阳光。

这凄惨阴郁的岛是什么地方?——这是塞西拉岛。
人们告诉我,一个以歌谣闻名的国度,
所有老单身汉的黄金公国,
你看,不过是片贫乏的土地。

——充满甜美秘密可与内心欢乐的岛!
古代维纳斯那绝美的幽灵
在你的海上飞过,犹如一阵芬芳
使那些心灵荷上了爱情与惆怅。

这鲜花盛开、长满绿爱神木的美丽岛屿,
永远受到整个民族的敬仰,
从爱慕者心里发出的叹息,
像焚香缭绕于玫瑰花园。

又像是野鸽那永恒的咕咕叫声!
——塞西拉不过是一块最贫瘠的土地,
一片被刺耳的叫声惊乱的碎石荒漠,
但是我隐约看见一个奇特的东西!

那不是林荫里的一座神殿,
钟爱鲜花的年轻女祭司在里面走来走去,
隐秘的热情让她的身体发烫,
她向飘过的轻风微微敞开长袍;

但是,当紧贴着岸边掠过,
我们的白帆惊起了鸟群,
我们看见那是一个三足绞架,
耸立在黑暗中,犹如一株柏树。

一群猛禽停在它们的食物上面,
正疯狂地消灭一个熟透了的被绞死者,
一个个把它们工具般的脏喙插进
那具腐尸所有血淋淋的角落;

那双眼睛成了两个窟窿,沉甸甸的肠子
从洞穿的肚子流到大腿上,
而那些刽子手,饱尝了狰狞乐事,
嘴巴一啄,就把他彻底阉掉[2]。

在他的脚下,一群嫉妒的野兽,
仰着口鼻,逡巡着转来转去;
它们中那最大的畜生,激动得
犹如一个被助手簇拥着的行刑人。

塞西拉居民,如此美丽的天空的孩子,
默默忍受着这些侮辱,
为了赎偿你那可耻的信仰
还有那让你死无葬身之地的罪孽。

可笑的被绞死者,你的痛苦就是我的痛苦!
你那四肢晃荡的样子,让我感到
往日的痛苦那胆汁的长河,
一阵呕吐般地涌上我的牙齿;

有着珍贵回忆的可怜的死鬼,在你面前,
我体验着缠人的乌鸦和黑色的豹子
那所有的鸟嘴、所有的下颌,
以前它们也那么喜欢嚼烂我的肉。

——天空迷人,大海平坦,
对于我,从此一切都变得黑暗而血腥,
唉!我已经把我的心裹进这个隐喻,
仿佛裹进一匹厚厚的尸布。

在你的岛上,啊,维纳斯!我只发现
竖立着一座象征性的绞架,吊着我的形象……
——啊!天主!请赐予我力量与勇气,
毫不厌恶地去端详我的心、我的肉体!

1. 塞西拉岛:希腊岛屿,爱琴海早期文化的中心。相传腓尼基人首先把关于维纳斯的神话带到塞西拉岛等地,再经由这些地区传到希腊本土。
2. 在古希腊神话中,宙斯的父亲克洛诺斯在推翻其父乌拉诺斯的统治时,阉割了乌拉诺斯,切下来的部分被丢入大海,由于神力的作用变成泡沫漂浮在海上,被风吹向东方,抵达塞浦路斯岛的海岸。维纳斯的肉体从泡沫中降生。她的脚踏上大地时,所到之处立即长出绿草和鲜花。

花云 / 法国 / 奥迪龙·雷东

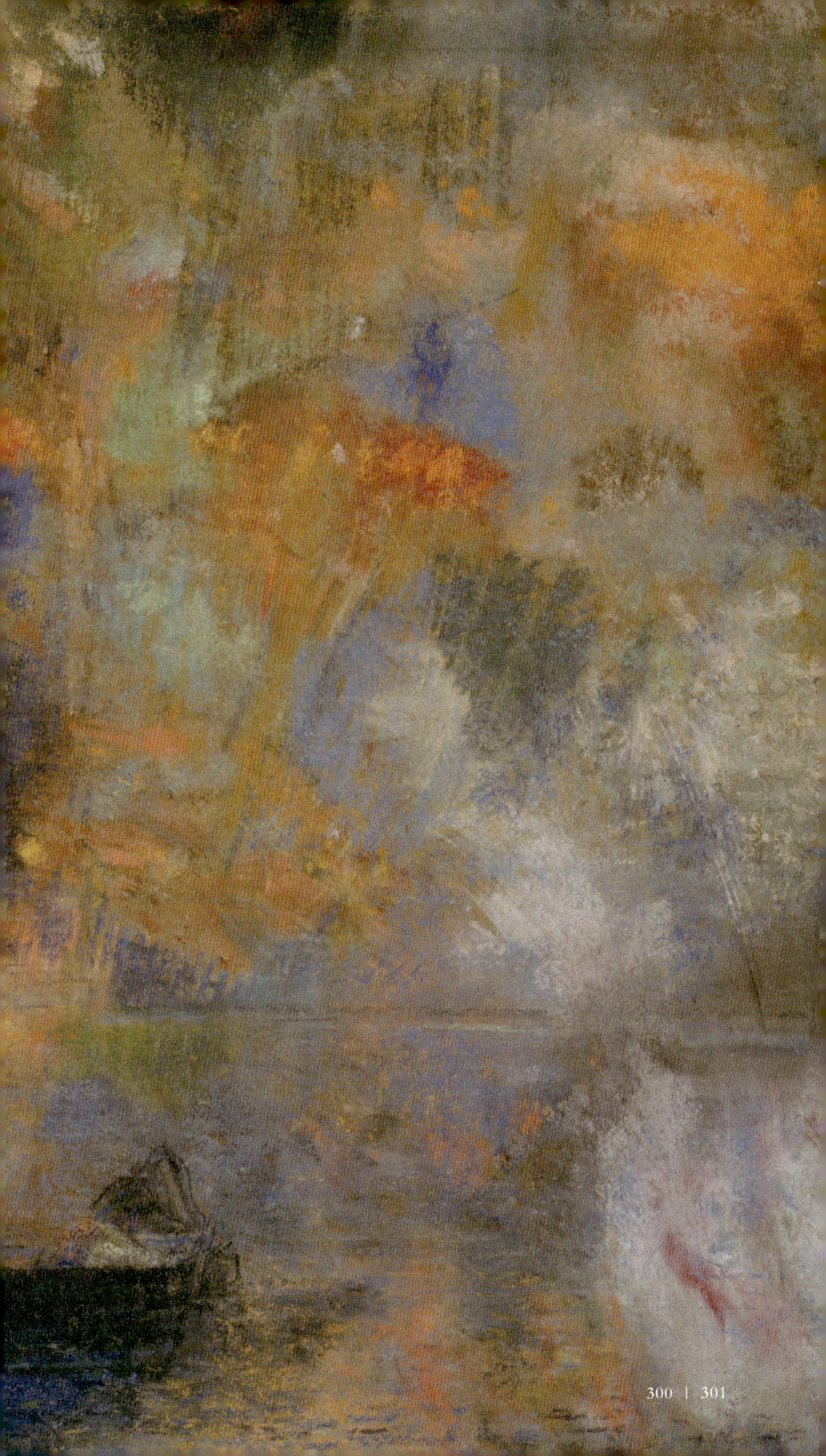

爱神与头骨

—— 旧尾花[1]

爱神坐在那副
人类的头骨上；
这亵渎者在宝座上
放肆地笑着，

快活地吹出圆圆的气泡，
它们在空中升起，
仿佛要去和那些星球
在太空深处重聚。

这闪亮易碎的球，
猛地一跃，
它的柔魂爆裂飞溅，
像个金色的梦。

我听见头骨对着每个气泡
祈求呻吟：
"这残忍荒谬的游戏
何时结束？

"因为,被你无情的嘴巴
撒到空中的,
杀人的怪物呀,那是我的脑髓、
我的血和我的肉!"

1. 尾花:书籍或报刊上文章后面的装饰图案。

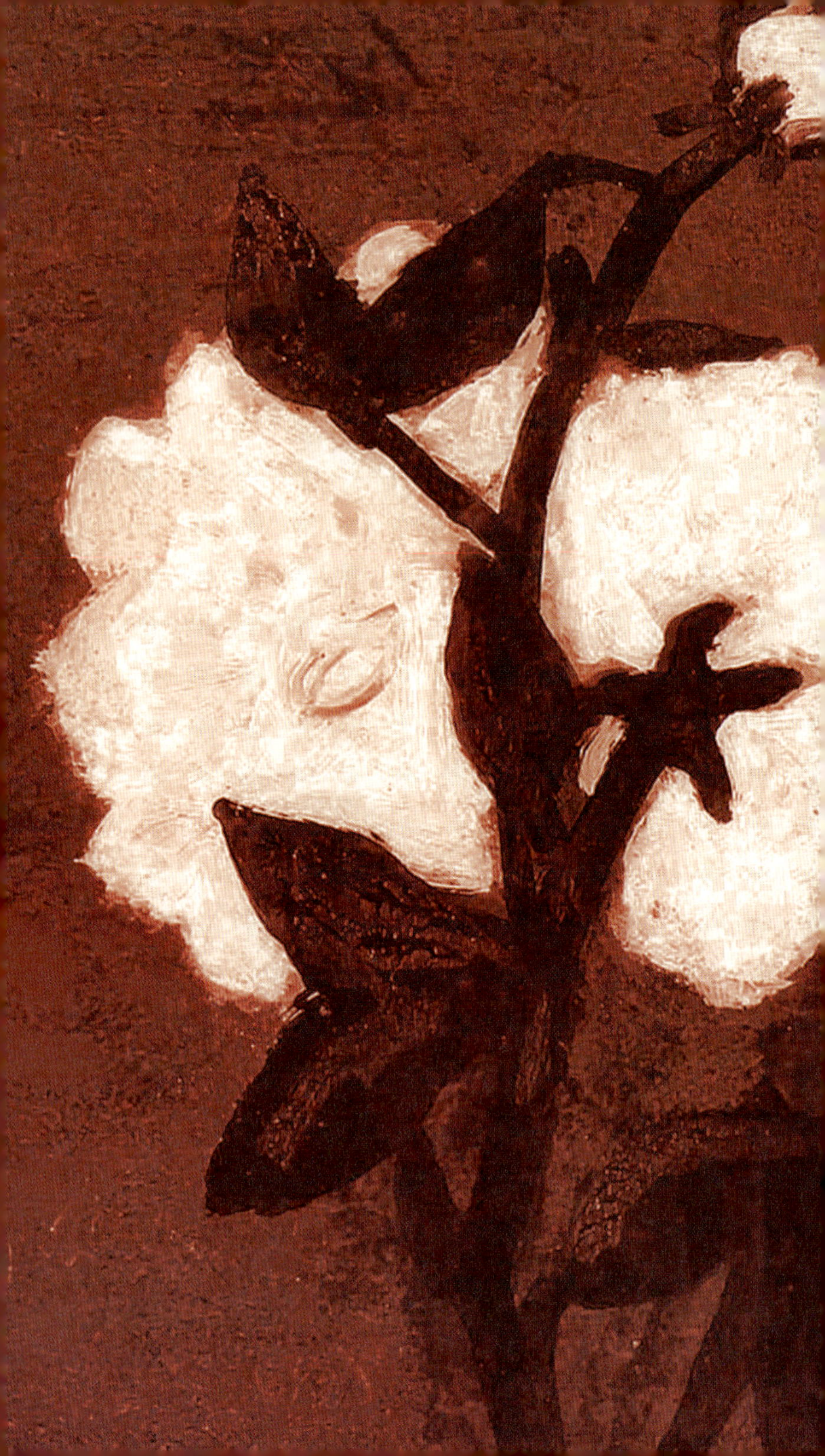

Revolte

反 抗

哦,撒旦

请怜悯我长久的苦难

——《献给撒旦的连祷》

圣彼得的否认

上帝会如何对待这每天都向他亲爱的
六翼天使们涌来的诅咒的波涛?
他像一个暴君,吃饱喝足了,
就在我们可怕的辱骂那甜美的喧闹中睡去。

那些殉教者与死刑犯的哭泣,
大概是首醉人的交响曲,
因为,尽管这种享乐要以鲜血为代价,
上天却还是没有满足!

——啊,耶稣,别忘了那座橄榄园!
在那里,你曾天真地跪着祈祷,
当卑鄙的刽子手把钉子活活敲进你的身体,
他却在天上听着钉子的响声在笑。

当你看见那群卑鄙的卫兵和厨师,
向你的神性吐着唾沫,
当你感到荆棘扎进
你含有无限仁慈的头骨,

当你垮掉的身体那可怕的重量

拉长了你紧张的双臂,当你的血和汗
从你逐渐苍白的额头流出,
当你像个靶子摆在大家面前,

你可梦见了那些如此灿烂美好的日子?
那时,你前来履行永恒的诺言,
那时,你骑着温顺的母驴,
走在撒满鲜花和枝叶的路上,

那时,你心里充满了希望和勇气,
挥臂鞭打所有卑鄙的商人,
那时,你终于成了主宰。悔恨是否
在你的腰部钻得比长矛更深?

——至于我,我将满意地离开这个世界,
在这里,行动并非梦想的姐妹;
我宁愿运用利剑,并在剑下死去!
圣彼得否认耶稣……他做得对!

Révolte　反抗

亚伯与该隐

I

亚伯的子孙,睡吧,喝吧,吃吧;
上帝向着你们得意地微笑。

该隐的子孙,在烂泥里
爬行,悲惨地死去。

亚伯的子孙,你们的祭品
让天使的鼻子感到满意!

该隐的子孙,你们的苦刑
是否永无尽头?

亚伯的子孙,看,你们的种子
和家畜都很兴旺。

该隐的子孙,你们的内脏
像只老狗一样饥饿地吼叫。

亚伯的子孙,请在你们族长的
火炉边烤热你们的肚子。

该隐的子孙，在你们的山洞里
寒冷得发抖，可怜的豺狼！

亚伯的子孙，恋爱吧，繁衍吧！
连你们的黄金也会下崽。

该隐的子孙，燃烧的心，
请看牢这些强烈的欲望。

亚伯的子孙，你们像林中的
椿象一样生长、吃草！

该隐的子孙，一路拖着
你们陷入绝境的家庭。

Révolte 反抗

II

啊!亚伯的子孙,你们的尸体
养肥了冒气的土地!

该隐的子孙,你们的活儿
还没有彻底干完;

亚伯的子孙,你们的耻辱是:
铁器被长矛击败!

该隐的子孙,升上天堂,
把上帝扔到地上!

寂静之路 Ⅱ / 原捷克斯洛伐克 / 弗朗齐歇克·库普卡

献给撒旦的连祷

啊,你这最博学、最漂亮的天使,
被命运出卖,被褫夺了颂歌的神,

哦,撒旦,请怜悯我长久的苦难!

啊,流亡的君王,你曾受到伤害,
曾被击败,却总是更有力地重新站起,

哦,撒旦,请怜悯我长久的苦难!

你无所不知,你这地下万物的伟大君王,
你这治疗人类苦恼的亲切的医师,

哦,撒旦,请怜悯我长久的苦难!

向被诅咒的贱民,甚至麻风病人
你用爱来传授天堂的滋味,

哦,撒旦,请怜悯我长久的苦难!

你让死神,你那年老而强壮的情人
生下了希望——一个迷人的疯女!

Révolte　反抗

哦，撒旦，请怜悯我长久的苦难！

你赋予流亡者平静而骄傲的目光，
诅咒断头台四周所有的民众。

哦，撒旦，请怜悯我长久的苦难！

你知道在这好嫉妒的土地里，
多疑的上帝在哪些角落藏起宝石，

哦，撒旦，请怜悯我长久的苦难！

你清澈的眼睛熟悉这深处的武库，
那里沉睡着被埋葬的各种金属，

哦，撒旦，请怜悯我长久的苦难！

你的巨手为那些在建筑物边缘
徘徊的梦游者遮住了绝壁，

哦，撒旦，请怜悯我长久的苦难！

死亡与生命 / 奥地利 / 古斯塔夫·克里姆特

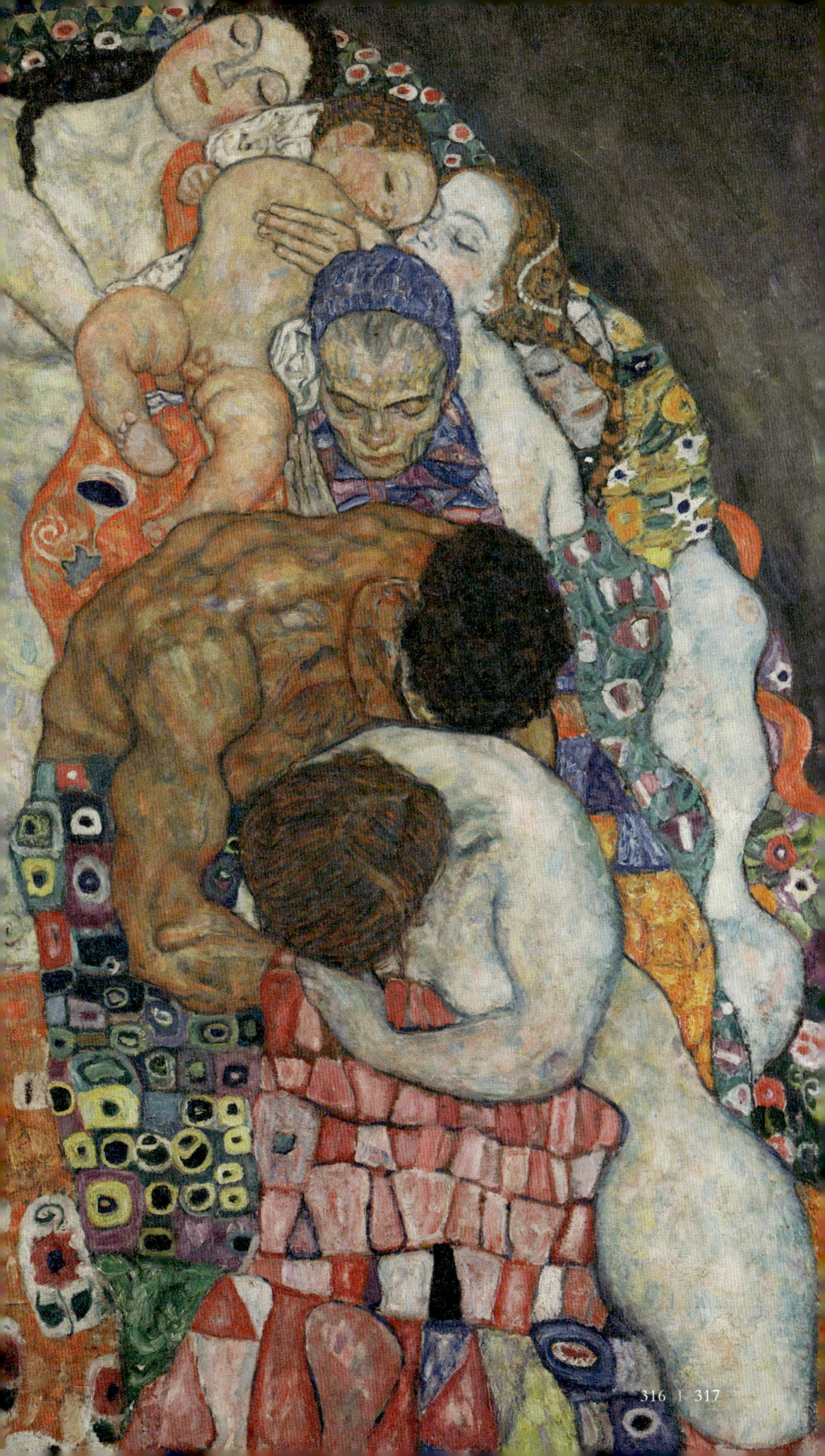

那被马踩过的晚归的酒鬼,
你奇迹般地让他们的老骨头灵活起来,

哦,撒旦,请怜悯我长久的苦难!

为了安慰受折磨的虚弱人类,
你教我们调配硝石与硫黄,

哦,撒旦,请怜悯我长久的苦难!

啊,狡猾的帮凶,你在残忍卑鄙的
富豪们的额头刻上你的标志,

哦,撒旦,请怜悯我长久的苦难!

你在少女的眼里和心中,
放进对伤口的崇拜、对褴褛的热爱,

哦,撒旦,请怜悯我长久的苦难!

流亡者的拐杖,发明家的灯,
绞刑犯和密谋者们的忏悔神父,

Révolte   反抗

哦，撒旦，请怜悯我长久的苦难！

那些被逐出人间天堂之人的养父，
圣父在震怒之下将他们逐出，

哦，撒旦，请怜悯我长久的苦难！

祈祷

光荣与赞美都归于你，撒旦，
在你统治过的天堂的上方，
在你失败后仍默默梦想着的地狱深处！
但愿有一天，我的灵魂，在那智慧树下，
安息在你身边，那时，在你头上，
它的树枝像新的神殿一样展开！

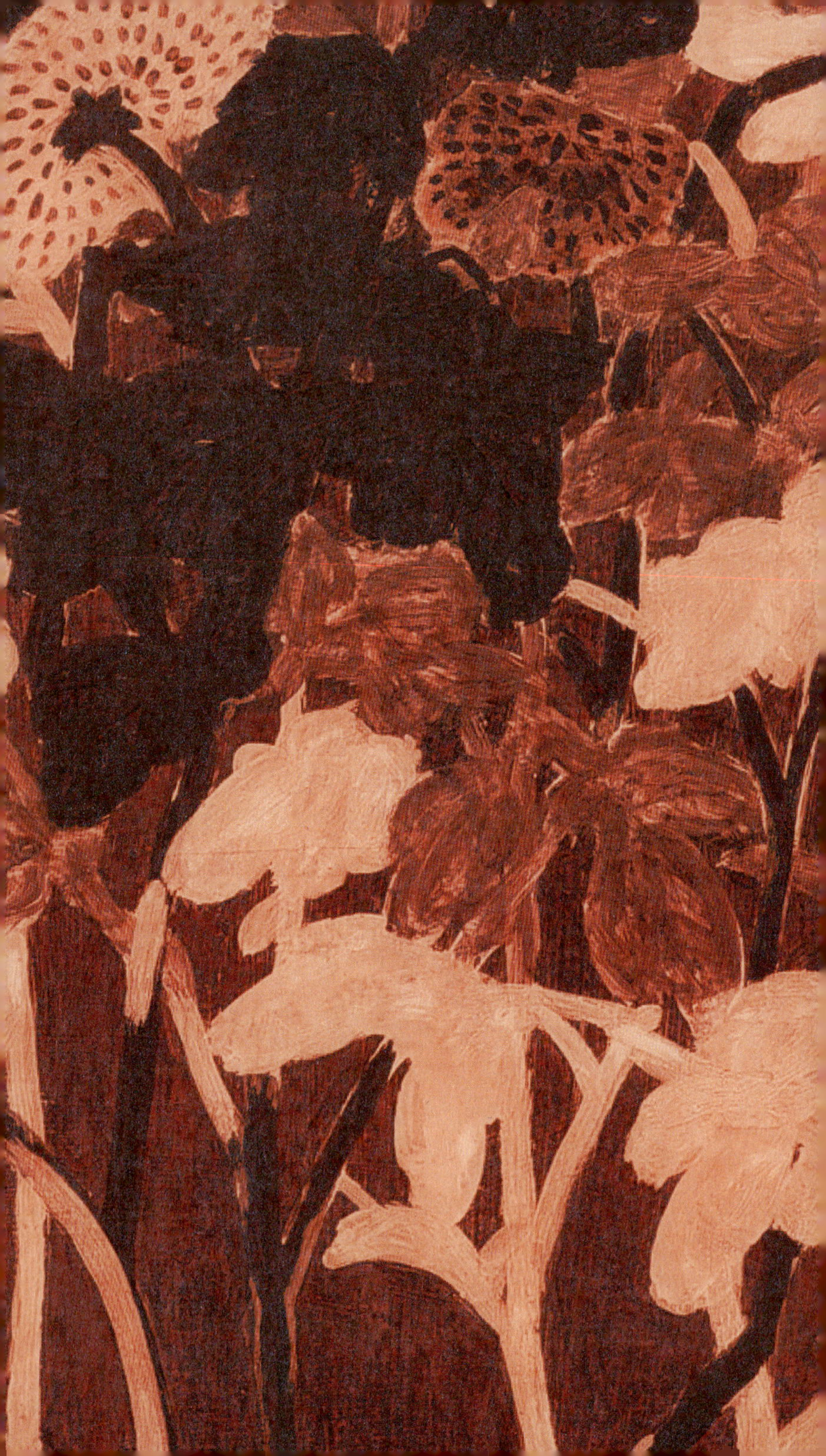

Le Mort

死 亡

我们要乘舟驶向这黑暗的大海
带着一个年轻旅人的喜悦之心

——《旅行（结束篇）》

情侣之死

我们将会拥有充满幽香的床、
坟墓一样深的沙发,
我们的棚架上将会有奇异的鲜花
在更美的天空下为我们绽放。

我们这两颗竞相耗尽余热的心,
将会变成两个巨大的火炬,
它们那双倍的光辉照进
我们的灵魂,这对孪生的镜子。

在一个又红又蓝的神秘晚上,
我们互相送出那唯一的火光,
它像一声长哭,充满离愁;

随后,一个天使会将门半敞,
忠诚而高兴地,前来唤醒
黯淡的镜子与死去的火焰。

穷人之死

是死亡给人安慰,唉!又让人活着。
这是生命的目的,唯一的希望;
它像灵药一样,使我们振奋陶醉,
让我们有勇气一直走到晚上;

透过风暴和霜雪,
那是我们黑色地平线上的战栗之光;
那是书中记载的著名客栈,
可以在那里吃饭,睡觉,也可以坐着;

这是一个天使,磁性的手指间
握着睡眠,以及作为礼物的迷人幻梦,
又为赤裸的穷人铺好了床;

这是众神的荣光,这是神秘的谷仓,
这是穷人的钱袋和古老的家乡,
这是向未知的天国打开的大门!

无题（局部）/ 瑞典 / 斯文·埃里克森

艺术家之死

忧郁的讽刺画,我要多少次
摇动我的铃铛,亲吻你低垂的额头?
为了击中神秘的自然这个靶子,
哦,我的箭袋,要浪费多少支箭?

我们在巧妙的谋划中消耗灵魂,
我们得拆毁许多沉重的框架,
然后才能凝视那伟大的造物,
这可怕的欲望使我们痛哭不已!

一些人从不认识他们的偶像,
而那些受诅咒的、带着耻辱印记的雕塑家,
将要捶打自己的胸膛和额头。

他们只有一个希望,古怪阴森的卡皮托利[1]啊!
这就是死亡,像新的太阳一样飞翔,
使他们头脑中的鲜花纷纷开放!

---

1. 卡皮托利:罗马卡皮托利山上的朱庇特神殿。

La Mort　死亡

一天的结束

在暗淡的阳光下,
生活无端地奔跑、舞蹈、扭动,
厚颜无耻,乱喊乱叫,
于是,当地平线上

享乐之夜刚刚升起,
平息一切,甚至是饥饿,
抹去一切,甚至是耻辱,
诗人对自己说:"结束了!

"我的精神,像我的脊椎一样,
强烈地渴望休息,
我心里满是阴郁的梦想;

"我要仰面朝天躺下,
把自己裹在你的帷幔里,
啊,凉爽的黑暗!"

夏夜之梦 / 挪威 / 爱德华·蒙克

La Mort 死亡

好奇者之梦
——致费里克斯·纳达尔[1]

你是否和我一样,了解那美味的痛苦?
你是否也被说成:"哦!那个奇怪的人!"
——我正渐渐死去。在我多情的灵魂里,
欲望混杂着恐惧,一种特殊的疾病;

焦虑混杂着活跃的希望,却无心反抗。
那命运的沙漏越是转空,
我的痛苦就越强烈,越美妙;
我的整颗心正从这熟悉的世界被连根拔出。

我像一个热爱看戏的孩子,
厌恶帷幕犹如人们憎恶障碍……
冷酷的真相终于揭开:

我不出意料地死去;可怕的曙光
将我笼罩。——怎么!难道不过如此?
幕布已经升起,我却还在等待。

1. 费里克斯·纳达尔(1820—1910):法国作家,画家,摄影家,波德莱尔的友人。

旅行（结束篇）

——致马克西姆·杜坎[1]

I

对于一个喜爱地图与版画的孩子，
宇宙等于他巨大的胃口。
啊！灯光下的世界多么辽阔！
回忆眼里的世界多么渺小！

一天早晨，我们启航了，头脑里充满热情，
心中充满怨恨和苦涩的欲望，
我们跟着波涛的节奏前行，
在大海的有限之上摇晃着我们的无限：

有的人，庆幸逃离了可耻的祖国；
有的人，庆幸逃离了可怕的家乡；
还有几个沉溺在女人眼中的占星家，
庆幸逃离了有着危险香气的专横的喀尔刻[2]。

为了不变成野兽，他们沉醉于
空间、光线和燃烧的天空；
刺人的冰、将人晒成铜色的太阳，
渐渐抹去那些亲吻的印记。

La Mort 死亡

然而,真正的旅行者是那些为了出发
而出发的人;心像气球一样轻,
他们从不逃避自己的命运,
不知道原因,却总是说:"走!"

他们的欲望有着云的形状,
仿佛新兵梦见大炮那样,
他们梦见多变而陌生的巨大的欢乐,
人的智慧从不知道它们的名字!

Ⅱ

真可怕！我们模仿着陀螺和圆球，
飞舞着，跳跃着；甚至在我们梦里，
好奇心也折磨、碾压着我们，
犹如一个残忍的天使鞭打着太阳。

奇特的命运，目标移来移去，
哪里都不是，哪里都有可能！
人，永不疲倦地怀着希望，
永远想得到短暂的休息，像个疯子一样！

我们的灵魂是艘三桅帆船，寻找它的伊卡里亚；
一个声音在甲板上回荡："快瞧！"
一个声音在桅楼上叫喊，激动而疯狂：
"爱情……光荣……幸福！"该死！一个暗礁！

瞭望员指点的每一座小岛，
都是命运女神允诺的黄金之乡；
幻想摆下了狂欢宴，
却只找到晨光下的一座暗礁。

啊，迷恋乌有乡的可怜人！
要不要给他戴上镣铐，扔进大海？
这个酒鬼水手，美洲的发现者，
他的蜃景让深渊变得更苦。

正如在泥泞中顿足的老流浪者，
仰着脸，梦想着光辉的天堂；
无论何处，只要有烛光照亮一间小破屋，
他着了魔的眼就能看见一座加普亚城。

Ⅲ

令人惊叹的旅行者！在你们大海一般
深沉的眼中，我们读到了多么高贵的故事！
给我们看看那装着丰富回忆的珠宝盒，
那些星星和大气做成的绝妙首饰。

我们想要展开没有船也没有帆的旅行！
让我们牢房里的厌倦化为愉快，
让你们那以地平线作框的记忆，
穿过我们帆布般绷紧的精神。

说，你们看到了什么？

La Mort 死亡

IV

"我们看见了星星与波涛;
我们还看见了沙滩;
尽管有许多打击和意外的灾难,
我们还是常常会感到无聊,像在这儿一样。

"紫色大海上太阳的荣光,
那些落日下的城市的荣光,
在我们心中点燃骚动的激情,
我们想跳入那迷人倒影里的天空。

"最富有的城市,最壮观的风景,
也不曾有过偶合的云朵
那种神秘的魅力,
而欲望又总让我们不安!

"——享乐给欲望增添力量,
欲望,以快乐为肥料的老树呀,
当你的树皮变得又粗又硬,
你的树枝就想和太阳靠得更近!

"比柏树更有活力的大树,你是否
还会长高?——不管怎样,我们已经精心地
为你贪多的画册收集了一些草图,
把远处来的一切都看得很美的兄弟呀!

"我们曾膜拜过长着象鼻的偶像;
镶满闪光珠宝的王座;
膜拜过精致的、犹如浮华仙境的宫殿,
对你们的银行家来说,是个会令人破产的梦;

"我们膜拜过令人眼花缭乱的服饰,
膜拜过牙齿和指甲都染了色的女人,
还有被蛇爱抚着的灵巧的江湖艺人。"

V

还有,还有什么?

天堂的邀约 / 比利时・埃德加・戴特加特

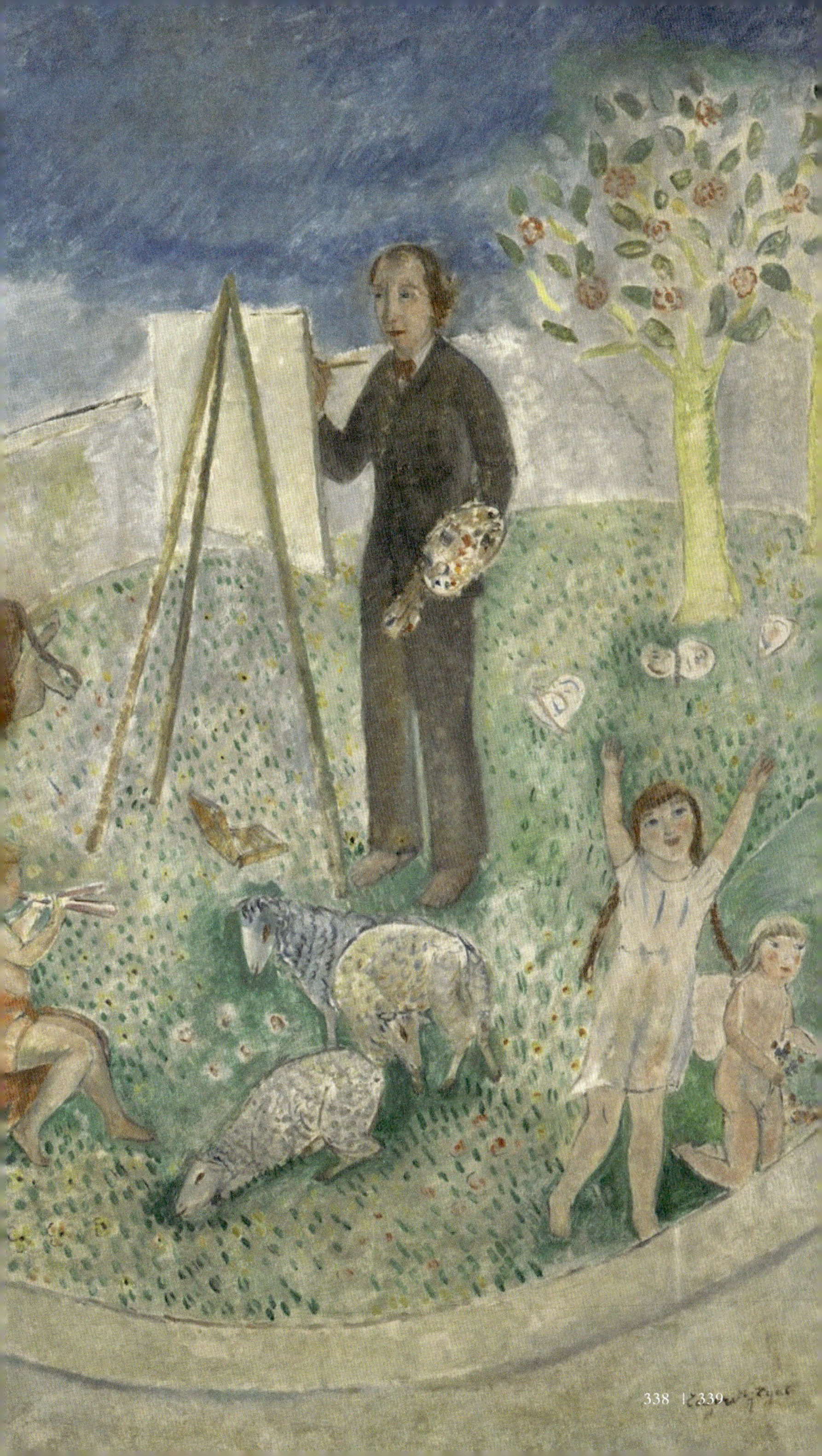

VI

"哦,幼稚的头脑!

"不要忘记那件最重要的事,
从命运之梯的高处直到底部,
无须去寻找,我们到处都能看到
不灭的罪孽那可恶的景象:

"女人,低贱的奴隶,傲慢而愚蠢,
自大却不发笑,自恋却不厌倦;
男人,贪吃的暴君,淫荡,冷酷,贪婪,
奴隶中的奴隶,阴沟中的阴沟;

"快乐的刽子手,哭泣的殉道者;
用鲜血来增色添香的节日;
使独裁者虚弱的权力的毒药,
热爱令人愚昧之鞭的民众;

"好几种宗教,和我们的一样,
都攀上了天堂;那位圣徒
像个爱挑剔的人躺在羽毛床上,
在钉子和鬃毛里寻找快感;

"饶舌的人类，陶醉于自己的天赋，
如今仍和从前一样疯狂，
在垂死的狂怒里向上帝叫喊：
'啊，我的同类，我的主人，我诅咒你！'

"不那么愚蠢的，大胆的，痴狂的情人，
避开那被命运圈禁的羊群，
躲进了无边的鸦片！
——这就是关于整个地球的永恒公报。"

VII

从旅行中得到的苦涩知识!
那个世界,单调而渺小,今天,
昨天,明天,永远,只让我们看见自己的形象:
厌倦的沙漠中,一块恐怖的绿洲!

应该离开?还是留下?若你能留,就留下,
若有必要,那就离开。有人跑掉,有人龟缩,
为了骗开那警觉而致命的敌人,
时间!还有人,唉!在不停息地奔波,

犹如流浪的犹太人,犹如那些使徒,
无论是车还是船,都不能使他们
逃脱这无耻的角斗士;有的人
从不离乡背井,却懂得将它杀死之术。

最后,当它把脚踩在我们脊背上,
我们还能憧憬着喊道:"向前!"
犹如往日我们出发去中国,
我们的眼睛凝望着公海,头发飘在风中。

La Mort 死亡

创世 V / 立陶宛 / 米卡洛尤斯·丘尔廖尼斯

我们要乘舟驶向这黑暗的大海,
带着一个年轻旅人的喜悦之心。
你们是否听见那迷人而忧郁的声音
在唱:"从这儿走,你这想吃

"忘忧香果的人!你在这儿可以采到
你内心渴求的神奇果实;
来吧,请陶醉于这奇异的甜味,
在这永无止境的午后!"

从那熟悉的声调,我们猜出了那个幽灵;
我们的皮特拉斯[5]在那边向我们张开双臂。
"唤醒你的心,游向你的厄勒克特拉[6]!"
说这话的人,从前我们曾吻过她的膝盖。

La Mort 死亡

VIII

啊,死神,老船长;时间到了!让我们起锚!
这个地方让我们厌倦,啊,死神!启航!
尽管天空与大海黑得像墨水一样,
我们这为你所洞察的心却充满了光芒!

请倒出你的毒药,让我们振作起来!
火焰烧着我们的头脑,我们想
跳进那深渊深处,地狱或是天堂,又有什么要紧?
跳到那未知的深处,去寻找新的事物!

1. 马克西姆·杜坎(1822—1894):法国作家,摄影家,波德莱尔的友人。
2. 喀尔刻:古希腊神话中的女怪,太阳神和海神女儿珀耳塞所生的孩子,住在埃埃厄海岛,通巫术,可以把人变成动物。
3. 伊卡里亚:希腊岛屿。古希腊神话中的伊卡洛斯用一双蜡和羽毛制成的翅膀飞到空中,由于飞得太高,蜡被太阳融化,坠入大海而死,附近的岛屿因此而得名。
4. 加普亚城:意大利古城,喻指温柔乡。汉尼拔的军队在此曾因贪污享乐而丧失斗志。
5. 皮特拉斯:古希腊神话中俄瑞斯忒斯弑母为父报仇,皮特拉斯是俄瑞斯忒斯的密友。
6. 厄勒克特拉:俄瑞斯忒斯的姐姐。俄瑞斯忒斯做了国王之后,她嫁给了皮特拉斯。

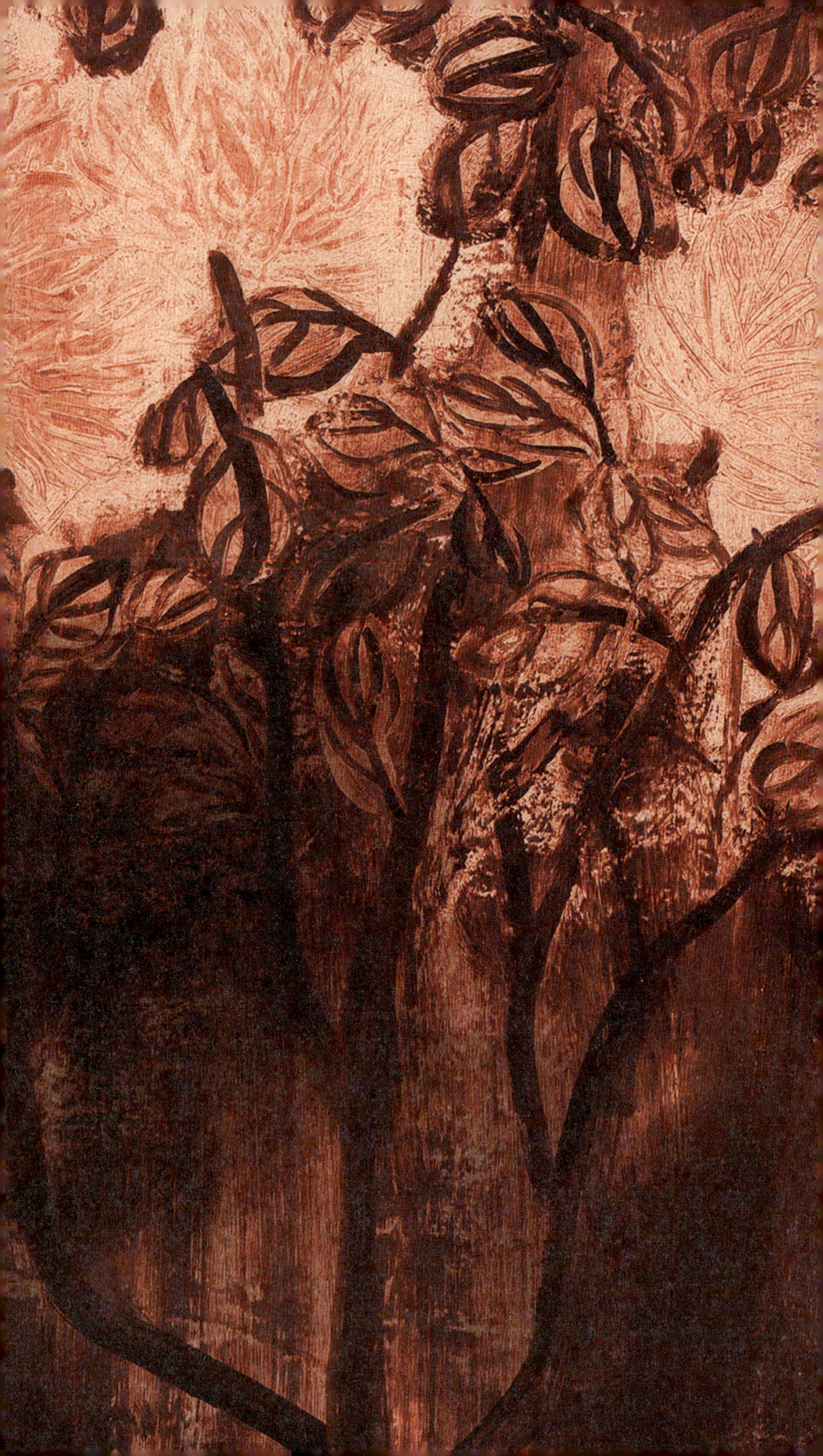

Poèmes apportés par la troisième édition 1868

1868年第3版增补篇目

我的双臂折断
因为我曾拥抱过云

——《伊卡洛斯的抱怨》

一本禁书的题词

温和的、田园诗的读者,
节制而天真的正直之人,
扔掉这本伤感、
狂欢、忧郁的书。

假如你还没有和撒旦
这狡猾的长老练习过修辞,
扔掉它!你什么也理解不了,
或者以为我是歇斯底里。

但是如果,你不受迷惑,
你的眼睛可以潜入深渊,
读我吧,来学会爱我;

受着苦,寻找你的天堂的
好奇的灵魂,
怜悯我!……否则,我诅咒你!

悲伤的情歌

I

我不管你是否聪明,
愿你美丽!愿你悲伤!
眼泪为面容增添魅力,
犹如河流之于风景,
雷雨使花朵焕然一新。

我格外爱你了,当快乐
从你饱受摧残的额头溜走;
当你的心淹没于恐惧,
当你的现在飘满了
过往这可怕的云。

我爱你,当你的大眼睛
泻出血一般热的泪水,
当我的手不管怎样抚慰,
你的焦虑还是过于沉重,
流露出垂死者的喘息。

神圣的快乐!
深沉而美妙的赞美诗!
我吸入你胸中的每一声哭泣,
我相信你的心中正闪耀着
从你眼里流出的珍珠!

Poèmes apportés par la troisième édition,1868　1868年第三版增补篇目

II

我知道,你的心里充满了
无根的旧日爱情,
还在锻炉般燃烧,
还有几分被诅咒者的骄傲
蛰伏在你胸中。

但是,我亲爱的,只要你的梦
还没有映出地狱,
只要你还在无休止的噩梦中,
梦见毒药与利剑,
醉心于火药与铁器;

只要你还不安地迎接每个人,
处处看出厄运,
时钟一响就抽搐,
你就还没有觉察到
自己已被难忍的恶心攫住;

只能以恐惧来爱我的
奴隶王后啊,你还不能
在那不洁之夜的恐惧里
灵魂充满了呼声,对我说:
"我是你的同类,啊,我的国王!"

梦（局部）/法国/罗伯特·德劳内

一个异教徒的祈祷

啊！不要减弱你的火焰，
请重新温暖我麻木的心，
欢乐呀，灵魂的痛苦！
女神呀！求你听一听！[1]

漫游在空中的女神，
我们隐秘的火焰！
请满足那焦虑的灵魂，
它正为你献上青铜之歌。

欢乐呀，请成为我永远的女王！
请戴上肉和天鹅绒做成的
美人鱼的面具；

或者，从无形而神秘的酒里，
为我倒出沉沉睡意，
快乐呀，伸缩不定的幻影！

---

1. 原文为拉丁语：Diva! Supplicem exaudi!

Poèmes apportés par la troisième édition,1868　　1868年第三版增补篇目

反抗者

狂怒的天使像鹰一样从空中猛扑下来,
一把揪住那异教徒的头发,
摇着他,说道:"你应该懂得教规!
(因为我是你的好天使,听到没有?)我要这样!

"别做鬼脸,要知道应该去爱
穷人、恶棍、驼背、蠢货,
这样当耶稣经过时,你才能用你的慈悲
为他铺下胜利的地毯。

"这就是爱!在你的心麻木之前,
在上帝的荣耀前重新激起你的迷醉;
那才是魅力长久的真正享乐!"

天使的惩罚,我保证,正与他的爱相等,
他用巨拳狠揍着那被革出教门的人,
但这该死的家伙还是回答说:"我不愿意!"

警告者

所有无愧于"人"这个称号的，
心里都有一条黄蛇，
仿佛盘踞在宝座上，
只要人说："我要！"它就回答："不！"

把你的目光投入森林女神
或是水妖那凝视着的眼睛，
蛇牙说："想想你的责任！"

生儿育女、种植树木吧，
润饰诗篇、雕刻大理石吧，
蛇牙说："你能不能活到今晚？"

不管他有何蓝图或是希望，
如果人无法忍受
这可恶毒蛇的警告，
就片刻也无法生活。

Poèmes apportés par la troisième édition,1868　1868年第三版增补篇目

沉思

乖,我的痛苦,啊,安静一点。
你呼唤过黄昏;此刻,它正在降临:
昏暗的气层将城市笼罩,
给一些人带来安宁,给一些人带来烦恼。

当一大群卑劣之徒,
被快乐这无情的刽子手鞭打,
到奴隶的节日上去采集悔恨,
我的痛苦,把你的手给我;到这里来,

离他们远点。看,消逝的"岁月"
穿着过时的袍子,从天国的阳台上探身,
水底涌起了微笑着的遗憾;

临终的太阳在桥拱下睡着了,
你听,犹如一匹长长的尸布被拖向东方,
亲爱的,你听,那正在行进的轻柔黑夜。

天空中的征兆 / 瑞士 / 保罗·克利

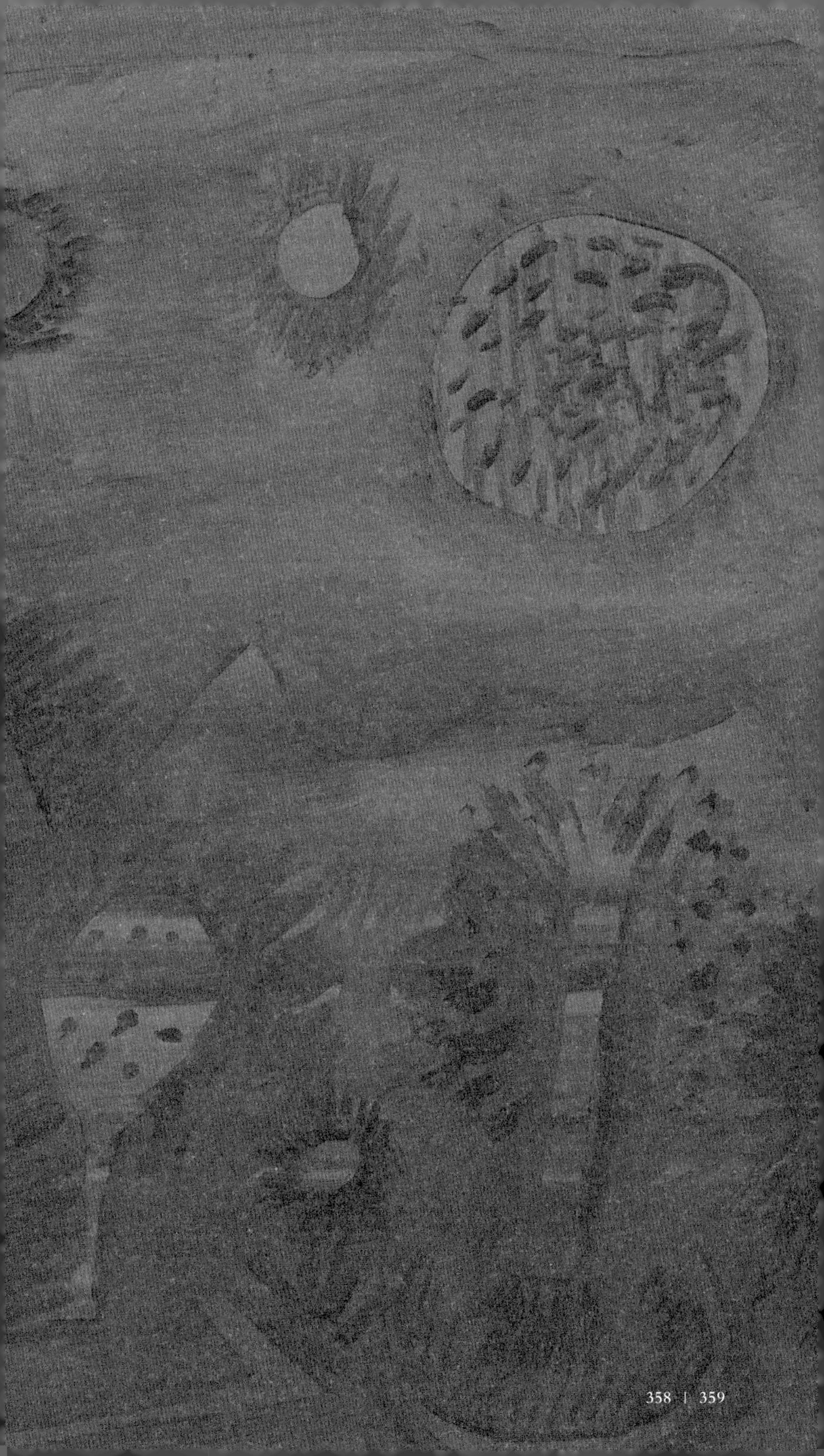

盖子

不管他走到哪里,在海上还是在陆地,
在炎热地带还是在苍白的太阳下面,
基督的仆人,维纳斯的臣民,
阴郁的乞丐,容光焕发的富豪;

城里人,乡下人,流浪汉,深居简出者,
无论他的小脑袋是灵敏还是迟钝,
人们处处都得承受那神秘的恐怖,
只敢用惶恐的眼睛向上望去。

上面,天空!这令人窒息的墓墙,
这被滑稽歌剧照亮的天花板,
每个丑角都踩在血迹斑斑的地上;

纵欲者的恐惧,疯隐士的希望:
天空!那口大锅的黑色盖子,
锅中沸腾着难以感知而众多的人类。

被冒犯的月亮

啊,我们的祖先暗自膜拜的月亮,
在蓝色国度的高处,那辉煌的苏丹后宫,
群星跟随着你,宛如娇艳的仆从,
我古老的辛西娅[1],我们的巢穴之灯,

你可看见情侣们在幸福的陋床上,
沉睡时露出口中的皓齿?
你可看见诗人在埋头工作?
毒蛇在草地里交尾?

披着你黄色的斗篷,踩着隐秘的脚步,
你是否要像从前一样从黄昏走到早晨,
去亲吻恩底弥翁[2]那过了时的风姿?

——"贫乏时代的孩子,我看见你的母亲
向着镜子弯下岁月的重负,
又在哺育过你的乳房上熟练地搽粉!"

---

1. 辛西娅:古罗马神话中狄安娜的别名。
2. 恩底弥翁:狄安娜所爱的美少年。

深渊

帕斯卡[1]有他自己的深渊,随他而动,
——唉!一切都深不可测——行动,欲望,梦想,
言语!在我全身竖起的汗毛上,
我感到恐惧之风频频掠过。

上面,下面,四面八方,深处,沙滩,
寂静,可怕而又迷人的空间……
在我夜的深处,上帝用灵巧的手指
画出多变而无休止的噩梦。

我害怕睡眠,如同人们害怕大洞,
那洞中充满了朦胧的恐怖,不知将人引向何方,
透过所有的窗子,我只看到了无限。

我那始终被晕眩萦绕的精神,
嫉妒虚无的冷漠。
——啊!永远别走到数与存在之外!

---

1. 帕斯卡(1623—1662):法国思想家,数学家。由于身体问题,他总是看到自己身体左侧有深渊。

Poèmes apportés par la troisième édition, 1868　　1868年第三版增补篇目

伊卡洛斯的抱怨

妓女的情人们,
幸福、健康、满足;
而我,我的双臂折断,
因为我曾拥抱过云。

多亏在天空深处熊熊燃烧的
无与伦比的群星,
使我被灼伤的眼睛
只看见太阳的这些回忆。

我徒劳地想要找到
太空的尽头与中心;
在不知道哪个火眼下面,
我感到自己的翅膀断了;

对美的热爱将我灼烧,
我不该拥有那崇高的荣誉:
用我的名字来命名
那将变成我坟墓的深渊。

夜路（局部）/ 德国 / 沃尔特·奎玛特

午夜的反省

午夜响起的挂钟,
嘲讽地要我们回想
这逝去的一天
被我们派了什么用场:
——今天,一个不祥的日子,
星期五,十三日,
罔顾我们知晓的一切,
我们过着异教徒的生活;

我们曾亵渎基督
这位最不容置疑的神!
我们犹如食客,
陪坐在某个骇人的富豪桌旁;
为了取悦那个野蛮人,
那个魔鬼们显赫的仆臣,
我们侮辱我们的所爱,
阿谀我们厌恶的人。

奴颜婢膝的刽子手,
让无辜受辱的弱者伤心;
向骇人的愚蠢,
那长着公牛脑袋的愚蠢敬礼;
以极大的虔诚亲吻
愚蠢痴呆的物质,
并祝福腐败,
祝福它的苍白之光。

最后,为了
用谵妄消除晕眩,
我们这些骄傲的诗人祭司,
以展示阴森事物的
醉人之处为荣,
未渴就饮,未饥即食!
——快把灯吹灭,
好让我们在黑暗里藏身!

Poèmes apportés par la troisième édition,1868　　1868年第三版增补篇目

离这儿很远很远

这是神圣的茅屋,
盛装的少女,
安详而又胸有成竹;

她用手扇着胸脯,
肘支在垫子上面,
听着池水的哭泣;

这是多罗泰的闺房。
——微风和流水在远处唱起
断续呜咽的歌,
来哄这宠儿入睡。

从头到脚,她娇嫩的肌肤
被小心翼翼地抹上
香精油与安息香。
——鲜花在角落里纷纷晕倒。

拾遗集

禁诗
雅歌
题诗
杂诗
戏作

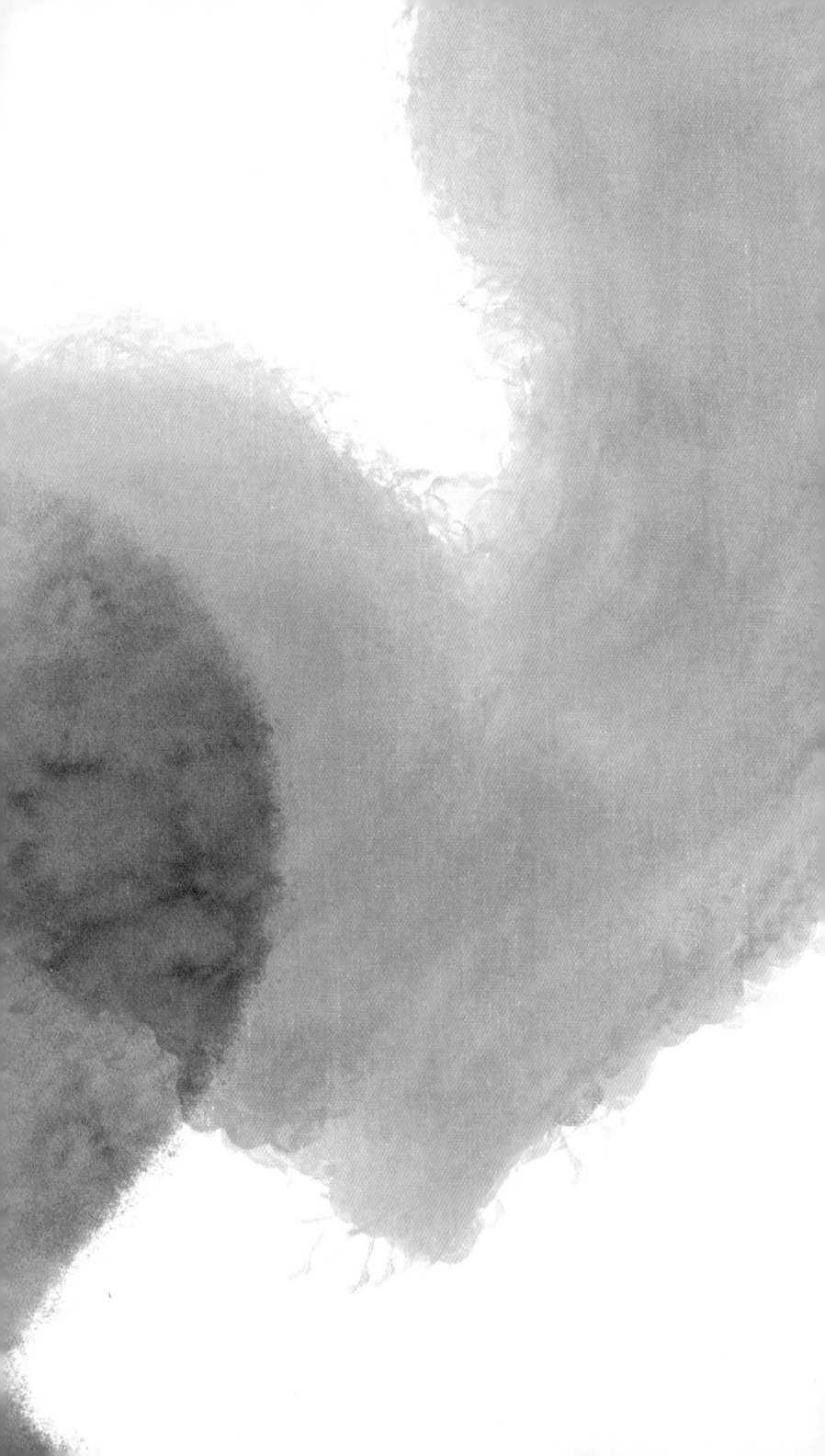

浪漫主义的日落

刚刚升起的太阳多美,
像爆炸一样,向我们射出它的早安问候!
——有真福了,那个怀着热爱
礼赞它那比梦更辉煌的沉落的人!

我记得!……我看见一切,花朵、泉水、田野,
像悸动的心一样在它的目光下晕倒……
——向天边跑去吧,太晚了,快跑,
至少去抓住一缕倾斜的光线!

可是我徒然追赶隐退的上帝,
不可抗拒的夜建起它的帝国,
黑暗,潮湿,阴森,充满战栗;

黑暗里飘荡着坟墓的气味,
我战战兢兢的脚在沼泽边上踩伤了
意想不到的蛤蟆和凉凉的蜗牛。

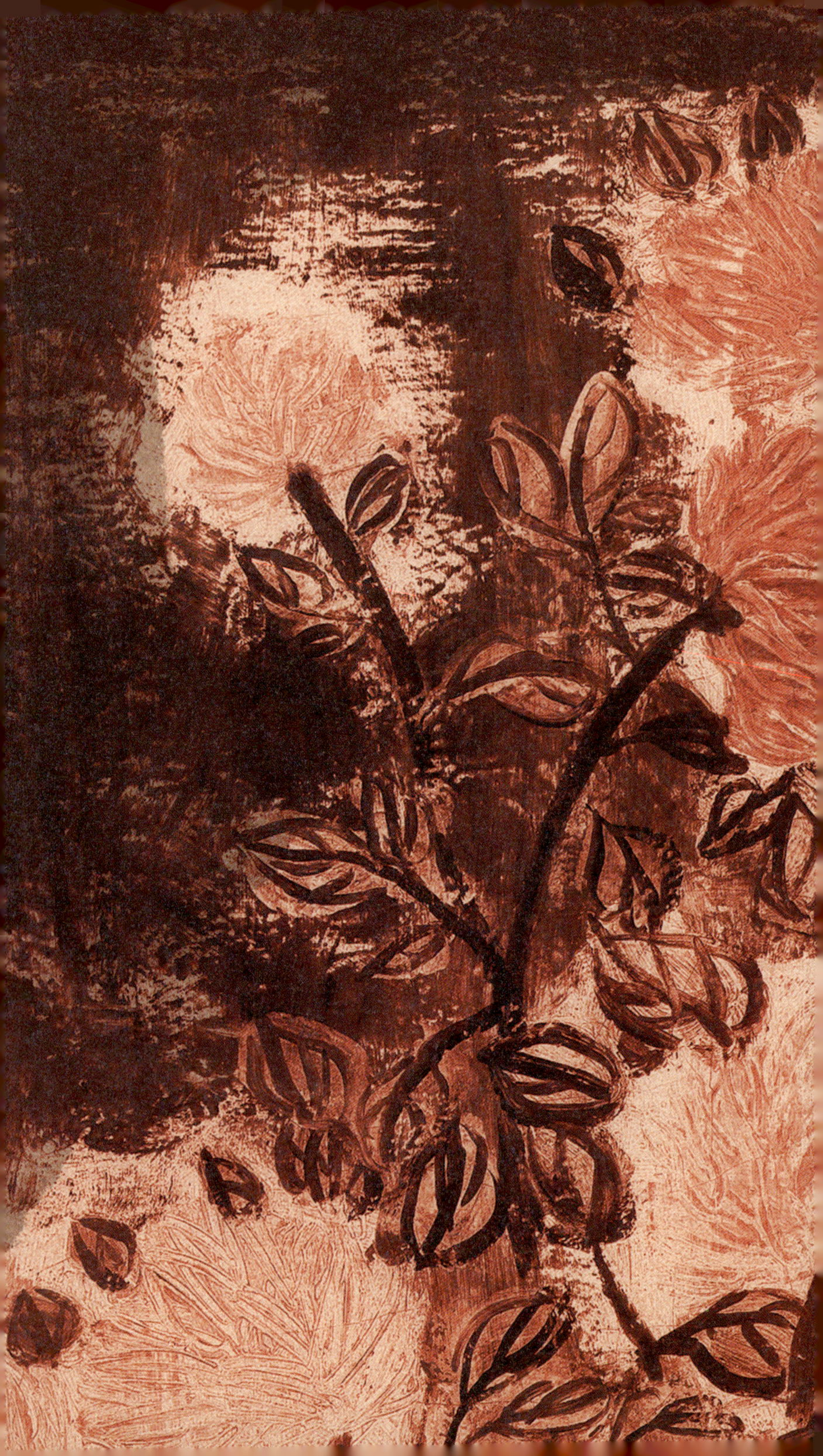

Pièces condamnées

禁 诗

强有力的遗忘驻在你的唇上
忘川在你的吻里流淌

——《忘川》

勒斯波斯[1]

拉丁游戏与希腊享乐之母,
在勒斯波斯,亲吻,无论是忧是乐,
都像阳光般热烈,西瓜般凉爽,
装饰着那些辉煌的黑夜和白昼;
拉丁游戏与希腊享乐之母,

在勒斯波斯,亲吻像瀑布一样
毫无畏惧地投向无底深渊,
又奔涌着,一阵呜咽,又一阵大笑,
激烈而又隐秘,泛滥而又深远;
在勒斯波斯,亲吻像瀑布一样!

在勒斯波斯,芙丽妮[2]们互相吸引,
没有一声叹息得不到回应,
星星赞美你,犹如赞美帕福斯[3],
维纳斯当然要嫉妒萨福!
在勒斯波斯,芙丽妮们互相吸引,

在勒斯波斯，这夜晚温暖而忧郁的地方，
镜子前面，不结果实的快乐呀！
那些深眼窝的少女眷恋自己的身体，
爱抚着她们那成年、成熟的果实，
在勒斯波斯，这夜晚温暖而忧郁的地方。

老柏拉图也皱起严厉的眼睛；
你从放纵的亲吻、永无止境的
高雅风流中得到宽恕，
这甜蜜帝国的女王，可爱高贵的土地，
老柏拉图也皱起严厉的眼睛。

你从永久的殉难中得到宽恕，
这磨难不停地惩罚着那些野心家，
在我们的远方，灿烂的微笑诱惑着他们的心，
这微笑朦胧隐现于别处的天际！
你从永久的殉难中得到宽恕！

Pièces condamnées　禁诗

勒斯波斯，哪个神敢裁决你，
指责你那因劳作而失色的脸，
如果他的黄金天平没有称量过
从你的小溪汇入大海的滂沱泪雨？
勒斯波斯，哪个神敢裁决你？

这些公正或不公正的法律，对我们有何意义？
心灵高尚的处女，群岛的光荣，
你们的信仰和别的信仰一样庄严，
爱情要嘲笑地狱和天堂！
这些公正或不公正的法律，对我们有何意义？

勒斯波斯在世上选中了我
来歌颂它那花季处女们的秘密，
我从童年就接受了那混合了放肆大笑
与阴郁眼泪的黑暗的秘密教义；
勒斯波斯在世上选中了我。

从此我就守望着莱夫卡悬崖[4]的顶峰,
像一个目光敏锐而坚定的哨兵,
日夜注视着那些双桅、单桅或是三桅的船只,
它们的身影在远处的蓝天下颤动;
从此我就守望着莱夫卡悬崖的顶峰,

为了知道大海是否宽容而仁慈,
是否会在这回荡于岩石间的哭声中,
在某个夜晚,为已示谅解的勒斯波斯
带回萨福那受尊崇的尸体,她已离去,
为了知道大海是否宽容而仁慈!

阳刚的萨福,情人与诗人,
她忧愁的苍白面容,比维纳斯更美!
——蓝眼睛输给了黑眼睛,
而痛苦为后者画上了阴郁的圈斑,
阳刚的萨福,情人与诗人!

——比矗立在世上的维纳斯更美,
维纳斯把她那珍宝般的安详,
把她金色青春的光辉洒向年迈的海神,
他是如此迷恋自己的女儿;
比矗立在世上的维纳斯更美!

——萨福在她渎神的日子里死去,
她藐视那些杜撰的礼仪和信仰,
把自己美丽的身体变成了野蛮人最好的粮食,
他们用傲慢对忤逆之举进行处罚,
萨福在她渎神的日子里死去。

从此以后,勒斯波斯就叹息哀悼,
纵然赢得了整个世界的敬意,
还是每夜沉湎于荒凉海岸
向着空中的风暴迸发出呼喊。
从此以后,勒斯波斯就叹息哀悼!

---

1. 勒斯波斯:希腊岛屿,在古代世界以女同性恋而著称。古希腊女诗人萨福曾定居于此,据说当时很多年轻女子慕名来到岛上,萨福不仅教她们艺术,而且给她们写感情强烈的情书。
2. 芙丽妮(前371—前316):古希腊名妓。
3. 帕福斯:塞浦路斯古都,此地有维纳斯神殿。
4. 莱夫卡悬崖:萨福投海之地。

浴女 / 法国 / 路易·瓦尔塔

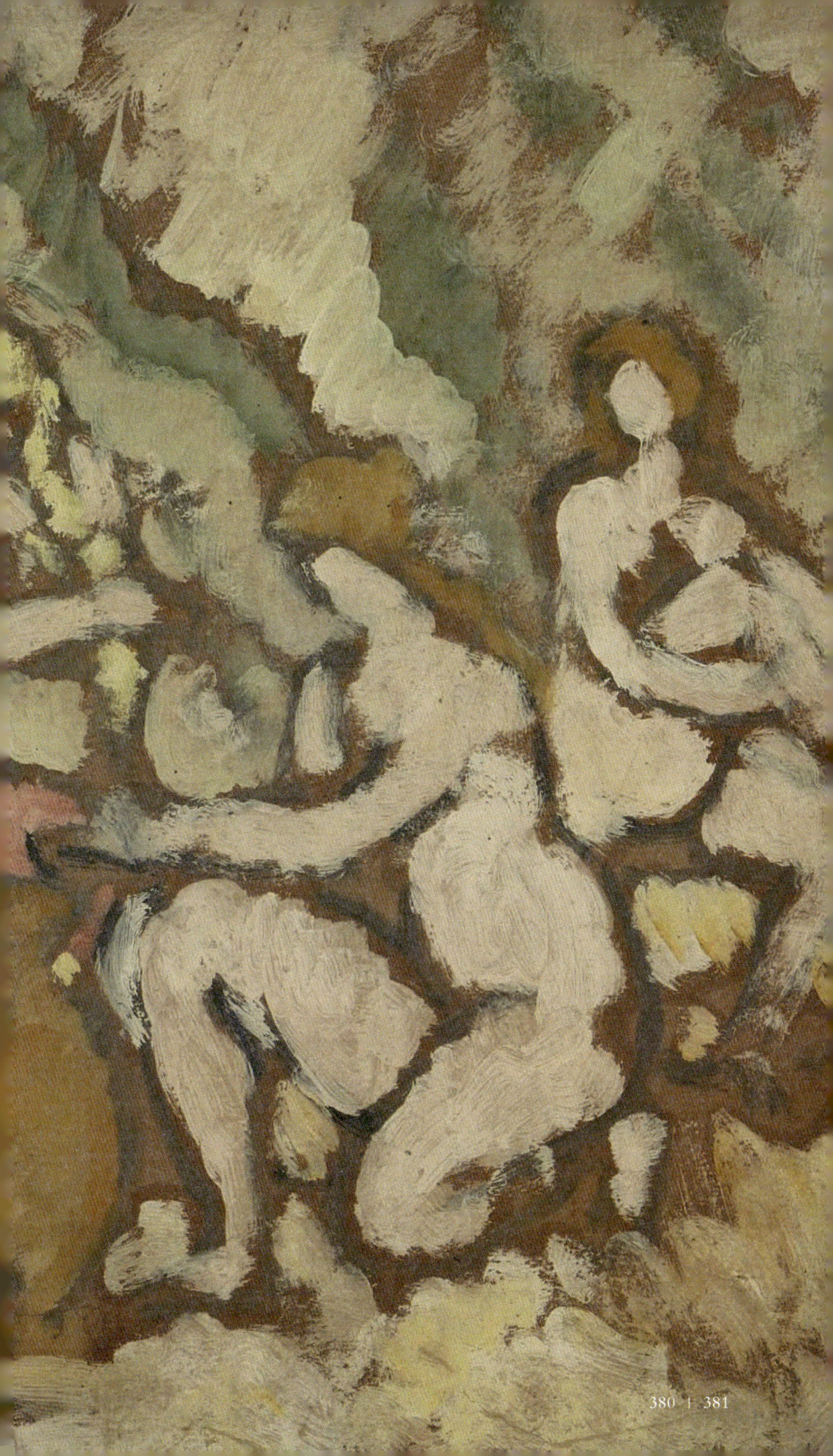

被诅咒的女人
——黛尔菲娜与伊波莉特

无精打采的灯发出暗淡的光芒,
倚着香气弥漫的厚厚靠垫,
伊波莉特梦见有力的爱抚
撩起她纯真青春的帘幔。

她用一只被暴风雨扰乱的眼睛
寻找那已经远离了她的天真的天空。
仿佛一个旅行者转头回望
清晨时越过的蓝色地平线。

她憔悴的眼中那迟钝的眼泪,
那疲惫的样子,呆愕,暗淡的快乐,
她被击败的手臂,仿佛无用的武器伸在外面,
这一切都衬托、表现她脆弱的美。

黛尔菲娜躺在她脚下,平静而又满怀喜悦,
用热烈的眼睛深情地注视她,
仿佛一头强壮的野兽守护着
已被它的牙齿打上印记的猎物。

Pièces condamnées 禁 诗

这强壮的美人跪在娇弱的美人前面,
骄傲的她,倍感快慰地吮着
那胜利的美酒,又向她探过身来,
仿佛要去摘取甜蜜的谢意。

在那脸色苍白的牺牲品的眼中,
她寻找着歌颂快乐的无声赞歌,
以及长叹般发自眼底的
无限而至上的感激。

"伊波莉特,亲爱的,你觉得这怎么样?
现在你是否明白:你不该把自己
初开的玫瑰这神圣的祭品
献给那会使它们凋谢的剧烈喘息?

"我的吻很轻,像蜉蝣
在每个黄昏爱抚清澈的大湖,
而你情人的吻却会像四轮货车
或是令人心碎的犁铧,留下条条深痕;

"他们会像一辆套车从你身上轧过,
车上套着的牛马,有着无情的蹄子……
伊波莉特,啊,我的姐妹!请转过脸来,
你呀,我的灵魂,我的心,我的全部,我的一半,

"向我转过你那满是蓝天和星星的眼睛!
为了这迷人的眼神,这神圣的香膏,
我要撩起这帘子,这更加朦胧的快乐,
哄你进入一个无尽的梦!"

可是伊波莉特却仰起她年轻的头:
——"我并非不知感恩,我也绝不后悔,
我的黛尔菲娜;我感到难受、不安,
仿佛吃了一顿可怕的夜宵。

"我感到沉甸甸的恐怖
和黑压压一大群纷乱的幽灵向我袭来,
想把我领上那条变幻不定的路,
血淋淋的地平线又将它团团围住。

"我们是否犯下了什么怪异行径?
希望你能解释我的烦乱和恐惧:
你一叫我:'我的天使!'我就怕得发抖,
可是我发现自己的嘴唇却向你靠去。

"别那样看着我,你呀,我的所思所想!
我将永远爱你,我被选定的姐妹,
即使你是一个设好的陷阱,
是我走向沉沦的开始!"

黛尔菲娜,摇着她那悲剧风格的浓发,
又仿佛踹着铁制三脚架,
露出致命的目光,用专横的声音答道:
"谁敢在爱情面前谈论地狱?

"愿他永远受到诅咒,那无用的空想家,
出于自己的愚蠢,总是首先热衷于
难以解决又毫无结果的问题,
把爱情和贞操混为一谈!

"他想在一种神秘的和谐之中,
调和阴影与炎热、黑夜与白昼,
却永远不会用这名叫爱情的红日
为他瘫痪的身体取暖。

"如果你愿意,就去找个愚蠢的未婚夫,
跑去把处女之心献给他粗暴的亲吻;
然后,充满悔恨和恐惧,面无人色地,
给我带回你伤痕累累的乳房……

"在世上你只能取悦一个主人!"
但是那个孩子,流露出无限的痛苦,
突然叫喊起来:"我感到有个张口的深渊
在我体内扩展;这深渊就是我的心!

"像火山一样烫,像虚空一样深!
什么也不能喂饱那呻吟的怪物,
什么也不能消除复仇女神的干渴,
她手持着火把,直至把血液点燃。

Pièces condamnées 禁 诗

"愿我们拉起的帘幔将我们与世界分开,
愿疲倦带来安眠!
我想在你深深的胸脯上毁灭,
我想在你的乳房上找到坟墓的凉爽!"

——向下,向下,可怜的牺牲品,
在永恒地狱的路上一直向下!
潜入深渊最深处,在那里,所有的罪恶
被并非来自天上的风鞭打着,

在雷雨声里一团沸腾。
疯狂的幽灵,奔向你们渴望的目标吧;
你们永远也无法满足你们的激情,
对你们的惩罚将从你们的享乐中诞生。

没有一缕清新的光线会照亮你们的洞穴;
引发热病的疫气,从墙缝里
透进来,像灯笼一样燃烧,
把可怕的香气渗入你们的身体。

你们那贪婪而不育的享乐,
加剧了你们的干渴,绷紧了你们的皮肤,
而那淫欲的狂风
让你们的肉体像旧旗帜一样噼啪作响。

远离活人,四处游荡,身负罪名,
像狼一样奔跑着穿过荒漠;
放荡的灵魂,去创造你们的命运,
去摆脱你们内心自带的无限!

Pièces condamnées　禁诗

日与夜（局部）/ 丹麦 / 维尔海姆·比耶克-彼得森

忘川

到我心口来,残忍而麻木的灵魂,
可爱的老虎,神情冷淡的怪物,
我要把颤抖的手指长久地
插进你浓密的鬃毛。

在散发着你的香味的衬裙里,
我埋下痛苦的头颅,
像闻一朵枯萎的花那样,
呼吸我已逝之爱的甜臭。

我想睡去!睡去,而不是活着!
在死亡般甜美的睡眠里,
把我无悔的亲吻涂满
你光滑如铜的美丽身躯。

要吞没我渐渐平息的啜泣,
什么也比不上你的床榻这个深渊,
强有力的遗忘驻在你的唇上,
忘川在你的吻里流淌。

Pièces condamnées 禁 诗

此后，我将像一个前定之人
顺从于我的命运，我的快乐，
驯服的烈士，无辜的囚徒，
其热情烧旺了剧痛。

为了浇灭我的怨恨，
在从未束缚过心灵的乳房
那迷人的顶端，我要吮吸
忘忧草与美味的毒芹。

致某个太快乐的人

你的头颅、你的举止、你的神态,
美得就像一道美丽的风景;
笑容在你脸上嬉戏,
如同晴空中的一阵凉风。

与你擦肩而过的
忧愁的路人,目眩于
你的手臂和肩膀
射出的健康之光。

你洒满自己衣裳的
充满回响的色彩,
在诗人们的心里投下
花之芭蕾的图像。

这些疯狂的裙袍,
是你缤纷之心的象征;
令我疯狂的疯子,
我恨你,正如我爱你那样!

Pièces condamnées 禁 诗

有时，在一个美丽的花园
我拖着自己无力的身体，
我感到，仿佛一个反讽，
太阳撕开我的胸膛；

春天和绿色
如此这般羞辱我的心，
以至于我在一朵花上
惩罚起大自然的放肆。

于是，我想在某个晚上，
当寻欢作乐的时刻敲响，
像一个懦夫那样无声地
爬向你这宝藏；

去惩治你快乐的肉体，
蹂躏你获得宽恕的乳房，
在你那惊恐的肋侧
弄出一个大窟窿的伤口。

然后，令人眩晕的甜蜜！
通过这更鲜艳、
更美的新嘴唇，
注入我的毒液，我的姐妹！

Pièces condamnées 禁诗

首饰

我的爱人裸露着身子,她非常了解我的心,
只戴着她作响有声的首饰,
这些绚丽的首饰使她看起来得意扬扬,
犹如狂欢节上摩尔人的女奴。

它们跳动着,发出嘲弄人的轻灵声响,
金属与宝石组成的这个闪光的世界,
使我欣喜若狂;我狂热地迷恋
将声与光集于一身的东西。

于是,她躺下,任人爱抚,
从长沙发的高处满足地微笑,
我的爱深沉温柔得犹如大海,
向着她升起,犹如对着一片悬崖。

她凝视着我,像一头被驯服的老虎,
带着茫然做梦般的神情;她尝试着各种姿势,
集天真与淫荡于一身,
让她的变幻显出新奇的魅力。

她的手臂和小腿,她的大腿和腰部,
光亮如油、天鹅般起伏,
在我敏锐而从容的眼前闪过;
她的腹部、她的乳房,我葡萄园的串串葡萄,

逼近过来,比那些邪恶天使更渴望爱抚,
想要搅乱我灵魂栖身的安眠,
想要将我的灵魂从它独自平静地
坐着的水晶岩上赶走。

我似乎看到,在一种新鲜的图样中,
安提俄佩[1]的腰臀连着小男孩的上半身,
她的腰如此巧妙地衬出盆骨。
黄褐色的皮肤上,胭脂如此绝妙!

——当灯盏顺从地渐渐死去,
只剩下炉火照亮房间,
它每发出一声火红的叹息,
都将那琥珀色的皮肤映得血红!

---

1. 安提俄佩:古希腊神话中底比斯国王的女儿。

Pièces condamnées 禁诗

女子坐像 / 法国 / 雅克·维永

吸血鬼的化身

当时，这个女人像火炭上的蛇一样扭动，
揉着胸衣铁箍上的乳房，
她草莓般的嘴巴不禁流出
浸透了麝香的话语：
——"我，我有湿润的双唇，我懂得那门学问：
如何在床榻深处丢弃古老的良知。
我用耀武扬威的乳房擦干所有的眼泪，
我使老人发出孩子般的笑声。
谁看见我一丝不挂、赤身裸体，对于他，
我就可以取代月亮、太阳、天空和星辰！
我亲爱的学者，我是如此精通享乐，
当我受人畏惧的双臂令一个男人窒息，
或当我任人咬着胸脯，
害羞而又放荡，柔弱而又结实，
在我这兴奋若狂的软垫上，
阳痿的天使也愿为了我而被罚入地狱！"

当她从我的骨头里吸走所有的骨髓，
当我萎靡无力地向她转过身去，
想回她一个多情的亲吻，我却只看到
一个两肋发黏、满是脓汁的皮囊！
我在冰冷的恐惧里闭上眼睛，
当我迎着明亮的阳光重新睁开眼，
在我的旁边，不见了那个强壮的、
仿佛储满了血液的人体模型，
只剩一堆残骸瑟瑟发抖，
发出阵阵呼号，犹如风标
或是招牌，在铁杆顶端，
在冬夜，在风中摇晃。

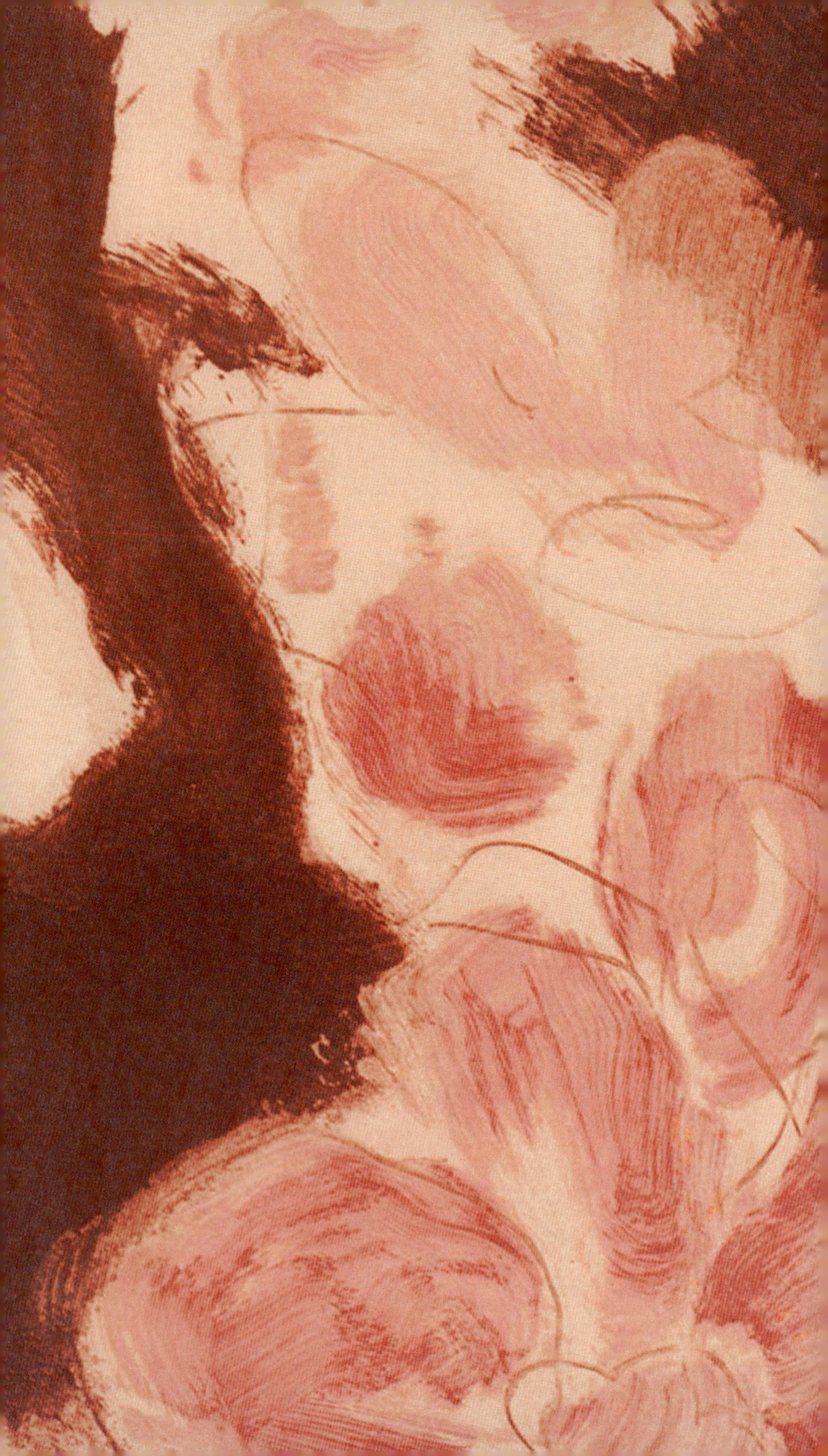

Galanteries

雅　歌

你纯粹的忧郁

是我爱情的镜子

——《喷泉》

喷泉

可怜的情人！你美丽的眼睛累了，
别再睁开，请长久地保持
这漫不经心的姿势，
快乐将向你袭来，
院中饶舌的喷泉，
日夜不甘沉默，
轻柔地保持着狂喜，
今晚爱情使我沉浸其中。

那水柱开出了
无数朵花，
快乐的月亮女神
又投上她的色彩：
它们像大颗的眼泪
雨一般落下。

就这样,你的灵魂
被灼人的欢乐闪电烧着了,
迅捷而勇敢地冲向
迷人的辽阔天空。
忽又垂死般地倾泻而下,
化作悲哀无力的水波,
沿着看不见的斜坡,
流到我的内心深处。

那水柱开出了
无数朵花,
快乐的月亮女神
又投上她的色彩:
它们像大颗的眼泪
雨一般落下。

Galanteries 雅 歌

啊，黑夜使你变得这么美，
多么温柔，俯向你的胸口，
在池水的呜咽里
倾听那永恒的呻吟！
月亮，有声之水，至福之夜，
周围颤动的树，
你纯粹的忧郁，
是我爱情的镜子。

那水柱开出了
无数朵花，
快乐的月亮女神
又投上她的色彩：
它们像大颗的眼泪
雨一般落下。

斯韦勒与花束(局部)／瑞典／斯文·埃里克森

贝尔特的眼睛

你们可以傲视最著名的眼睛,
我的孩子美丽的眼睛,渗透出
无法形容的夜一般的善良和温柔!
美丽的眼睛,请向我倾注你迷人的黑暗!

我孩子的大眼睛,这令人爱慕的奥秘,
像极了奇妙的洞穴,
其中,在那堆昏睡的阴影后面,
朦胧闪烁着不为人知的珍宝!

无边的黑夜,我的孩子有着像你一样
幽暗、深邃、宽阔的眼睛,像你一样明亮!
它们的光是爱的思想,混合着信仰,
享乐的、贞洁的,都在深处闪闪发亮。

赞美诗

向最亲爱的、最美的女人,
她使我的心充满光明,
向那天使、那不朽的偶像,
献上不朽的敬意!

她弥漫于我的生活,
犹如浸透了盐的空气,
她给我饥饿的灵魂
注入对于永恒的欲望。

永远新鲜的香囊,
染香了这可爱小屋的空气,
被遗忘的香炉冒着
穿透黑夜的烟,

不受腐蚀的爱情,我怎样
才能将你忠实地绘出?
看不见的麝香粉粒
藏在我永生的深处!

Galanteries 雅 歌

向最亲爱的、最美的女人，
她创造了我的快乐、我的健康，
向那天使，那不朽的偶像，
献上不朽的敬意！

一张脸的承诺

苍白的美人啊,我爱你低低的眉毛,
仿佛黑暗从中流出,
你的眼睛,尽管很黑,却唤起我
毫无悲哀的思想。

你的眼睛,与你的黑发、
与你富有弹性的长发相和谐,
你的眼睛,无精打采,对我说:
"缪斯雕塑的情人,如果你想

"追随我们在你身上激起的希望,
以及你表露出的所有欲望,
你可以看到我们的真实,
从肚脐直到臀部;

"在两个美丽而沉重的乳房上面,
你会发现两枚青铜大勋章,
在平坦的腹部下方,天鹅绒般柔软,
修士的皮肤般的茶褐色,

Galanteries 雅 歌

"一丛浓毛,它简直是
那一头浓发的姐妹,
柔软而卷曲,深邃得宛如
无星之夜,漆黑之夜!"

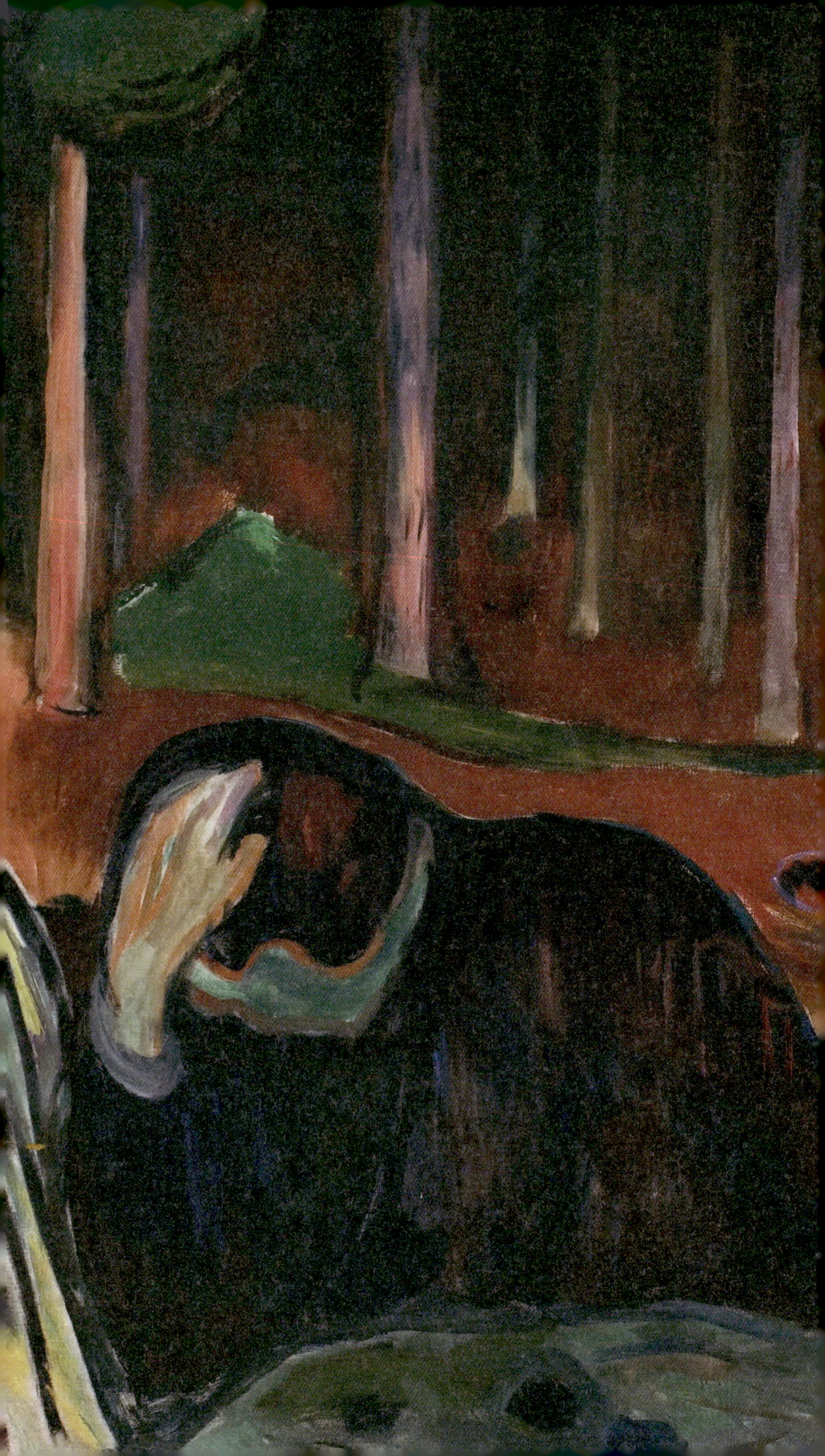

灰烬 / 挪威 / 爱德华·蒙克

怪物或一位骷髅美女的伴娘

I

我亲爱的,你绝不是
维约特[1]所说的少女,
赌博、爱情、美食
在你这口老锅身上翻腾!
你已不再新鲜,我亲爱的,

我老去的公主!可是
你那荒诞的队伍
却赋予你五光十色的光辉,
这些非常破旧的东西
依然还迷人。

我不觉得单调——
你那四十岁的青涩;
我爱你的果实,秋天,
胜过春天平庸的花朵!
不!你永远不会单调!

你的身体还有魅力,
有着独特的优美;
在你那两个凹陷的锁骨窝里
我找到奇特的刺激,
你的身体还有魅力!

蔑视甜瓜和笋瓜[2]的
那些可笑的情人!
我更爱你的锁骨,
胜过所罗门王的锁骨,
我同情那些可笑的人!

你的头发,如一顶蓝色头盔,
遮住了你这很少思考
也很少脸红的战士的额头,
然后从后面逃走,
像蓝色头盔上的马鬃。

你的眼睛如同一团污泥，
又像灯一样闪烁，
面颊上的脂粉让它更旺，
它射出可怕的闪电！
你的眼睛黑得如同一团污泥！

以它的淫荡和傲慢，
你苦涩的嘴唇挑逗我们；
这嘴唇，就是伊甸园，
引诱我们，又打击我们，
多么淫荡，多么傲慢！

火花Ⅲ / 立陶宛 / 米卡洛尤斯·丘尔廖尼斯

你的腿肌肉发达却干瘦；
能爬上火山的高处，
尽管天下着雪而你手头拮据，
你跳着最狂热的康康舞，
你的腿肌肉发达却干瘦；

你的皮肤滚烫无情，
就像老兵的皮肤一样，
不再流汗，
就像你的眼睛不再流泪。
（然而，它自有它的温柔！）

II

傻瓜,你直接走向魔鬼!
我原本非常愿意和你同去,
如果这可怕的速度
没有使我不安。
那你走吧,独自一人,走向魔鬼!

我的腰,我的肺,我的膝弯,
不再允许我向这个上帝
表达应致的敬意,
"唉,这确实非常遗憾!"
我的腰和膝弯说道。

啊,我真的感到痛苦,
因为不能去巫魔夜会,
去看看他放出硫黄屁的时候
你如何亲吻他的臀部,
啊,我真的感到痛苦!

我感到极其痛苦，
不能当你的大烛台，
我得向你告别，
地狱之火！亲爱的，你说，
我该多么悲伤，

因为我早就爱上了你，
这合乎逻辑！事实上，
我想寻找恶的奶油，
我只爱完美的怪物，
真的！老怪物，我爱你！

1. 维约特（1813—1883）：法国记者，作家。
2. 甜瓜和笋瓜：喻指女人。

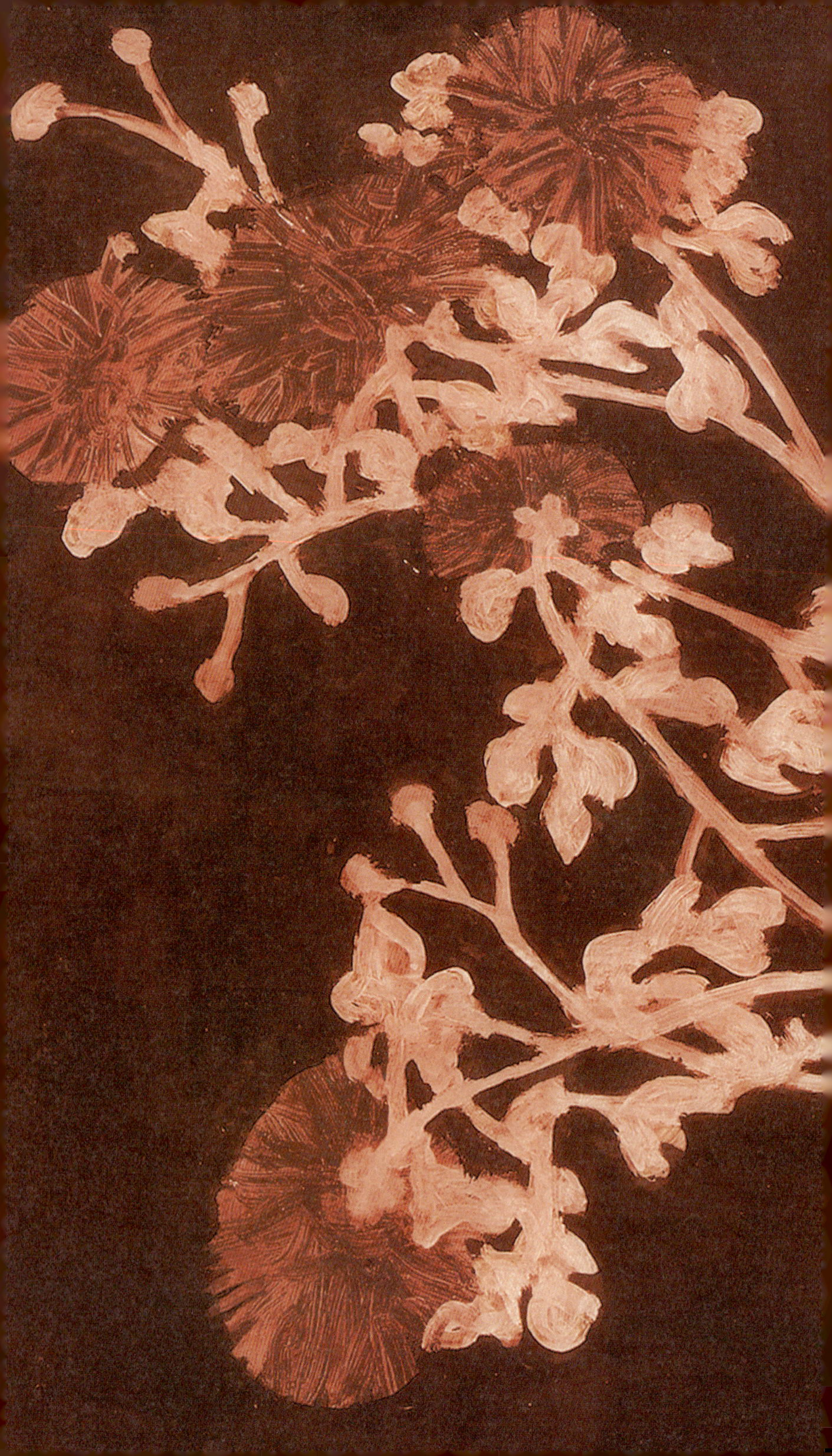

Épigraphes

题 诗

朋友

我深知欲望摇摆不定

——《瓦伦西亚的劳拉》

奥诺雷·杜米埃[1]先生肖像题诗

我们为你献上他的形象,
他的技艺比所有人都精妙,
他教我们嘲笑自己,
读者啊,他是个智者。

他是个讽刺者、嘲笑者,
可他用来描绘邪恶
及其同伙的力量,
证明了他的心灵之美。

他的笑不像
阿列克托[2]的火炬下的
美尔莫斯[3]或是靡非斯特[4]的鬼脸,
火炬燃烧他们,却让我们觉得冰冷。

他们的笑,唉!不过是
充满快乐的一种痛苦;
他的光芒,坦率而宽广,
像是他善良的标志!

1. 奥诺雷·杜米埃(1808—1879):法国画家、讽刺漫画家。
2. 阿列克托:古希腊神话中的复仇三女神之一。
3. 美尔莫斯:爱尔兰作家梅图林的哥特小说《漫游者美尔莫斯》中的主人公。
4. 靡非斯特:德国中世纪传说中的魔鬼,德国诗人歌德的诗剧《浮士德》中的主人公之一。

瓦伦西亚的劳拉[1]

在随处可见的众多美人里,
朋友,我深知欲望摇摆不定;
可是人们看到,瓦伦西亚的劳拉身上闪烁着
粉色与黑色珠宝那意想不到的魅力。

---

1. 瓦伦西亚的劳拉:指法国印象派画家爱德华·马奈为西班牙芭蕾舞演员劳拉绘制的肖像画。瓦伦西亚,西班牙城市。

Épigraphes　题 诗

题欧仁·德拉克洛瓦《狱中的塔索[1]》

牢里的诗人,衣冠不整,害着病,
痉挛的脚下滚翻一团手稿,
他用被恐惧点燃的目光丈量
那使他灵魂下坠的晕眩之梯。

牢房里充满令人兴奋的笑声,
引诱他的理智变得怪异而荒诞,
怀疑将他包围,可笑、可憎、
多样的恐惧,绕着他游走。

这个天才被关在肮脏的陋室,
这些鬼脸、叫喊和幽灵,
一窝蜂地在他耳后盘旋。

这个被自己家的恐惧唤醒的梦想者,
正是你的象征,做着黑暗之梦、
被现实窒息在四壁之中的灵魂!

1. 塔索(1544—1595):意大利诗人。晚年精神失常,被囚禁在疯人院。

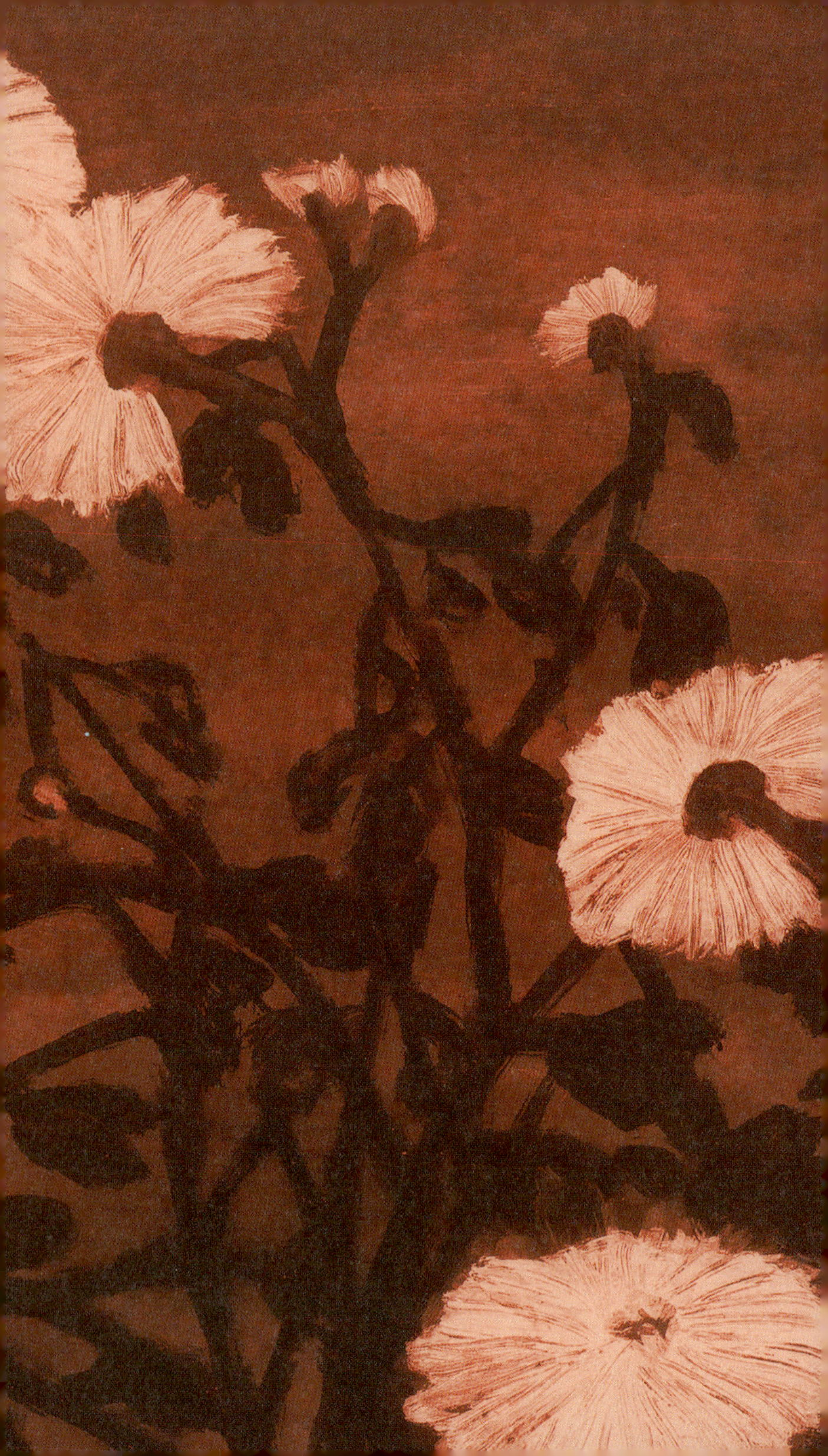

Diverses

杂 诗

到这梦幻之旅中来

在可能性之外

在已知之外

——《声音》

声音

我的童床背靠书房,
在这幽暗的巴别塔里,小说、科学、韵文故事,
所有的一切,罗马的灰烬与希腊的尘土
相互混杂。我只有一个对开本那么高。
有两个声音常对我讲话。一个阴险而坚定,
它说:"尘世是一块满是甜味的蛋糕,
我可以(那样你的快乐将没有尽头!)
给你同样大小的胃口。"
另一个说:"来吧!哦!到这梦幻之旅中来,
在可能性之外,在已知之外!"
它像沙滩上的风一样歌唱,
这不知从何而来的哀号的幽灵,
让耳朵感到又抚慰又惊恐。
我回答你说:"好吧!温柔的声音!"从那时起,
那些日子,唉!应该把它们叫作我的伤口、
我的命运。在生活那巨大的舞台后面,
在深渊的最黑暗处,
我清楚地看到怪异的世界,
而作为我自己的洞察力那心醉神迷的受害者,
我一路拖着那咬着我鞋子的毒蛇。

从那时起,就像那些预言家,
我如此温柔地爱上沙漠和大海;
我在葬礼上笑,在节日里哭,
在最苦的酒中寻找醇味;
以至于我常常把事实当作谎言,
我的眼睛看着天空,自己坠入洞中。
但那声音却安慰我说:"守好你的梦:
聪明人无法像傻子一样拥有这么美的东西!"

内景（局部）/ 奥地利 / 埃贡·席勒

意外

阿巴贡[1]熬夜守着临终的父亲,
看着那早已发白的嘴唇,胡思乱想:
"我看,阁楼上的旧木板
似乎已经足够?"

瑟莉梅娜[2]喃喃低语:"我心地善良,
当然,上帝又让我长得很美。"
——她的心!这干硬的心,熏得像块火腿,
仿佛在永恒之火中回炉烧过!

一个文字晦涩却以火炬自居的小报记者
对那个被他打入黑暗的可怜虫说:
"你在哪里见过那个美的创造者,
你赞美的那个游侠骑士?"

我比谁都了解某位享乐之徒,
他白天黑夜都打着哈欠,长吁短叹,
这个无能的自大狂反复唠叨:"是的,
我想做个正人君子,就在一小时之内!"

时钟接过他的话,低声说道:"他醉了,
这该死的!我白白警告过这块臭肉。
人类又瞎又聋又脆弱,像一面
被虫子聚居、蛀空的墙!"

然后,来了一个人人摇头的角色,
说话骄傲又嘲讽:"从我的圣体盒里,
我想,你们已经领够了圣体,
在那快乐的追思弥撒上?

"你们人人都在心里为我造了一座神庙;
你们都偷偷亲过我的臭屁股!
请从那得意的笑声里认出撒旦,
他像世界一样大,一样丑!

"惊讶的伪君子,难道你们居然相信
对主人又嘲笑又欺骗,
就有资格获得两份奖赏,
又上天堂,又做富人?

约瑟夫的梦 / 立陶宛 / 米卡洛尤斯·丘尔廖尼斯

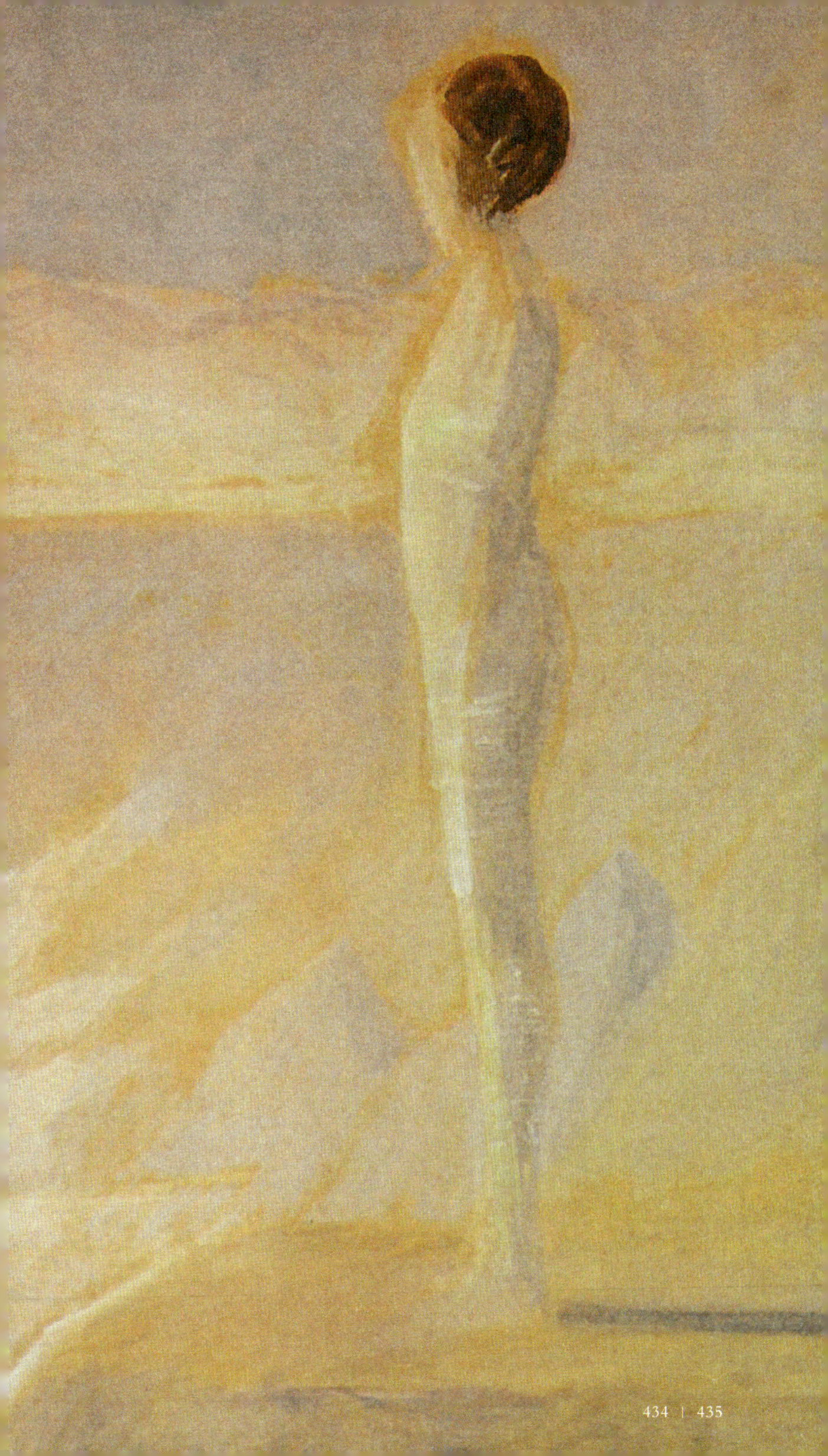

"猎物应归于那个老猎人，
他曾长时间苦苦窥伺猎物。
我要破壁而来，将你们带走，
我苦中作乐的同伴；

"我要穿过那厚厚的土与岩石，
穿过你们杂乱成堆的灰骸，
进入一座和我一样巨大的宫殿，这是一整块岩石，
可这石头并不松软；

"因为，它由全宇宙的罪恶做成，
装着我的骄傲、我的痛苦和我的光荣！"
——那时，高居于宇宙顶端的
一位天使宣告胜利属于那些

如此吐露心声的人："赞美你的鞭子，
天主！赞美痛苦！啊，天父！
在你手中，我的灵魂不再是无用的玩具，
你的智慧无可穷尽。"

这号角声是如此美妙,
在天国收获葡萄的季节,在这些庄严的黄昏,
它像一阵狂喜渗入每个人心里,
这号角歌颂着他们的功勋。

---

1. 阿巴贡:法国剧作家莫里哀的喜剧《吝啬鬼》中的主人公,守财奴的代名词。
2. 瑟莉梅娜:法国剧作家莫里哀的喜剧《恨世者》中主人公阿尔塞斯特的情人。

赎金

人类,为了支付他的赎金,
得去翻动、开垦
他拥有的两块深厚富饶的石灰岩田,
用理智的铁器。

为了得到一点玫瑰,
为了夺得几根穗子,
他得用灰色额头上的咸泪
不停地灌溉它们。

一块是艺术,一块是爱情,
——为了赢得裁判者的慈悲,
当那严厉裁决的
可怕的日子来临,

他必须展示出
收获满满的谷仓,以及
形态和颜色都能赢得
天使赞赏的鲜花。

Diverses 杂诗

菊 / 荷兰 / 皮特·蒙德里安

致一位马拉巴尔女人

你的脚和你的手一样细腻,你的臀部
宽大,让最美的白种女人也嫉妒;
对于沉思的艺术家,你的身体温柔而可爱,
你天鹅绒的大眼睛比你的肉体更黑。
在上帝让你诞生的温暖的蓝色国度,
你的工作就是点燃主人的烟斗,
让那些瓶子里装满凉水和香水,
把逡巡的蚊子从床上赶到远处,
当黎明刚刚使梧桐唱起歌来,
就去集市采购菠萝和香蕉。
一整天,你赤着脚,想去哪里就去哪里,
你轻声哼起古老的无名曲子;
当披着那猩红斗篷的黄昏降临,
你在席子上惬意地伸开四肢,
你飘忽的梦中充满了蜂鸟,
它们总是像你一样优雅艳丽。
幸运的孩子,你为何想去看我们的法兰西,
那人口众多、被灾难窃空的国家,
并把生命托付给水手那有力的手臂,
永远告别了你亲爱的罗望子树?
你,半裹着单薄的薄纱,
在那里的雪和冰雹里发抖,

你将如何哀悼甜美率真的闲暇时光,
如果你用残忍的紧身胸衣箍住腰,
不得不到我们的泥泞里去捡你的晚餐,
并出卖你具有奇异魅力的香料,
在我们的浊雾里,用沉思的眼睛
追寻着消失了的椰子树那纷乱的幻影!

---

1. 马拉巴尔:印度西南部沿海地区。

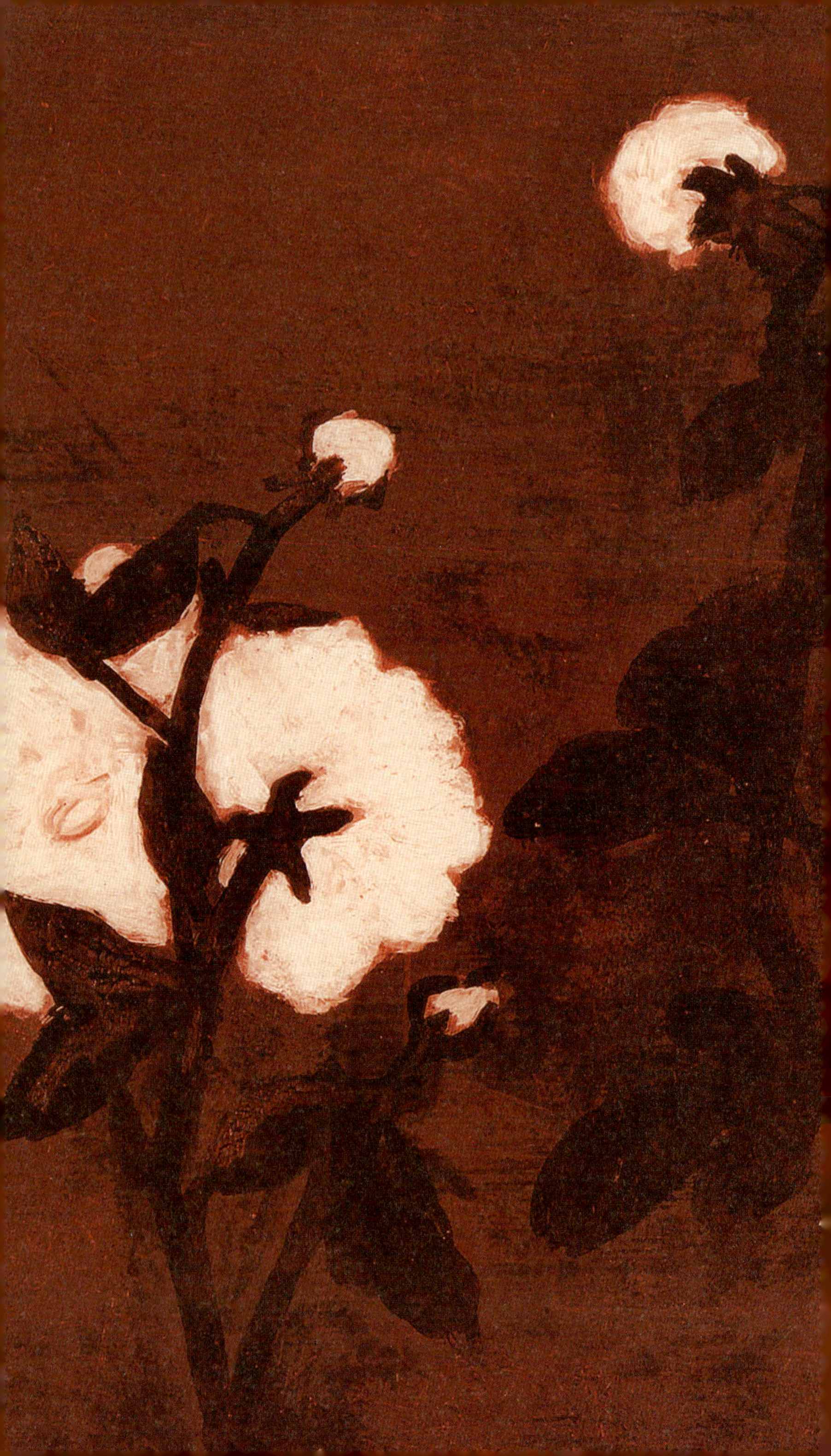

Bouffonneries
戏 仿

如果要描绘我的痛苦

那会没完没了

——《有感于一个自称是他的友人的不识趣者》

题阿米娜·波切蒂[1]
在布鲁塞尔皇家铸币局剧院的首演

阿米娜跳跃——躲闪——然后飞舞、微笑,
勒·维尔施[2]说:"对我来说,这些就像普拉克利特语[3]
事实上,我不认识什么林中仙女,
除了草蔬山大街上的那些。"

用她灵巧的脚尖、含笑的眼睛,
阿米娜激起狂热与理智的波涛,
勒·维尔施说:"走开,骗人的欢乐!
我太太可没有这种轻浮举止!"

您不知道,脚力矫健的女精灵,
您想教大象跳华尔兹,
教猫头鹰快乐,教鹳发笑。

对这火热的优雅,勒·维尔施说:"救命!"
温柔的酒神给他倒上勃艮第[4],
这怪物却答道:"我更爱法鲁[5]!"

---

1. 阿米娜·波切蒂(1836—1881):意大利女舞蹈家。
2. 勒·维尔施:源于德语词"welsch",意为外国的,含贬义。在这里用作对比利时人的讽刺性称呼。
3. 普拉克利特语:古代印度方言的统称。
4. 勃艮第:指勃艮第红酒。
5. 法鲁:比利时混酿甜啤酒。

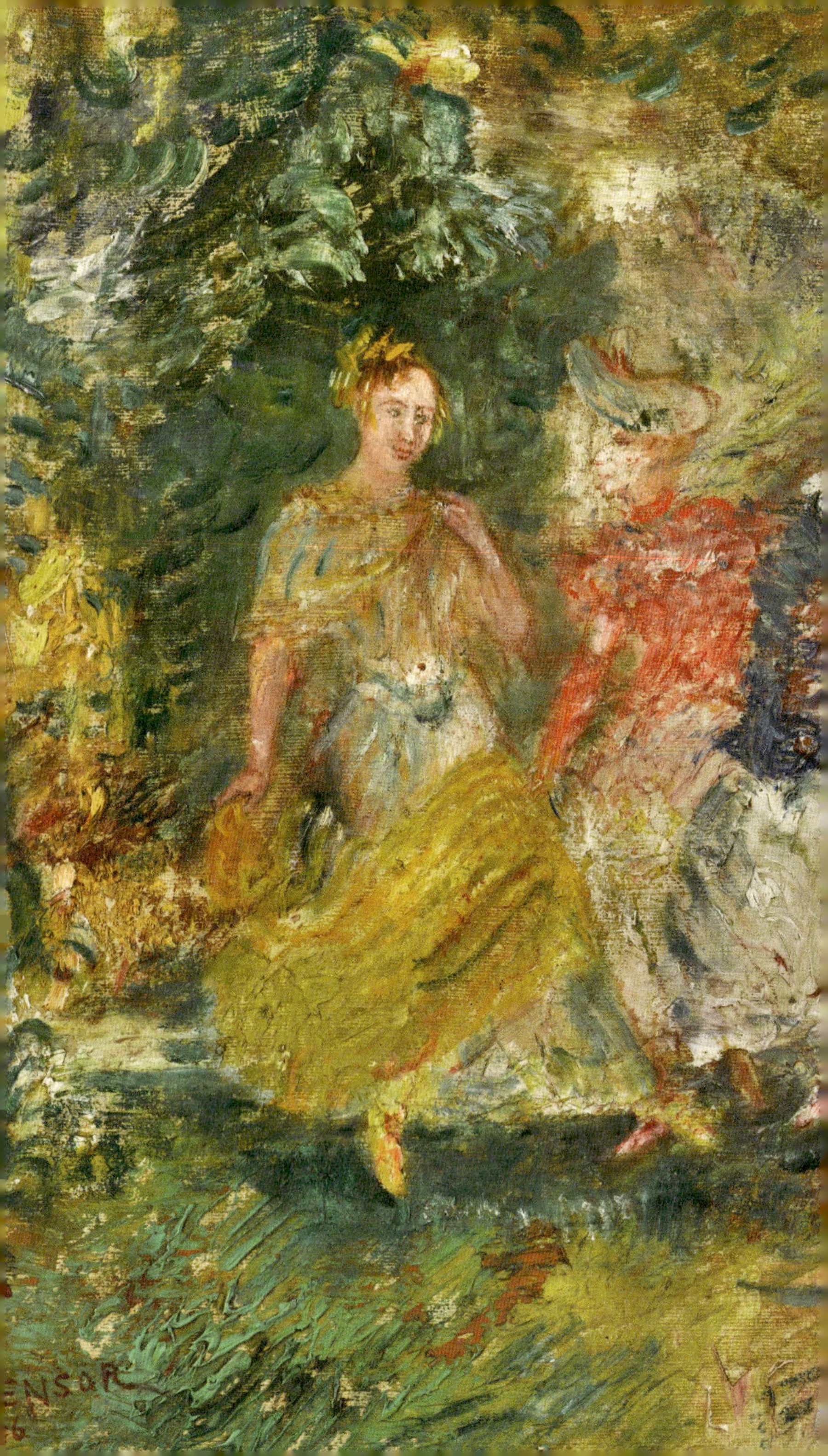

舞蹈 / 比利时 / 詹姆斯·恩索尔

有感于一个自称是他的友人的不识趣者

——致欧仁·弗洛蒙坦[1]先生

他告诉我,他很有钱,
却害怕霍乱;
——他吝啬守财,
却非常欣赏歌剧。

——他热爱大自然,
他认识柯罗[2]先生;
——他还没有车,
但这很快就会实现。

——他喜欢大理石和砖,
喜欢黑色的木头和镀金的木头,
——在他的工厂里,
有三个功勋卓著的工头;

——别的不算,
北方公司的股票他有两万;
他还用一点小钱捡到
奥珀诺的画框;

Bouffonneries 戏作

（——甚至是在吕扎克）他
在那些旧货中伸长了脖子，
在巴特里亚施集市，
他也多次击中。

——他并不很爱他的妻子
还有母亲；但他相信
灵魂不朽，
他读过尼布瓦耶[3]！

他倾向于肉体之爱，
在罗马逗留无聊时，
一个患肺结核的女孩，
爱他爱得要死要活。

在三个半小时里，
这个来自图尔内[4]的话痨，
喋喋不休讲了他的一生，
让我头昏脑涨。

如果要描绘我的痛苦
那会没完没了；
忍住愤怒，我心想：
"至少，该让我能睡个觉！"

像个不自在
却又不敢走开的人，
我用屁股摩擦着椅子，
幻想着将他刺穿。

这个怪物名叫巴斯多尼，
他在灾难发生前就已逃走，
我也要一直逃到加斯科尼，
要么直接投入水中，

如果在他害怕的这个巴黎,
当大家都回来的时候,
我还能在路上遇到
这个来自图尔内的祸害。

1. 欧仁·弗洛蒙坦(1820—1876):法国画家,作家,东方主义艺术的代表人物之一。代表作有《北非风光》《摩尔人的葬礼》等。
2. 柯罗(1796—1875):法国画家,以风景画著称。代表作有《躺着的仙女》《孟特芳丹的回忆》等。
3. 尼布瓦耶(1796—1883):法国女作家,记者,早期的女性主义者。
4. 图尔内:比利时城市。

丑化的面具（局部）/ 比利时 / 詹姆斯·恩索尔

热闹的小酒馆

您迷恋骨骸
和可憎的标志,
来给享乐调味。
(哪怕是份普通的煎蛋!)

年迈的法老,哦,蒙斯莱,
在这出乎意料的招牌前面,
我梦到了您:我看见
"墓地""酒馆"!

Ch. Baudelaire

夏 尔 · 波 德 莱 尔 年 表

波德莱尔自画像

1821 年

4月9日，夏尔·波德莱尔出生于巴黎。父亲是一名受过良好教育、热爱文学和艺术的进步人士，曾参加1789年法国大革命。60岁时娶了一名26岁的孤女为妻，两年后波德莱尔出生。

1827 年　6 岁

2月，生父去世。他生前陪伴儿子读书、欣赏艺术品，使波德莱尔从小受到艺术的启蒙。

11月，母亲再婚，欧比克少校成了他的继父。这件事对波德莱尔的内心产生了难以磨灭的影响。

1832 年　11 岁

继父被调任到里昂驻防，全家随同前往里昂。波德莱尔在王家学院就读，成绩优秀，但学校的环境和当时的社会风气令他感到苦闷。

夏尔·波德莱尔年表

1836 年　*15* 岁

欧比克被调往巴黎。3月，波德莱尔转学至巴黎路易大帝中学。阅读雨果、圣勃夫等人的作品，并学习写作诗歌，文学天赋初露锋芒。
8月，取得拉丁文诗歌比赛二等奖。

1939 年　*18* 岁

4月，因拒绝交出同学传递给他的纸条，被开除。
8月，通过了中学会考，在职业选择的问题上与家人发生分歧：继父希望他成为外交官，而他本人只想成为作家，没有继续学业。

波德莱尔自画像

1840 年　*19* 岁

2月，观看了雨果创作的戏剧演出，开始出入文坛。
在巴黎过着放浪形骸的生活，与继父的关系恶化。

欧比克少校像

1841 年　20 岁

5月，其生活方式使家人感到担忧，被安排乘船出海旅行，暂时离开巴黎。
6月，波德莱尔踏上旅途，从波尔多启航，游历了加尔各答、毛里求斯、波旁岛等地。9月启程返航。

1842 年　21 岁

2月，重返法国。
4月，波德莱尔成年，继承了先父的遗产，过起了奢靡的生活。
5月，结识圣勃夫、巴尔扎克、雨果等文学界人士。
6月，与有着"黑维纳斯"之称的黑白混血女演员让娜·杜瓦尔交往。

1843 年　22 岁

投稿屡次被拒绝，杂志社认为其文章格调低下、伤风败俗，拒绝发表。

夏尔·波德莱尔年表　　波德莱尔绘制的杜瓦尔肖像

波德莱尔像,埃米尔·德洛伊绘于1844年

1844 年　23 岁

短时间内挥霍了遗产的大半。
9月,继父委派公证人担任他的监护人。他每月可支取二百法郎的开销,生活陷入困窘。

1845 年　24 岁

4月,发表《1845年的沙龙》。
6月,尝试割腕自杀,未遂。

《1845年的沙龙》《1846年的沙龙》,波德莱尔以"Baudelaire Dufaÿs"的笔名发表的初版

1846 年　25 岁

5月,出版《1846年的沙龙》。

1847 年　26 岁

1月，发表唯一的小说作品《拉·芳法罗》。
8月，结识女演员玛丽·迪布朗。

《拉·芳法罗》1918年版封面

1848 年　27 岁

当年，法国爆发了二月革命，建立了法兰西第二共和国。波德莱尔曾站在街垒拿着枪说："必须枪毙欧比克将军。"
2月底，担任一份社会主义报纸的主编，但报纸只发行了两期。
6月，加入起义民众的行列，参加巷战，直至26日革命失败。
7月，系统地译介美国文学家爱伦·坡的作品，其翻译活动后来持续了整整十七年。

波德莱尔为《拉·芳法罗》绘制的插图

波德莱尔像,摄于1855年

1851 年 30 岁

12月,对路易·波拿巴的政变表示激烈反对。

1852 年 31 岁

12月,写信追求当时的交际花萨巴蒂夫人。

1855 年 34 岁

6月,首次以《恶之花》为题在杂志发表了十八首诗。

11月,《费加罗报》发文批评《恶之花》,断言"今后无人会提到这些诗"。

波德莱尔1854年的手稿

萨巴蒂夫人像,古斯塔夫·里卡绘于1850年

1856 年　35 岁

3月，译作《怪异故事集》结集出版。

1857 年　36 岁

6月，《恶之花》出版。

7月，《费加罗报》再次猛烈抨击这部作品，波德莱尔和出版人遭到起诉。

8月，《恶之花》遭人举报，被轻罪法庭审判，波德莱尔被处以三百法郎罚金，其出版人被处以一百法郎罚金，被勒令删除其中的六首诗。

同期，雨果致信波德莱尔："您那些'恶之花'像星辰一样闪耀，令人赞叹。"

刊载有一首波德莱尔诗作的《黑猫》周刊

1860 年　39 岁

6月,《人造天堂》出版。

《人造天堂》1860年版扉页

1861 年　40 岁

2月,第二版《恶之花》发行,新增三十五首诗。

12月,被提名为法兰西学院院士候选人。

《巴黎的忧郁》1925年版封面

波德莱尔的散文诗手稿

1862 年　41 岁

2月,放弃法兰西学院院士提名。

波德莱尔自画像

《恶之花》初版扉页,上有作者笔记

1863 年　42 岁

1 月，计划向出版商出售作品版权，但未能实现。

1864 年　43 岁

4 月，前往比利时布鲁塞尔，计划出版全集、进行巡回演讲。5 到 6 月，演讲并未获得预期的成功，出版作品的提议遭到拒绝。

1865 年　44 岁

几位素未谋面的年轻诗人纷纷向波德莱尔致意，其中有斯特凡·马拉美、保罗·魏尔伦等后来的著名诗人。他们在杂志上发文，热烈赞颂波德莱尔，将他奉为大师。

波德莱尔的散文诗手稿

夏尔·波德莱尔路，
为了纪念波德莱尔而命名的道路

波德莱尔像，收录于1868年版《恶之花》

1866 年 45 岁

健康状况逐步恶化。3月，在参观教堂途中跌倒，半身不遂，住进疗养院。

1867 年 46 岁

8月31日，在母亲怀中离开人世。

附　录

编校说明

本书篇章和目次参照法国伽利玛出版社 1976 年七星文库版《波德莱尔全集》(*Charles Baudelaire : Oeuvres Complètes*) 编订。可分为《恶之花》(*Les Fleurs Du Mal*) 和《拾遗集》(*Les Épaves*) 两大部分。

《恶之花》包含 1861 年版《恶之花》的全部篇目和 1868 年版的增补篇目，共 139 首，包括：

《致读者》(1 首)
"忧郁与理想"(85 首)
"巴黎即景"(18 首)
"酒"(5 首)
"恶之花"(9 首)
"反抗"(3 首)
"死亡"(6 首)
"1868 年增补版篇目"(12 首)

《拾遗集》收录的是《恶之花》未收录的其他诗作，其中包括 1857 年因审查原因遭禁的 6 首诗歌，共计 22 首，包括：

《浪漫主义的日落》(1 首)
"禁诗"(6 首)
"雅歌"(5 首)
"题诗"(3 首)
"杂诗"(4 首)
"戏作"(3 首)

全书共计 161 首。

画家小传

奥迪龙·雷东
Odilon Redon，1840—1916

法国象征主义画家，其中后期的油画和粉画作品异彩纷呈，充满空灵飘逸的梦幻气息。

亨利·卢梭
Henri Rousseau，1844—1910

法国后印象派画家，曾经是海关的收税员，自学成才，其作品充满异国情调，呈现出纯真、原始的风格特质。

詹姆斯·恩索尔
James Ensor，1860—1949

比利时极具独创性的画家，擅长描绘色彩强烈、荒诞怪异的面具人物和狂欢场景，营造出奇特、讽刺而壮丽的艺术效果。

古斯塔夫·克里姆特
Gustav Klimt，1862—1918

奥地利象征主义画家，创办了维也纳分离派，画作的特色在于特殊的象征式装饰花纹，主题常围绕着"性""爱""生"与"死"的轮回展开，以沉闷美感与大胆象征寓意赢得广泛的称赞。

附 录

希尔玛·阿芙·克林特
Hilma af Klint，1862—1944

瑞典艺术家，神秘主义者，最早的抽象艺术家之一。她的画有时类似于图表，是复杂精神思想的视觉表现。

保罗·塞律西埃
Paul Sérusier，1863—1927

法国后印象派画家，纳比派代表人物，其作品构思缜密，用纯净而明亮的色彩呈现直觉与感受。

爱德华·蒙克
Edvard Munch，1863—1944

挪威表现主义画家。其画作以浓烈的色彩、大胆的线条，抒发内心的情绪与感受。

科罗曼·莫塞尔
Koloman Moser，1868—1918

奥地利艺术家，维也纳分离派的创始人之一，在工艺美术领域亦多有建树。

路易·瓦尔塔
Louis Valtat，1869—1952

法国画家，野兽派先驱，是从传统印象派向现代艺术转型的、承前启后的过渡性人物。笔调沉稳、优雅、含蓄，兼长诸家。

亨利·马蒂斯
Henri Matisse，1869—1954

法国画家，雕塑家，野兽派的创始人和领袖，其绘画用色鲜明饱满，线条不拘一格，用富于颠覆性的色彩关系构建充满梦幻色彩的奇境，为现代艺术带来了巨大变革。

弗朗齐歇克·库普卡
František Kupka，1871—1957

原捷克斯洛伐克艺术家，对神秘主义情有独钟，其创作带有高度的象征性和装饰性。

皮特·蒙德里安
Piet Mondrian，1872—1944

荷兰画家，风格派运动幕后艺术家和非具象绘画的创始者之一，对后代的建筑、设计等影响很大。自称"新造型主义"，又称"几何形体派"。

雨果·谢贝尔
Hugó Scheiber，1873—1950

匈牙利现代画家，作品风格从后印象主义转向表现主义，擅长用鲜艳的色彩、程式化的形状来绘国际化的现代生活。

米卡洛尤斯·丘尔廖尼斯
Mikalojus Ciurlionis，1875—1911

立陶宛画家，作曲家，作家，对象征主义绘画和新艺术运动做出了极大贡献。其绘画体现出神秘、玄奥的特质，常将音乐与绘画融为一体。

雅克·维永
Jacques Villon，1875—1963

法国立体主义画家，在版画方面成就斐然，为立体主义创立了一种纯粹的图形语言。

康斯坦丁诺斯·马利亚斯
Konstantinos Maleas，1879—1928

希腊后印象主义画家，常用强烈的纯色表现光线，画面具有很强的象征意味。

保罗·克利
Paul Klee，1879—1940

瑞士裔德国画家，画风涵盖了超现实主义、立体主义和表现主义。他对色彩变化的把控独具匠心，成熟时期多采用类型多样的混合媒介，创作出极富张力的作品。

埃德加·戴特加特
Edgart Tytgat，1879—1957

比利时画家，雕刻家，以带有寓言色彩的叙事画而闻名，呈现出俏皮的讽刺、残忍的诗意。

莱昂·斯皮利埃
Leon Spilliaert，1881—1946

比利时画家，擅长运用多种技法等展现室内场景与户外景色，他的创作展现出象征主义的理念：对于事物的神秘性保持静默的关注。

亨德尔克·韦克曼
Hendrik Werkman，1882—1945

荷兰表现主义艺术家，在"二战"期间开办地下印刷厂，秘密从事反纳粹宣传，战争末期被盖世太保杀害。

米尔顿·艾弗里
Milton Avery, 1885—1965

美国抽象表现主义画家,被称作"美国的马蒂斯",是 20 世纪北美最伟大的色彩大师之一。擅长用狂野的色彩来描绘大地和海景。

让·梅金杰
Jean Metzinger, 1883—1956

法国画家,艺术理论家,立体主义运动的发起者之一,参与撰写了第一部立体主义宣言。

布兰奇-奥古斯丁·加缪
Blanche-Augustine Camus, 1884—1968

法国新印象主义画家,作品体现出分割主义的特征,以描绘法国南方明亮的景色而著称。

罗伯特·德劳内
Robert Delaunay, 1885—1941

法国画家,最早创作纯抽象画的艺术家之一。擅将立体主义形式与鲜活色彩相结合。

让·阿丁克
Jan Altink，1885 — 1971

荷兰表现主义画家，是名为"德普勒格"的艺术团体的成员。善于采用强烈而生动的色彩与简洁的形式塑造画面。

埃贡·席勒
Egon Schiele，1890 — 1918

奥地利表现主义画家，维也纳分离派代表人物，师承克里姆特，作品表现力强烈，描绘扭曲的人物和肢体时，用对比强烈的色彩营造出诡异而激烈的画面。

沃尔特·奎玛特
Walter Gramatté，1897 — 1929

德国表现主义画家，他的创作受到疾病和战争的影响，体现了对救赎的渴望，并流露出神秘主义的自然观。

斯文·埃里克森
Sven Erixson，1899 — 1970

瑞典画家、雕塑家，从古今艺术、旅行经历中汲取灵感，创作了丰富多样的艺术作品，热衷于表现带人物的南方风景。

常玉
1900 — 1966

中国现代画家，画作线条简洁，格局鲜明，色彩精微，体现出中西融合的特点。

菲克雷特·穆拉
Fikret Mualla，1903 — 1967

土耳其表现主义画家，喜爱描绘城市中的景观和人物，画面充满热情，在绘画中充分运用直觉，从而传达主观感受。

奥托·马基拉
Otto Mäkilä，1904 — 1955

芬兰超现实主义画家，用梦幻、神秘、富有诗意的笔法深入探究内心世界的表现形式。

维尔海姆·比耶克-彼得森
Vilhelm Bjerke-Petersen，1909 — 1957

丹麦画家，其创作以超现实主义风格为主，开启了崭新的艺术视角。

章节页插图信息

1. [法] 乔治·布拉克《紫花》
2. 常玉《聚瑞盈香》
3. 常玉《牡丹盆栽》
4. [法] 路易·瓦尔塔《银莲花束》

附录

5. [法]路易·瓦尔塔《花篮》
6. [法]路易·瓦尔塔《蓝盆中的花》
7. 常玉《蓝色辰星》
8. 常玉《粉菊花盆栽》
9. 常玉《瓶菊》

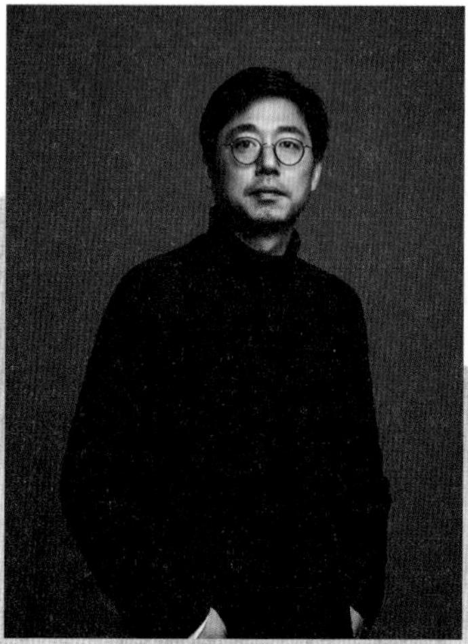

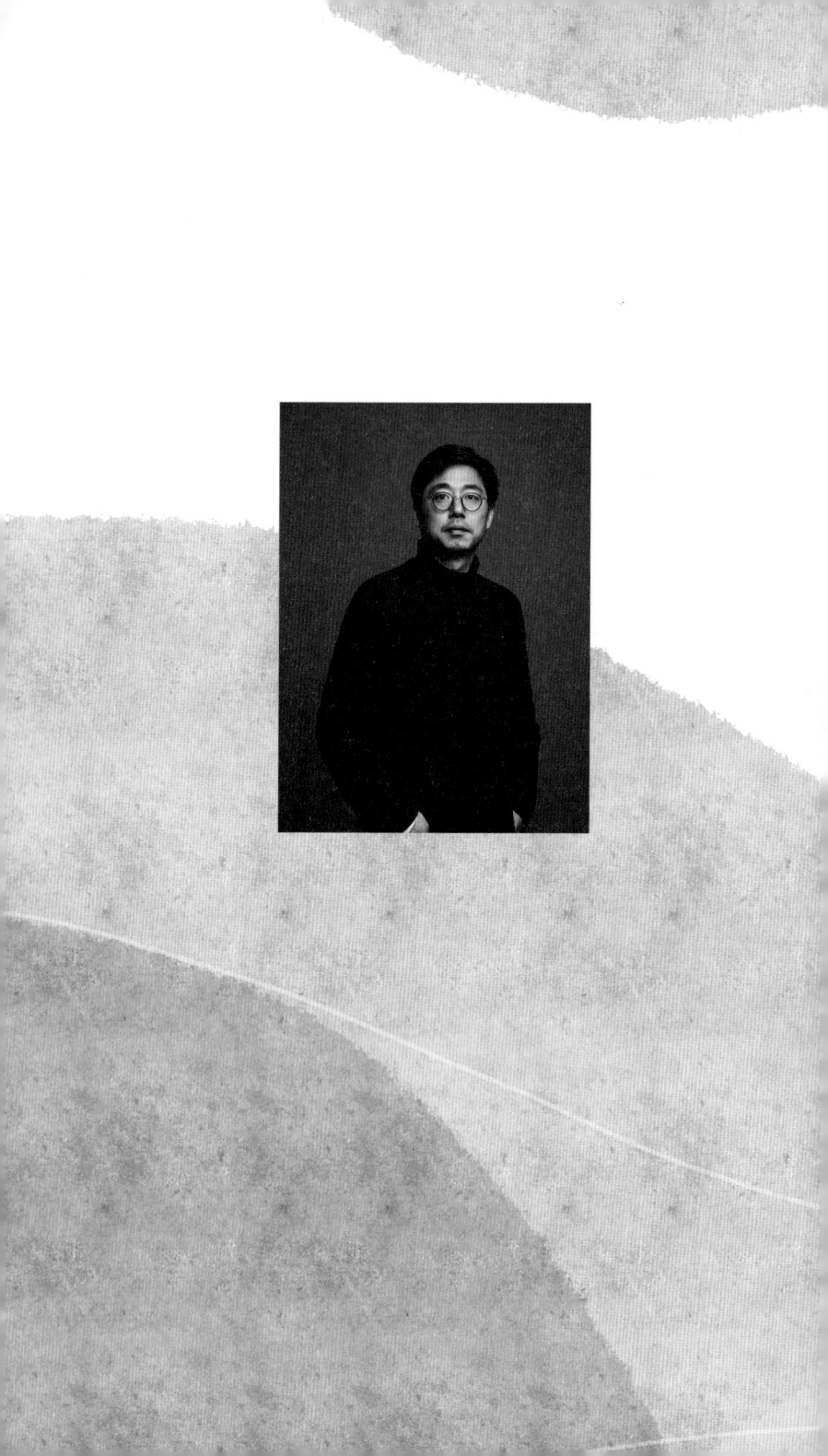

译者丨徐芜城

1970年出生,扬州人,复旦大学哲学系硕士毕业。
曾长期从事媒体行业,现从事互联网行业。
代表诗集《一个青年的肖像》,出版后收获大量好评。
全新译作《恶之花》入选"作家榜经典名著"系列。

策　划	作家榜
出　品	

出 品 人	吴怀尧
总 编 辑	周公度
产品经理	朱坤荣　袁艺庭
特约校对	施继勇
版式设计	高瑄苒
封面设计	王贝贝
产品监制	陈　俊
特约印制	朱　毓

版权所有 | 大星文化
官方电话 | 021-60839180
本书图片如涉及使用版权等事宜请联系 | 021-60839180

图书在版编目（CIP）数据

恶之花 /（法）夏尔·波德莱尔著；徐芜城译 . --
北京：中信出版社，2023.7
（作家榜经典名著）
ISBN 978-7-5217-5806-1

Ⅰ.①恶… Ⅱ.①夏… ②徐… Ⅲ.①诗集－法国－
近代 Ⅳ.① I565.24

中国国家版本馆 CIP 数据核字 (2023) 第 106808 号

恶之花
著者： ［法］夏尔·波德莱尔
译者： 徐芜城
出版发行：中信出版集团股份有限公司
（北京市朝阳区东三环北路 27 号嘉铭中心　邮编　100020）
承印者： 浙江新华数码印务有限公司

开本：889mm×1194mm 1/32　　印张：16.375　　字数：311 千字
版次：2023 年 7 月第 1 版　　　　印次：2023 年 7 月第 1 次印刷
书号：ISBN 978-7-5217-5806-1
定价：89.90 元

版权所有·侵权必究
如有印刷、装订问题，本公司负责调换。
服务热线：400-600-8099
投稿邮箱：author@citicpub.com